고 통 에

관 하 여

고통에

관하여

고통에

정보라
장편소설

관하여

차례

등장인물

륜綸 ◆ 고참 형사. 굵은 실 륜. 다스리다, 통괄하다. 길(道).

순盾 ◆ 신임 형사. 좌충우돌. 방패 순. 벼슬 이름 순. 피하다.

경煛 ◆ 홀로 경, 날렵할 현, 산뜻할 현, 우아하다, 단단하다, 홀로,
고독하다.

현泫 ◆ 흐를 현, 넓고 깊을 현, 이슬 빛날 현.

효瀯 ◆ 경의 오빠. 클 효. 큰 모양 효. 깊다, 맑다, 물이 깊고 맑은
모양, 변하는 모양.

태銳 ◆ 날카로울 예, 칭 태. 날카롭다. 용맹하다.

한豻 ◆ 태의 형. 들개 한, 야생 개 간, 감옥 안.

홍虹 ◆ 태와 한의 어머니. 무지개 홍, 어지럽힐 항, 어지러울 항.

욱噢 ◆ 교단의 추종자. 슬퍼할 욱.

민昏 ◆ 교단의 추종자. 욱의 애인. 안의 친구의 동생. 어두울 혼,
힘쓸 민. 어둡다. 저녁. 밤. 어지럽히다. 현혹되다.

안晏 ◆ 절도 피해자. 늦을 안. 늦은 시간. 편안하다. 곱다. 아름답
고 깨끗하다.

엽燁 ◆ 빛날 엽.

1부

기억

해마체

1

여자의 허벅다리 안쪽에는 칼로 그은 긴 흉터들이 얽혔다. 여자의 팔 안쪽에는 불에 탄 크고 작은 흉터들이 촛농처럼 뭉치고 흩어졌다.

남자의 한쪽 손목에는 이미 수갑이 채워져 침대 기둥에 고정되어 있었다. 여자는 남자의 다른 쪽 손목에도 수갑을 채워 침대 기둥에 묶었다.

남자는 저항하지 않았다. 여자의 손을 바라보았다. 손목 안쪽에도 칼로 그은 흉터가 있었다.

여자가 남자의 티셔츠 아래로 손을 넣었다. 남자의

가슴을 더듬었다.

남자의 몸은 수많은 흉터로 뒤덮여 있었고 굵은 흉
터가 가로지르는 피부의 일부에는 감각이 없었다. 여
자가 다른 손으로 남자의 바지를 벗겼다. 남자의 성
기에 콘돔을 씌웠다.

그리고 여자는 남자의 몸 위로 올라갔다. 셔츠 아
래로 들어간 여자의 손이 남자의 흉터투성이 등을 움
켜잡았다. 남자는 숨을 깊이 들이쉬었다.

여자도 남자도 아무 말도 하지 않았다. 여자의 입
술이 남자의 귀와 목을 가볍게 훑었다. 여자의 입술
은 남자의 뺨에 닿았다가 남자의 입술로 돌아왔다.
남자의 입술은 터져서 부어 있었다. 여자의 입술이
남자의 상처 난 입술을 가볍게 빨았다. 남자는 여자
를 위해 입을 벌렸다.

비행기 안의 승객은 여섯 명이었다. 남자와 남자를
데리고 온 형사 두 명. 남자는 비행기 안에 이미 앉아
있던 사람을 알아보았다. 재판 때 남자의 정신감정을
맡았던 의사였다. 의사는 남자와 눈이 마주치자 말없
이 고개만 가볍게 까딱해 보였다. 남자도 고개만 까
딱하며 인사를 받았다.

그리고 여자가 있었다. 여자는 비행기 가장 안쪽의 멀리 떨어진 자리에 혼자 앉아 있었다.

긴 머리에 검은 정장을 입은 여성이 모두를 맞이했다. 그동안 여자는 안쪽 구석의 자기 자리에 앉은 채 남자가 좌석에 앉는 모습을 가만히 지켜보았다.

어디선가 승무원이 나타났다.

"좌석 벨트 착용하세요. 곧 이륙합니다."

승무원이 얼마 안 되는 승객들을 둘러보며 무표정하고 진지한 얼굴로 명령했다.

모두 일제히 안전벨트를 매느라 조금 분주해졌다. 남자의 손목에는 수갑이 채워져 있었으므로 옆자리의 형사가 남자의 안전벨트를 매주었다.

여자만 그대로 앉아 있었다. 여자는 이미 착용한 안전벨트를 손가락으로 움직여 버클이 고정된 것을 확인하고 승무원에게 말했다.

"감사합니다."

승무원은 여자의 안전벨트를 재빨리 훑어본 뒤에 여전히 무표정하게 고개만 살짝 끄덕이고, 여자 뒤의 커튼 안쪽으로 사라졌다.

비행기가 이륙할 때까지 아무도 아무 말도 하지 않았다.

"오랜만이네요."

귀가 울리고 배 속이 뒤틀리는 느낌이 사라지는 안정적인 단계에 이른 뒤에 형사가 여자를 향해 말했다.

"네."

여자가 짧게 대답했다.

침묵이 흘렀다. 형사 바로 앞자리에 앉아 있던 검은 정장의 긴 머리 여성이 형사에게 부드럽게 말을 걸었다.

"류(綸) 형사님, 파트너가 바뀌셨네요."

"예."

류 형사는 남자의 왼쪽에 앉은 신임 형사를 바라보았다. 신임 형사는 귀에 작은 기기를 꽂고 창밖을 바라보며 반응하지 않았다. 자신에 대한 대화에 끼어들 생각이 없는 것 같았다.

"하긴, 오래됐으니까요."

검은 정장의 여성이 말했다. 류 형사가 고개를 저었다.

"그 자식은 좌천됐어요."

"어쩌다가요?"

검은 정장의 여성이 흥미를 보였다. 류 형사가 웃었다.

"수술 왜 안 하냐고 헛소리했거든요."

"안 잘리고 좌천만 됐어요? 많이 봐주셨네요."

검은 정장의 여성이 같이 웃었다. 륜 형사가 말했다.

"현(泫) 씨는 사장님이 되신 건가요? 축하드립니다."

'현'이라고 불린 검은 정장의 여성이 살짝 웃었다.

"한참 지났지만, 감사해요."

대답하며 현은 손에 낀 반지를 만졌다. 스스로도 의식하지 못하는 습관 같았다.

구석 자리에 혼자 앉은 여자는 창밖을 바라보고 있었다. 여자는 현과 륜을 쳐다보지 않았고 대화에 참여하지도 않았다.

남자가 자세를 고쳐 앉았다. 신임 형사가 날카롭게 돌아보았다. 의사도 고개를 들고 남자를 보았다. 비행기 안의 시선이 차례로 남자에게 향했다. 남자는 고개를 숙이고 좌석 안에 몸을 파묻었다.

승무원이 커튼 밖으로 모습을 드러냈다. 현이 승무원에게 뭔가 말했다. 승무원이 나직이 대답했다. 현이 고개를 끄덕였다. 승무원이 다시 커튼 안쪽으로 사라졌다.

비행기가 착륙할 때까지 다시 아무도 아무 말도 하지 않았다. 침묵 속에 기계 소음만이 기내를 지배했다.

여자가 방에 들어왔을 때 남자는 흠칫 놀랐다. 여자가 침대에 올라왔을 때 남자가 물었다.

"이래도 됩니까?"

"싫으면 나가라고 해."

여자가 말했다. 남자는 대답하지 않았다. 여자가 다시 물었다.

"나갈까?"

남자는 여자를 잠시 바라보다가 대답했다.

"아니요."

남자는 자신의 손목에 수갑을 채우는 여자의 손을 바라보았다. 손가락에 끼워진 반지를 바라보았다. 여자가 남자의 턱을 잡아 얼굴을 자기 쪽으로 돌렸다.

"네가 알 바 아냐."

남자는 더 이상 묻지 않았다.

"교단은 절대로 너를 버리지 않는다."

남자의 형이 말했다.

교단은 변호사를 선임하고 조사관을 고용했다. 여자를 조사하고 여자의 가족을 조사했다. 법정에서 교단이 고용한 변호사가 여자에게 물었다.

"오빠가 몇 살에 사망했습니까?"

"열다섯 살이었습니다."

여자가 건조하게 대답했다. 변호사가 다시 물었다.

"증인은 몇 살이었죠?"

"여섯 살이었습니다."

여자가 말했다. 변호사가 확인했다.

"오빠를 기억하십니까?"

"네."

여자의 목소리에는 감정이 없었다.

"오빠가 왜 죽었는지 기억합니까?"

변호사가 상당히 극적으로 물었다. 여자의 표정은
변하지 않았다.

"약물 과용이었습니다."

"사고였나요?"

변호사가 물었다. 여자가 담담하게 대답했다.

"공식적으로는 그렇습니다."

"'공식적'이라면, 비공식적인 의견이 따로 있다는
말씀인가요?"

변호사가 기다렸다는 듯이 되물었다.

"이의……."

검사가 문장을 다 마치기 전에 변호사가 손짓으로
말을 막았다.

"알겠습니다. 증인의 오빠는 약물 과용으로 사망했고 공식적으로 사고사한 것으로 알려졌습니다."

변호사는 의미심장하게 말을 멈추고 판사를 쳐다본 뒤에 법정 안을 둘러보았다. 그리고 여자에게 한 걸음 다가가서 물었다.

"부모님이 개발 중인 약품을 오빠에게 강제로 투약하는 일이 자주 있었나요?"

"이의 있습니다."

여자가 대답하기 전에 검사가 일어섰다.

"증인의 오빠는 10여 년 전에 사망했으며 이번 사건과는 관련이 없습니다."

판사가 변호사에게 시선을 돌렸다. 변호사가 설명했다.

"관련이 있습니다. 끝까지 들어보시면 압니다."

판사는 미심쩍은 표정이었으나 어쨌든 고개를 끄덕였다. 그리고 여자에게 말했다.

"증인은 답변하세요."

여자가 살짝 고개를 저었다.

"저는 잘 모릅니다, 그때는 어려서."

변호사가 다시 극적으로 판사를 바라보았다.

"부검 기록을 봐주시기 바랍니다. 증거 제13번입니

다."

판사와 검사가 고개를 숙이고 두꺼운 서류 뭉치를 넘겼다. 변호사가 다시 물었다.

"부모님이 여러 가지 약을 증인에게 투약하는 일도 자주 있었던 것이 사실이지요?"

"네."

여자가 짧게 대답했다. 변호사가 다시 여자에게 한 걸음 다가갔다.

"그런 약의 부작용으로 인해 병원에 자주 실려갔던 것도 사실이지요?"

여자가 고개를 들고 변호사를 쳐다보았다.

"병원에는 자주 실려갔습니다. 약 부작용 때문인지 는 잘 모릅니다."

변호사가 다정하게 고개를 끄덕였다. 그리고 판사 를 보며 말했다.

"의료 기록을 봐주십시오. 증거 제16번입니다."

"이의 있습니다."

검사가 다시 일어섰다. 의자가 뒤로 밀리며 바닥에 끌리는 신경질적인 소리가 지나치게 크게 들렸다.

"증인은 이번 사건으로 부모를 잃은 피해자입니다. 증인의 병원 기록이 대체 사건과 무슨 상관이 있습니까?"

"관련이 있습니다."

변호사가 주장했다.

"증인은 자식을 생체실험 대상으로 사용하는 부모의 학대로 인해 오빠를 잃었고 본인도 어린 시절 내내 고통을 겪었습니다. 결국 견디다 못해 폭발사고를 가장해서 부모를 살해한 것 아닙니까?"

검사가 일어섰다.

"이의 있습니다."

변호사는 아랑곳하지 않았다.

"학대 부모에게서 벗어나려 했으나 부모가 재물과 권력을 이용해서 놔주려 하지 않자 죽여버린 것 아닙니까?"

검사가 짜증스럽게 언성을 높였다.

"피의자는 현장에서 체포되었으며 증거도 충분하고 범행 사실도 분명합니다. 이 자리는 증인을 재판하는 자리가 아닙니다."

변호사는 검사가 말하는 동안에도 목소리를 높여서 계속 외쳤다.

"존경하는 재판장님, 경찰이 존속살인 사건을 왜곡수사했고, 그 의도는 거대 기업에 반대하는 종교단체의 사상과 표현의 자유를 탄압하기 위해서였다, 이것이 바로 이 사건의 본질 아닙니까?"

변호사가 말을 마치자 법정 안이 다시 조용해졌다. 검사가 변호사를 흘끗 쳐다본 뒤에 지친 목소리로 말했다.

"이의 있습니다."

"인정합니다."

판사가 고개를 끄덕였다.

"거짓말을 하면 안 되잖아?"

남자는 형에게 화를 냈다.

"그렇게 애써서 작업을 했는데 이제 와서 교리를 어기면 어떡해!"

"실제로 저 여자가 범인이라고 증명하려는 게 아닙니다."

변호사가 대신 나서서 설명했다.

"이건 그냥 전략이에요. 피해자의 흠결을 드러내서 그렇게까지 애도할 만한 고결한 사람들이 아니라는 걸 세상에 제대로 밝혀야 선생님의 형량이 조금이라도 줄어들 가능성이 있단 말입니다."

그는 더욱 화를 냈다. 형량은 문제가 아니었다. 감

옥이 두려웠다면 애초에 작업에 나서지도 않았을 것이다. 그에게 중요한 것은 신념이었다. 변호사는 그의 신념을, 교리를, 교단을 모욕하고 있었다.

"선생님에게는 선생님의 교리와 신념이 있고, 저에게는 저의 교리와 신념이 있습니다."

변호사가 말했다.

"저는 변호사입니다. 그러므로 법의 테두리 안에서 무슨 수를 쓰든 제 의뢰인에게 가장 유리한 방향으로 재판을 끌고 가서, 의뢰인이 가능한 한 가장 적은 형량을 받도록 해야 합니다. 그게 저의 역할이고, 최선을 다해 그 역할을 수행하는 것이 저의 신념이고 교리입니다. 현재 저의 의뢰인은 선생님이시므로 저는 선생님이 최소한의 형량을 받도록 어떤 전략이든 쓸 겁니다. 그게 싫으시면 다른 변호사를 고용하시면 됩니다."

그는 반박할 말을 잃었다.

최종 선고는 무기징역이었다. 변호사는 사형을 면했다는 사실에 만족하고 자랑스러워했다. 형은 그의 어깨를 두드렸다.

"안에도 교단 사람들이 있어. 믿음을 잃지 마. 어떻게든 해볼게."

그는 절망했다. 그의 삶은 하나의 목표만을 바라보고 달린 전력 질주와 같았다. 무기징역 선고와 함께 그 목표가 사라졌다. 죽을 수 없게 되었으므로 그의 삶은 의미를 잃었다.

여자가 몸을 일으켰다. 남자의 한쪽 손을 풀어주었다. 남자가 자유로워진 한쪽 손으로 콘돔을 벗겨내어 휴지통에 버리고 바지를 도로 입는 동안 여자는 침대 발치에 기대앉아 조용히 남자를 바라보았다. 남자가 말려 올라간 티셔츠를 내리려 했을 때 여자가 말했다.

"하지 마."

남자가 손을 멈추었다. 여자는 남자의 반대편에 앉은 채 하얀 줄 모양의 흉터들이 일렬로 늘어선 남자의 가슴과, 길고 붉은 흉터가 가로지른 남자의 배를 한동안 바라보았다.

"어떻게 한 거야?"

남자가 이해하지 못하고 여자를 쳐다보았다.

"배."

여자가 짧게 말하고 손가락으로 긋는 시늉을 했다.

"칼?"

"돌입니다."

남자가 대답했다.

"그 위는?"

여자가 가슴을 손가락으로 긁는 시늉을 하며 다시 물었다. 남자는 자기 가슴을 내려다보았다.

"기억이 안 납니다."

여자는 더 이상 묻지 않았다. 가만히 남자의 흉터를 쳐다보았다. 남자도 여자의 흉터를 바라보았다.

"왜 그랬습니까?"

남자가 여자의 흉터를 보며 물었다.

"평생 눈에 보이게 하려고."

여자가 대답했다. 그리고 덧붙였다.

"그런데 시간이 지나니까 흐려져."

피해자는 두 명이었다. 남자는 50대 후반이었고 여자는 60대 중반이었다. 두 명 모두 '기도회 사건' 당시 체포되어 유죄 판결을 받고 복역한 이력을 가진 인물이었다. 시신 옆에는 프린트된 문구가 놓여 있었다.

'죽은 자는 이미 구원받았다.'

피해자들의 몸에는 고문의 흔적이 있었으며 부검 결과 두 시신 모두에서 '기도회 사건' 당시의 약물이 검출되었다.

그래서 12년 만에 경찰이 또다시 여자를 찾아왔다. 여자는 피해자들에게서 검출된 약물에 대해 듣고 폐쇄된 실험실에 대해 말했다. 실험실은 본사에서 348킬로미터 떨어진 곳에 있었다. 실험동과 공장은 오래전에 폐쇄되었고 주변은 황무지였으며, 기차역과 공항 등의 교통시설이 갖추어진 가장 가까운 도시까지의 거리는 63킬로미터였다. 여자는 폐쇄된 실험실에 다시 찾아가기를 거부했다.

　　현이 회사 비행기를 제공하고 직접 안내하겠다고 제안했다. 그러나 현은 실험이 이루어질 당시에는 회사와 아무 관련 없는 삶을 살고 있었다. 그래서 경찰은 여자의 동행을 요구했다.

　　남자가 그 비행기에 타게 되리라는 사실, 12년 만에 남자를 다시 마주하게 되리라는 사실을 여자는 알고 있었다. 그래서 여자는 생각하고 협상한 끝에 동의했다.

　　교단은 살인을 권하지 않는다. 남자는 설명하려 했다.

　　고통은 구원에 이르는 길이며 교단이 추구하는 것은 구원이다. 죽음은 목표가 아니다. 게다가 약물 사용이 한번 크게 문제가 되면서 교단은 거의 해체될

위기에 처하기도 했다. 그러므로 교단이 굳이 문제의
약물을 사용해서 살인을 저지를 리가 없다.

남자는 하려던 말을 다 마치지 못했다. 남자가 약
물 사용의 문제까지 말했을 때 여자가 조용히 일어섰
다. 성큼 걸어 남자의 앞으로 다가갔다. 남자의 얼굴
을 후려쳤다. 남자는 중심을 잃고 옆 좌석으로 넘어졌
다. 남자가 넘어진 좌석에 원래 앉아 있던 류 형사는
물을 마시러 비행기 뒤쪽의 간이 주방에 가 있었다.

신임 형사가 자리에서 벌떡 일어났다. 류 형사가
달려와 여자를 붙잡았다. 의사와 현도 자리에서 일어
났다. 승무원이 달려왔다.

의사와 류 형사가 양쪽에서 여자를 붙잡았다. 여자
는 저항하지 않았다. 류 형사가 여자의 손을 잡고 조
심스럽게 좌석으로 데려가서 앉혔다. 승무원이 남자
에게 휴지를 가져다주었다. 남자는 입술에서 흘러나
온 피를 닦았다.

"부모의 원수 따위를 갚으려고 때린 게 아냐."

여자가 남자의 부어오른 입술을 보며 나직하게 말
했다.

"너는 얼간이고 너의 교단은 범죄자 소굴이야."

"이젠 저의 교단이 아닙니다."

여자가 처음으로 웃었다. 메마르고 비뚤어진 웃음이었다.

남자가 말했다.

"믿지 않을 거라고 생각했습니다."

"넌 여전히 얼간이니까."

여자가 조용히 말했다.

"다른 구원을 추구할 뿐이지, 여전히 구원이 있다고 믿잖아."

남자는 대답하지 않았다.

국제통증학회의 정의에 따르면 통증은 '조직 손상이 있거나 있었다고 생각되는 사건에 연관되어 나타나는 감각적 또는 정서적 불유쾌한 경험'으로 정의된다. 이러한 정의에서 알 수 있듯이 전통적으로 통증은 서양 의학의 관점에서 몸이라는 '기계'에 손상이 일어났음을 알려주는 일종의 신호로 이해되었다. 몸에 손상이 일어나면 우선 신경계에서 통증을 감지하여 뇌로 전달한다. 그러므로 통증을 없애기 위해서는 말단 감각체가 통증을 느끼지 못하게 하는 방법과 통증 신호가 뇌로 전달되지 못하게 막는 방법이 있다. 진통제

중에서 비마약성 진통제는 통증을 전달하는 물질인 프로스타글란딘을 합성하는 효소를 억제하여 통증 물질이 체내에 전달되지 못하게 함으로써 진통 효과를 유발한다. 프로스타글란딘을 합성하는 효소는 위장에서 분비되기 때문에 비마약성 진통제를 지나치게 사용하면 위염 등 위장 장애를 일으킬 수 있다. 그리고 대부분의 약물이 그러하듯 비마약성 진통제 또한 과용했을 시에 간독성을 띨 수 있다. 마약성 진통제는 중추신경계에 작용하여 중뇌에 통증 신호가 전달되지 못하게 한다. 또한 신경계의 전달물질 분비를 억제하는 방식으로 말단신경계에도 작용한다. 마약성 진통제의 부작용으로 가장 흔한 증상은 변비이며, 그 외에 구역 - 구토, 호흡곤란, 졸음, 내분비호르몬 저하증 등 매우 다양하다. 무엇보다도 주의해야 할 마약성 진통제의 부작용은 당연하게도 중독이다.

회사는 마약성 진통제를 대체할 새로운 약물을 연구하고 개발했다. NSTRA - 14는 그렇게 해서 만들어진 완벽한 진통제였다. 마약성 진통제를 대체할 만큼 통증 신호를 효과적으로 차단하면서도 일반적으로 나타나는 부작용을 일으키지 않았다. 무엇보다도 중독성이 없다는 것이 가장 커다란 장점이었다. 회사는 만성통증 환자와 암 환자들에게 저렴한 가격으로 안전하게 공급할 목적으로 NSTRA - 14를 개발했다. 그리고 회사는 본래 목적을 대체로 달성했을 뿐만 아니라 통증 치료의 관점과 접근방식까지 완전히 변화시켰다.

통증을 대하는 의학적 관점은 데카르트의 이분법으로 돌아갔다. 통증은 '몸이라는 기계의 이상을 알려주는 신호'이며 그 이상의 의미는 없다고 이해되었다. 그러므로 통증은 그 원인을 찾는 즉시 해결해야 할 문제였다. 특히 만성통증은 수용하고 받아들이고 조절해야 하는 삶의 방식에서 근절해야 할 뿐만 아니라 근절할 수 있는 질환으로 변했다. 통증 전문 의료진은 마약성 진통제를 처방할 때 주의해야 했던 '진통, 신체기능 활동, 중독 및 부작용'의 네 가지 사항들 중에서 마지막 두 가지를 더 이상 걱정할 필요가 없게 되었다. 정부 당국에서도 처음에는 의심의 눈으로 감시 및 관리했으나 NSTRA - 14의 안전성이 입증되고 중독성이나 내성이 없다는 사실이 오랜 세월에 걸쳐 확인되자 규제를 풀기 시작했다. 특허 기간이 끝난 뒤에 NSTRA - 14의 제네릭 제제가 출시되었고 이후 같은 성분이지만 용량과 종류에 따라 일부 제품은 처방 없이도 약국에서 바로 구입할 수 있게 되었다.

중독되지 않고 내성이 생기지 않는 강력하고 안전한 진통제의 등장은 고통의 개념, 통각의 문화를 서서히 그러나 확실하게 바꾸었다. 통증은 그 부위나 정도와 관계없이 참는 것이 아니라 간단하게 조절하거나 퇴치하는 것으로 변했다. 내성이 두려워 진통제를 기피하고 고통을 견디거나 진료비 걱정 때문에 의사에게서 적절한 처방을 받지 못하고 버틸 이유가 없어졌다. 다른 한편으로는 NSTRA-14가 주는 짧고 가벼운 도취감을 남용하는 사람들도 나타났다. NSTRA-14도 말단신경계의 오피오이드 수용체에 작용하는 기전은 이전의 마약성 진통제와 같았기 때문에 처음 복용했을 때 아주 짧은 순간 도취감을 느낄 수도 있었으며, 사람에 따라서는 이후에 묘하게 몸이 가벼워지는 감각이나 오래 지속되진 않는 무감각을 느끼기도 했다. 이런 사람들은 NSTRA-14를 통증 치료용이 아닌 오락용으로 사용했다. 이 때문에 어떤 사람들은 NSTRA-14의 실제 효과와는 관계없이 피상적으로 상황을 이해하고 NSTRA-14를 마약과 똑같이 여기기도 했다.

고통은 신체적인 통증보다 좀 더 넓은 의미가 있

다. 고통받는다는 것은 통증이나 괴로움, 곤란, 상실 혹은 죽음의 위협을 견딘다는 뜻이다. 통증과 고통은 명백하게 관련되어 있다. 관련 분야 연구자들은 고통이 단순한 신체적 감각보다는 마음이나 의식의 상태와 더 깊이 관련 있는 것으로 정의하며, 사회문화적인 요인들에도 영향을 받는 것으로 이해한다. 이러한 관점에서 볼 때 통증과 고통의 정의는 겹치거나 혹은 연결되기도 한다.

NSTRA-14의 등장으로 인해 고통의 개념은 신체적인 감각에 중점을 둔 통증의 범위로 축소되었다. 사회적·문화적·철학적·정신적 의미의 고통에 대한 질문은 점차 사라졌다. 고통은 의학적인 문제였고, 의학은 과학기술과 함께 발전하고 있으며, 그러므로 고통은 약을 먹거나 주사를 맞거나 다른 방식의 시술 혹은 치료를 통해 해결해야 하며 해결할 수 있는 문제였다. 고통은 견디는 것이 아니었다. 견딜 필요가 없기 때문이다. 고통을 견딘다는 것은 그 자체로 정신병의 징후로 의심되었다.

교단은 포괄적인 관점에서 고통의 의미에 대해 질문했다. 그들은 데카르트를 읽고 고통이 주는 통증 신호가 신경을 통해 뇌에 전달되어 영혼이 그것을 인식하는 과정에 주목했고, 고통이 없는 삶은 자신의 영혼을 자각하지 못하는 삶이라 결론지었다. 그들은 도스토옙스키를 읽고는 고통을 겪지 않는 인간은 신의 구원을 갈구하지 않는 것이나 마찬가지이므로, 고통이 없는 상태가 죄악에 빠진 상태보다도 더욱 무서운 타락이라는 주장을 수긍했다. 그들은 통증의 신체적 감각뿐 아니라 고통에 수반되는 두려움, 절망감, 모멸감, 자괴감, 분노 등의 정서적 반응에도 주목하며 이것이 영혼의 존재를 증명한다고 결론지었다. 그러므로 고통은 곧 영혼이자 인간의 정수이고, 고통의 근절은 영혼의 멸절이자 신에 대한 거부이며 구원에 대한 모독이었다.

이러한 철학적 결론을 바탕으로 교단은 고통을 생산하고 재생산하는 데 집중했다. 교단은 단계별로 고통을 배치하고 그것을 극복하는 자가 신에, 구원에 더욱 가까워진다고 설교했다. 인위적으로 배치된 고통은 의도적으로 계획되고 단계를 파악할 수 있다는 이유만으로 한결 통제 가능하고 극복 가능해 보였다. 이것은 통제 불가능하거나 종결의 희망이 보이지 않는 상황에 처한 사람들에게 상당히 매력적으로 다가왔다. 굳이 겪지 않아도 되는 조그만 고통을 겪고 극복하지 않아도 되는 단계들을 극복한 사람들에게 교단이 주는 인정과 치하는 삶의 의미 혹은 그에 가까운 어떤 것으로 보였다. 그리고 동서고금을 통틀어 인간에게 가장 중요한 것은 바로 그것이었다——삶의 의미. 그 삶이 고통이라도, 거기에 의미가 있고 목적이 있다면 사람은 어떻게든 견뎌낸다. 그리고 그러한 경험이 오래 지속되면 고통을 견뎌내는 것 자체가 삶의 의미가 된다. 삶의 의미를 고통에서 벗어나거나 더 건강하고 자학적이지 않은 방식으로 찾을 능력과 자원은 이미 고통을 견디는 데 소모되어 사라진다.

이것은 사이비종교와 불법 다단계 사업체 등으로 대표되는 착취적인 조직이 주로 사용하는 흔한 방식이다. 교단 또한 세력을 확장하고 신도를 붙잡아 두기 위해 같은 방식에 의존했다. 신도들은 고립되어 고통받았고, 고통을 견디는 과정에서 고립되었으며, 그 고통의 끝에 그들의 삶에는 교단 외에 아무것도 남지 않게 되었다.

남자는 교단에서 태어나지 않았으나 교단에서 자랐고 기억할 수 있는 한 언제나 교단에 속해 있었다. 남자의 형은 교단 이전의 삶에 대해서, 부모에 대해서, 다른 가족에 대해서 분명 기억하고 있었으나 절대로 이야기해 주지 않았다. 남자는 태(銳)라는 이름을 받았고 이름의 뜻대로 교단의 무기가 되는 것을 자신의 존재의 의미라 믿으며 성장했다. 그렇기 때문에 태는 고통을 없애는 약을 개발한 제약회사 본사의 건너편에 서서 폭발물을 설치한 드론을 조종해 본사 사옥 최상층을 폭발시켰다. 세 명을 죽이고 두 명에게 부상을 입혔다. 사망자 중에서 사장인 남편은 현장에서 즉사했고 연구최고이사인 아내는 부상당한 다른 직원과 함께 병원으로 이송되었다가 다음 날 사망했다. 그들이 경(燗)의 부모였다.

비행기가 착륙했다. 현이 먼저 내리고 그 뒤에 경과 의사가 따라 내렸다. 그리고 륜 형사와 신임 형사가 앞뒤로 태를 둘러싼 형태로 내렸다. 여섯 명은 차량 두 대에 나눠 타고 폐쇄된 실험실로 향했다.

2

"오랜만이네요."

류 형사가 실험실 건물을 바라보며 중얼거렸다.

"여기가 원래 본사였죠?"

신임 형사가 경을 바라보며 물었다. 경은 대답하지 않고 시선을 피했다.

대신 현이 나섰다.

"네. 폭탄테러 사건 이후로 본사를 이전하고 이곳은 폐쇄했습니다."

"이전하는 과정에서 문제는 없었습니까?"

신임 형사가 다시 물었다. 류 형사가 옆에서 말없이 태블릿을 꺼내 펼쳤다.

"문제요?"

현이 잠시 생각했다.

"이전하는 도중에 토네이도가 닥쳐서 대피한 적은 있습니다만……."

"토네이도요?"

신임 형사가 놀랐다.

"네. 이 지역이 지형상 토네이도가 발생하기 쉬운 환경이라고 합니다. 1년에 한 번 정도 주기적으로 닥쳐와요."

현이 설명했다. 신임 형사가 다시 물었다.

"대피 과정에서 다친 사람은 없었습니까?"

"없었어요. 다들 익숙해서요."

현이 말했다.

"하."

경이 작게 한숨인지 코웃음인지 모를 소리를 냈다. 현이 경을 돌아보았다. 경은 시선을 돌렸다.

현은 그런 경의 옆얼굴을 잠시 바라보았다.

"아. 폭탄테러 사건이 나기 전 NBOLI 개발 정보를 도난당했을 때, 토네이도 때문에 아주 크게 소동이 일어난 적이 있다고 합니다."

현이 갑자기 시선을 돌려 신임 형사를 향해 말했다. 류 형사는 태블릿을 들여다보며 얼굴을 찡그리고 있었다. 류 형사로서는 이미 12년 전에 다 조사했던 이야기들이었다. 현이 신임 형사에게 계속 설명했다.

"토네이도 때문에 전자기기가 망가지는 건 흔한 일이지만 그때는 건물 전체 전기가 다 끊어지고 통신도 완전히 두절돼서, 정말로 엄청나게 난리가 났었다고 해요. 그 때문에 회사 시스템을 전부 다 교체했다고 들었어요."

"두 분은 그때 회사에 계셨습니까?"

신임 형사가 물었다. 현이 고개를 저었다.

"아뇨. 경의 부모님이 회사를 경영하실 때였고 저

는 입사하기 전이에요."

"그러면 본사 이전과 '기도회 사건'이 관련 있습니까?"

현이 다시 경을 쳐다보았다. 경은 여전히 고개를 돌린 채 현의 시선을 피하며 신임 형사의 질문에 대답했다.

"직접적인 원인은 폭탄테러였지만, 네. 관련이 있죠."

교단의 세력이 가장 크고 신도 수가 가장 많았을 때, 교단은 고통을 조절하거나 없애는 약을 개발하고 생산하는 주요 회사에 교단 사람을 심으려 애썼다. 그녀의 부모가 운영하던 회사에도 그렇게 취업한 교단 소속의 사람이 아주 소수지만 있었다. NSTRA의 뒤를 이어 고통을 없애기 위해 개발 중이던 약에 고통을 증폭시키는 효과가 있다는 사실을 알게 된 교단 사람들은 그 약물을 빼돌려 교단의 종교 행사에 사용했다. 처음에 교단은 약을 복용하면 감각이 사라지고 가벼운 도취 상태에 빠지게 되는 점을 좋아하지 않았다. 그러나 동시에 교단은 약 기운이 사라진 뒤에 엄청난 통증이 찾아온다는 사실에 주목했고 약물에 대한 관심을 비공식적으로 놓지 않았다. 교단에서는 NBOLI-730의 사용을 권장하지 않았으나 적극적으로 금지하지도 않았다. 그리하여 소모임 형식으로 열렸던 교단의 기도회에서 NBOLI-730을 복용한 일부 열성 신도들이 심각한 고통을 겪다가 견디지 못하고 사망하는 사건이 일어났다. 사망자는 다섯 명이었고 경찰이 수사를 시작하면서 기도회를 주최한 교단 관련자들을 체포했다. 수사 당국은 이 사건으로 인해 앙심을 품은 교단이 1년 뒤에 제약회사에 폭탄테러를 저질렀을 것이라 결론지었다. 교단은 수사 당국의 이러한 결론을 전면 부인했다.

경이 건조하게 말했다.

"회사는 NBOLI-730을 단 한 번도 공식적으로 판매하지 않았습니다. 전임상 단계의 후보물질을 교단이 절취한 겁니다. 그 사건 이후에 NBOLI-730 개발은 중단됐고 남은 분량은 완전히 폐기됐어요."

륜 형사는 다 이해한다는 듯이 손짓하며 고개를 끄덕였다.

"전임상이 뭡니까?"

신임 형사가 물었다.

"동물실험 단계입니다."

현이 간단하게 대답했다. 신임 형사가 잠시 생각한 뒤에 다시 물었다.

"대체 그 엔바이오…… 아니 엔비오엘…… 하여 간…… 그 약이 뭡니까? 왜 사람을 아프게 해요?"

"무조건 아프게 한다기보다는 통각과민을 일으키는 부작용이 일반적인 정도에 비해서 굉장히 심했습니다."

경이 사무적으로 말했다.

"통각과민이요?"

신임 형사가 되물었다. 경이 드디어 고개를 돌려 신임 형사를 바라보았다. 그리고 찬찬히 설명했다.

"NSTRA처럼 NBOLI도 마약성 진통제와 작용 기전이 비슷해서 통증 신호를 전달하는 신경전달물질 분비를 억제합니다. 그러다가 진통제 투여를 중단하거나 용량을 줄이면 신경전달물질이 다시 분비되기 때문에 환자 입장에서는 진통제 복용 이전보다 더 아프다고 느낄 수 있는데요. NBOLI는 그 부작용이 굉장히 심했어요."

"무슨 말인지 알겠어?"

류 형사가 옆에서 웃었다.

"고등학교 때 생물 공부 좀 열심히 할걸 그랬지?"

신임 형사는 얼굴을 찡그리며 열심히 생각했다. 그리고 물었다.

"잠깐만요. 통증 신호를 전달한다고 하셨잖아요. 그러면 애초에 통증이 없는 사람이 그 엔바이오⋯⋯ 엔⋯⋯ 하여간 그걸 먹으면 어떻게 됩니까?"

"아무 일도 안 일어납니다."

경이 무표정하게 대답했다.

"사람에 따라서 기분이 약간 좋아진다거나 손발이 약간 가벼워진다고 느낄 수는 있습니다. 반대로 구역질이나 구토가 날 수도 있습니다. 어쨌든 NSTRA와 마찬가지로 NBOLI도 마약류가 제공하는 도취 상태, 이른바 '하이(high)'를 제공하지 않습니다."

"그러면 그 기도회 사람들은 왜 죽은 겁니까?"

신임 형사가 물었다. 류 형사가 대신 대답했다.

"고문했대잖아."

경이 류 형사에게 고개를 끄덕였다.

"신체적으로 고문을 가하고 나서 NBOLI를 복용하거나, 혹은 NBOLI를 미리 복용한 상태에서 고문을 가하면 처음에는 진통 효과가 있습니다. 그러나 시간이 지나고 약효가 떨어지면 상처의 고통이 가중됩니다. 약을 먹지 않은 상태에서 상처가 났을 때보다 수십, 수백 배나 더 아팠을 겁니다."

"그 시간이 얼마나 지나면 그렇게 됩니까?"

신임 형사가 다시 물었다. 경은 조금 생각했다.

"복용량, 몸무게, 복용했을 때의 신체 상태를 정확하게 알아야 확실히 말씀드릴 수 있습니다만…… 대략 24시간에서 최대 36시간 정도입니다."

신임 형사가 고개를 끄덕였다. 잠시 생각했다. 그리고 본론으로 돌아왔다.

"본사 이전할 때 반대하는 사람이나 이전 과정에서 해고된 직원이나, 뭐 그런 문제는 없었습니까?"

현은 경을 쳐다보았다. 경은 대답하지 않고 다시 고개를 돌렸다. 현이 가방에서 태블릿을 꺼냈다.

"기록을 확인해 봐야 알겠습니다만…… 잠시만요."

현이 태블릿 화면을 몇 번 누르고 이쪽저쪽으로 문지르다가 곤란한 듯 말했다.

"여기가 통신이 잘 안 돼서…… 서버에 연결이 안 되네요. 지금은 확인을 못 할 것 같습니다."

"확인하시면 알려주시겠습니까?"

신임 형사가 물었다. 현이 고개를 끄덕였다. 그리고 덧붙였다.

"제 기억으로는 이전에 반대하는 사람은 모르겠습니다만 해고된 직원은 없습니다. 직원들은 모두 본사와 함께 이전하거나 아니면 이쪽 인근 연구소로 재배

치됐다고 알고 있습니다."

"부상당한 직원들도요?"

신임 형사가 물었다. 현이 고개를 끄덕였다.

"네, 완치된 후에 두 명 모두 복직했을 겁니다. 지금
도 본사에서 근무하거든요."

"테러 사건 직전이나 직후에 그만둔 직원은 없습니
까?"

신임 형사가 잠시 생각한 뒤에 다시 물었다. 현이
곤란한 표정으로 태블릿 화면을 들여다보았다.

"그것도 서버에 연결이 돼야 확인하는데…… 사무
실로 돌아가서 기록을 찾아보겠습니다."

"찾아내시면 좀 보내주시겠습니까?"

신임 형사가 부탁했다. 현이 고개를 끄덕였다.

그리고 신임 형사는 류 형사와 함께 건물 안쪽으로
사라졌다. 경은 현에게 등을 돌리고 다른 쪽으로 천
천히 걸어갔다. 현은 경을 부르려다가 입을 다물었다.

형사들이 안을 조사하는 동안 현과 경은 서로 거리
를 두고 외면한 채 조용히 기다렸다. 신임 형사가 먼
저 나타났다.

"안쪽 실험실 문이 뜯겨 있고 안을 뒤진 흔적이 있
습니다."

"안을 뒤져봤자 아무것도 없을걸요. 12년 전에 폐쇄할 때 남아 있던 약품은 확실하게 다 폐기했어요."

경이 눈살을 살짝 찌푸리며 대답했다. 신임 형사의 뒤에서 류 형사가 나타났다.

"어쨌든 과학수사팀을 불러서 한번 싹 훑기는 해야 겠습니다."

류 형사가 한숨을 쉬었다.

"여기 생각보다 오래 붙잡혀 있을지도 모르겠네요."

"숙소와 차량을 수배하겠습니다."

현이 사무적으로 대답했다.

그날 밤부터 태의 방에 경이 찾아왔다.

경은 전날처럼 침대 발치에 앉아서 남자를 지켜보았다. 남자는 상의를 입지 않았다. 남자의 바지는 침대 밑에 떨어져 있었다. 남자는 왼쪽 손이 침대 기둥에 고정되어 있어 침대 아래로 팔을 뻗을 수 없었다. 그래서 남자는 그대로 앉아 자신을 바라보는 경을 바라보았다.

"부모님을 기억해?"

경이 물었다.

"어머니는 기억납니다. 아버지는 모릅니다."

태가 대답했다.

"어머니는 왜 거기서 널 데리고 나오지 않았어?"

경이 물었다.

경과 마찬가지로 태의 과거, 어린 시절과 개인사 또한 교단에서 고용한 태의 변호사에 의해 법정에서 낱낱이 밝혀졌다. 12년이 지났으나 그 내용은 한 구절 한 구절 경의 뼛속에 새겨져 있었다. 경은 필요하다면 12년 전에 들은 남자의 과거사를 단어까지 그대로 읊을 수 있었다. 그러므로 경은 대답을 듣기 위해 질문한 것이 아니었다. 경은 태의 대답을 듣기 위해 질문했다.

"죽었으니까요."

태가 짧게 대답했다.

태의 어머니는 가난 때문에 교단에 들어갔다. 어린 아이 둘을 키우면서 생계를 책임져야 했기 때문에 무료 보육 지원을 약속하는 종교 기관에 무작정 찾아갔다. 그곳이 교단이었다.

"어머니는 나오려고 했습니다."

그것이 태가 가진 생애 첫 기억들 중 하나였다. 어린 시절의 모든 첫 기억들이 그러하듯 그 기억은 희미하면서도 강렬했고 현실적이면서도 비현실적으로 남아 있었다. 그는 형과 함께 어머니에게 이끌려 어디론가 급히 가고 있었다. 어두웠던 것으로 기억하지만, 밝았을지도 모른다. 그리고 어머니는 크고 무서운 사람과 마주쳤고, 다른 사람들이 더 몰려왔다. 몰려온 사람들이 그와 형을 어머니에게서 떼어놓았다. 어머니는 울었다. 형도 울었다. 그는 울지 못했다. 그는 그것을 명확하게 기억한다. 어머니와 형은 울었지만, 그는 울지 못했다. 두려웠다. 겁에 질려 울기는커녕 숨조차 쉴 수 없었다.

태의 어머니는 그렇게 사라졌다. 그는 어머니를 다시 만나지 못했다.

"교단이 죽였을 겁니다."

태가 조용히 말했다.

감옥에서 태는 교단에 등을 돌렸다. 그리고 그가 가장 먼저 한 일은 어머니의 흔적을 찾는 것이었다. 태는 변호사에게 부탁했다. 한참 뒤에 찾아온 변호사는 고개를 저었다. 교단에 입단할 때 어머니와 형과 그는 모두 새로운 이름을 받았다. 교단은 이후 그와 형의 이름과 시민번호를 정식으로 변경했다. 어머니는 변경하지 않았다. 그와 형의 가족관계증명서에서 어머니는 사라졌다. 그는 어머니의 본명을 기억하지 못했다. 형은 어머니의 신원에 대해 아무것도 알려주려 하지 않았다.

"그래서 이제는 너의 교단이 아니라는 거야? 어머니를 죽였기 때문에?"

여자가 물었다. 태는 대답하지 않았다.

"당신의 어머니는 왜 당신을 데리고 나오지 않았습니까?"

이번에는 태가 여자에게 물었다.

"공범이었으니까."

경이 대답했다.

NBOLI가 짧은 안도감 뒤에 무시무시한 격통을 가져다주었던 것을 경은 기억했다. 그러나 말로 표현할 수 없이 아팠다는 사실만 기억날 뿐 그 고통이 실제로 어떤 것이었는지 감각적으로 되살리는 것은 불가능했다. 다른 모든 고통도 마찬가지였다. 고통스러웠다는, 고통스럽다고 느꼈다는 기억은 남아 있었으나 그녀는 그 고통을 재구성할 언어를 갖지 못했고 그녀의 몸에는 고통의 흔적도 증거도 남지 않았다. 죽고 싶었는데, 죽고 싶은데도 죽을 수 없었는데, 그래서 살아남았는데, 죽지 않고 살아서 앞으로 찾아올 고통을 또 견뎌낼 수밖에 없다는 사실을 저주했는데, 존재를 태워버릴 듯한 공포와 분노와 절망 또한 몸 안의 고통과 마찬가지로 흔적도 증거도 남기지 않았다. 그래서 경은 칼날로 살을 가르고 불로 몸을 태웠으나 그 역시 새로운 절망과 분노만을 남길 뿐 그 순간이 지나면 고통은 사라졌다. 흉터는 고통의 기억을 되살리지 못했다. 그것은 그저 시간과 함께 바래고 쪼그라드는, 오래된 절망의 초라한 흔적일 뿐이었다. 자신의 몸 전체가―존재 전체가 아마 그러할 것이라고 경은 흉터를 보며 가끔 생각했다.

"남들은 이런 약 돈 주고 사려고 난리야. 그런데 너는 공짜로 주는데도 왜 그렇게 불만이 많아?"

경의 어머니는 말하곤 했다. 고통을 견디다 못해 심장이 망가져서 죽었다는 '기도회 사건' 피해자들의 기록을 읽으면서 경은 자신의 어머니를 생각했다.

"네 어머니는 왜 나오려고 했던 거야?"

경이 남자에게 물었다.

"교단을 믿지 않았어?"

"제가 아팠다고 합니다."

남자가 말했다.

"저는 기억이 안 납니다."

그것은 형이 말해준, 어머니에 대한 극히 희귀한

기억의 편린 중 하나였다. 그는 어렸고, 영유아는 자주 아프다. 교단은 남자의 어머니가 그를 병원에 데려가는 것을 금지했다. 고통은 신성한 것이며, 영혼이 순수한 어린 시절에 가장 순전한 형태의 고통을 받아들이는 것이야말로 구원에 이르는 길이라고 교단은 설파했다.

남자의 어머니는 추상적인 구원을 바라지 않았다. 남자의 어머니는 당장 자신의 아이가 아프지 않기를 원했다.

형은 교리를 받아들이지 못한 어머니가 약하다고 말했다. 형이 어머니에 대해 이야기하는 일은 거의 없었다. 이야기한다면 그 이유는 어머니를 비판하기 위한 것이었다. 남자의 어머니는 어린 남자가 죽을까 진심으로 두려워했다.

태는 살아남았다. 태의 어머니는 죽었다. 형은 어머니의 죽음조차 교단에 대한 배신으로 받아들였다.

경은 말없이 남자의 이야기를 들었다. 몸을 일으켰다. 남자에게 다가갔다. 한쪽 손으로 남자의 자유로운 손을 잡아 누르고 다른 손으로 남자의 목을 움켜쥐었다. 남자는 피하지 않았다. 경의 입술이 남자의 몸을 덮었다.

3

어린 소년의 눈에 호수는 바다처럼 넓어 보였다. 숲은 어둡고 물은 푸르렀으며 짙은 밤이면 그 푸르고 맑은 물 위로 둥근 불꽃이 떠다녔다. 어머니는 그 불꽃이 도깨비불이라고 했다. 그래서 어린 태는 도깨비가 나타나기를 두근거리며 기다렸다. 둥근 불꽃은 호수 위를 떠돌다 사라졌고 도깨비는 나타나지 않았다. 어린 태는 그래서 매번 조금 실망했다. 그러나 짙은 밤의 푸른 물 위를 밝히는 불꽃은 아름다웠고 늦은 시간까지 잠들지 않은 채 엄마와 형과 함께 호숫가에서 수면 위에 떠다니는 불꽃의 움직임을 구경하는 일은 그 자체로 즐거웠다. 그것은 그의 어리고 짧은 생에서 아마도 처음 경험하는 행복이었다.

태는 아버지를 기억하지 못했다. 아버지가 가족을 사랑하지 않았다는 것만은 형과 어머니에게 들어서 알고 있었다. 아버지는 아내와 아들을 지겨워했고 그러다 아이가 하나 더 태어나자 마침내 어디론가 떠나버렸다. 그의 어머니는 그렇게 설명했다.

이것은 거짓말이었다. 떠난 것은 어머니였다. 어머니는 자식들이 아버지를 찾지 않기를 바랐다. 그리고 물론, 아버지가 자식들을 찾지 않기를 바랐다. 간절하게 바랐다.

태는 호숫가에서 도깨비를 기다렸다. 아무리 기다려도 도깨비불에서는 도깨비가 나타나지 않았다. 그래서 어머니는 도깨비불이 사실은 도깨비가 아니라고 태에게 이야기해 주었다. 호수의 표면 위에서 일렁이는 둥근 불꽃은 사실 큰 바람뱀의 눈이라고 어머니는 말했다. 바람뱀은 몸이 바람과 구름으로 이루어져 있어서 보통 사람은 하늘과 구별할 수 없다고 했다. 바람뱀의 눈은 너무나 밝아서 태양보다 횐하게 번쩍이기 때문에, 낮에 바람뱀이 밖으로 나오면 바람뱀을 질투한 태양이 거센 햇살을 내리쪼여 바람뱀의 몸을 이루는 구름을 증발시키고 바람을 흩어버린다고도 알려줬다. 그래서 바람뱀은 낮에는 아무것도 먹지 못한 채 동굴 안이나 바위 밑의 축축한 어둠 속에 숨어 있다가 밤이 되면 둥근 불꽃 같은 눈을 번쩍이며 밖으로 나와서 먹이를 찾는다고 했다. 바람뱀은 등불 같은 눈으로 어두운 밤에 길 가는 나그네를 속여 등불을 든 사람이 지나간다고 믿게 한다. 밤중에 낯선 곳에서 불빛을 비추는 길동무를 만났다고 생각한 나그네가 반갑게 다가서면 바람뱀은 호수나 늪에 불운한 나그네를 빠뜨려 죽인 뒤에 그 영혼을 먹어버린다는 것이다. 그러면 나그네의 혼 없는 시신은 호수나 늪의 바닥에 깊이 가라앉아 다시는 찾을 수 없게 되고 만다.

그러니까 엄마가 없을 때는 절대로 호숫가에 혼자 나가면 안 된다고 태의 어머니는 어린 태에게 몇 번이고 말했다. 태가 밤에 호숫가에 나가고 싶어 하면 어머니는 이렇게 어두울 때에 그런 곳에 가면 바람뱀에게 홀려서 혼을 먹힐 거라고, 다시는 엄마를 만날 수 없게 될 거라고 겁을 주곤 했다.

도깨비불은 사실 매일 밤마다 나타나지는 않았다. 밤중에 호숫가에 나가 보아도 열 번 중 여덟 번은 춥기만 할 뿐 아무것도 볼 수 없었다. 그래도 어머니는 태와 형이 함께 조르면 가끔은 못 이기는 척 아이들을 데리고 호숫가에 나가서 짙은 어둠과 별이 빛나는 하늘이 거꾸로 비친 호수를 바라보곤 했다. 태의 어린 시절에서 적어도 그 시간만은, 가족 모두 조용하고 평온하고 안전했다.

그리고 어느 밤에 태는 혼자 호숫가로 나갔다.

빛나는 것이 그를 불렀다. 어머니도 형도 잠에서 깨

지 않았고 태는 그들을 깨울 필요가 없다고 느꼈다. 빛나는 것은 어머니도 형도 아닌 태를 부르고 있었다. 그래서 태는 밖으로 나가서 호숫가까지 걸었다.

태는 아직 매우 어렸고 보호자 없이 혼자 돌아다니는 것을 좋아하는 시기에 들어서지도 않았다. 그러나 어린 태는 자신이 완벽하게 안전하다고 느꼈다. 부르는 소리와 빛나는 것이 태를 안심시켰다. 태는 그 소리와 빛을 따라갈 뿐 다른 생각을 전혀 하지 않았다.

둥근 불꽃이 호수 위의 허공에 반투명한 무늬를 그리며 움직이고 있었다. 그 무늬는 무작위하지 않았다. 방향과 목적이 있었고 빛나는 것의 의도에 따라서 일정한 모양을 그렸다. 그리고 허공에 새겨진 그 반투명한 무늬는 반짝반짝 빛나다가 얼마 안 가 사라지곤 했다. 그사이에도 둥근 불꽃은 끊임없이 움직이며 허공의 짙은 어둠 속에 새로운 무늬를 새겨 나갔다. 어린 태는 빛나는 것이 매번 다른 무늬와 모양을 만드는 모습을 몇 시간이나 넋을 잃고 지켜보았다.

- 흥미롭니?

빛나는 것이 어린 태에게 물었다.

"네!"

어린 태가 신나서 대답했다.

－어째서?

빛나는 것이 다시 물었다.

"예쁘니까요!"

어린 태가 대답했다.

－미학적으로 만족스럽다는 것은 흥미롭다는 감정과 동일하니?

빛나는 것이 물었다. 어린 태는 이해하지 못했다.

"반짝반짝해요!"

태가 외쳤다.

짙은 어둠과 차가운 공기와 맑은 수면 위의 반투명하게 반짝이는 도깨비불은 아름다웠고, 그러므로 어린 태는 행복했다.

"예뻐요!"

어린 태는 자신의 행복을 이렇게 표현했다.

빛나는 것이 태를 바라보았다.

－기억해라.

빛나는 것이 명령했다.

－기억하지 마라.

그리고 빛나는 것은 호수 표면 위 허공에 화려하고 커다란 무늬를 만들었다. 어린 태는 기뻐서 웃으며 소리 질렀다.

이후 태의 인생을 이끈 것은 신념이 아니었다. 빛의 도취와 이 한 번의 대화였다. 태가 삶과 세상을 이제 막 인지하고 기억이라는 형태로 의식 속에 저장하는 법을 배우기 시작하던 무렵, 호숫가로 태를 불러낸 빛나는 것과 그것의 내는 소리였다. 태는 빛나는 것의 의지에 따라 이 대화를 잊었다. 그러나 그것이 태의 운명을 결정했다. 그리고 다른 여러 사람들의 운명도.

한(犴)의 경우는 전혀 달랐다.

한도 마찬가지로 어렸기 때문에 어머니가 자신과 동생을 데리고 아버지를 떠난 과정을 명확하게 기억하지는 못했다. 그리고 새로운 곳에서 새로운 사람들과 지내면서 시간이 흐르자 자신이 기억하고 있었다는 사실조차 기억하지 못하게 되었다. 그러나 아버지의 목소리를 들은 순간 모든 기억이 되살아났다.

아버지는 고함을 지르고 있었다. 그 자체는 문제가 아니었다. 아버지는 언제나 목소리가 큰 편이었다. 즐거울 때도 큰 소리로 즐거워했고 언짢을 때도 큰 소리로 화를 냈다. 그리고 그 즐거움과 언짢음 사이에 간격이 없었다. 있다 하더라도 아주 짧았다.

한의 기억이 되살아난 이유는 아버지의 고함에 나타난 언짢음 때문이 아니었다. 그 목소리를 듣고 문 밖에 나간 한과 멀리 사람들 사이에 서 있는 아버지의 눈이 마주쳤고, 그때 아버지가 그의 이름을 불렀기 때문이었다. 한의 기억을 되살린 것은 그 순간 아버지의 목소리에 깃든 반가움과 즐거움이었다. 그 반가움과 즐거움이 담긴 목소리 때문에 한은 단번에 전부 기억해 낼 수 있었다. 그 반가움과 즐거움이 얼마나 빨리 짜증과 노여움으로 변했는지, 어렸던 자신이 얼마나 혼란스러웠는지, 얼마나 두려웠는지. 특히 그 혼란과 두려움의 기억은 한 자신도 놀랄 정도로 커다랗고 생생했다. 그래서 한은 문간에 서서 밖으로 완전히 나가지도, 안으로 도로 들어가지도 않은 채 멀리 사람들 사이에서 자신을 쳐다보는 아버지를 바라보며 서 있었다.

아버지는 사람들을 밀어내며 고함을 질렀다. 한이 예상했던 그대로 아버지의 고함에 나타났던 반가움과 기쁨은 아주 짧은 간격을 두고 노여움과 좌절감과 울화로 바뀌었다. 한은 그 목소리를, 그 어조를 잘 알았다. 자기 자신도 놀랄 정도로 선명하게 기억했다. 그리고 지금 들려오는 것과 같은 그런 목소리와 그런 어조, 그런 고함 뒤에 어떤 일들이 반드시 뒤따라 일어났는지도.

그때는 아버지의 분노와 어린 한 사이에 어머니가 있었다. 항상 있었던 것은 아니지만 많은 경우에 어머니가 아버지 앞을 막아섰다.

지금은 어머니가 없었다. 지금, 그 시절을 선명하게 기억할 정도로 아직 어리고, 법적인 성년이 되려면 아직 몇 년이나 기다려야 하는 한과, 혈연으로서 친부로서의 권리에 대해 분노와 짜증에 찬 목소리로 고함치는 아버지 사이를 막아줄 사람은…….

"들어가자."

누군가 그의 어깨를 건드렸다. 한은 흠칫 놀라 돌아보았다.

층장(層長)이었다. 한과 태를 포함하여 비슷한 연령대의 청소년들이 함께 지내는 층에서 가장 나이가 많은 사람이었다. 나이가 많다고 해도 층장 자신도 이제 갓 성년에 접어들었을 뿐이었지만 한은 층장의 말에 군소리 없이 돌아서서 문가에서 물러났다. 저 소리 지르는 남자가 누구인지, 이곳에 왜 찾아왔는지, 만약에 남자가 이곳에서 자신을 데리고 나가려 한다면 어떻게 되는지 한이 설명하거나 질문하기 전에, 한이 애초에 입을 열기도 전에 층장이 딱 잘라 말했다.

"여긴 사유지야. 교단에 속하지 않은 사람은 들어올 수 없어."

그리고 층장은 현관으로 다가가서 침착하게 문을 닫고 한에게 아무렇지 않게 명령했다.

"손 씻고 예배 준비해."

그것은 언제나 그 시간대에 듣던 일상적인 지시였다. 한은 안심했다. 그리고 손을 씻으러 갔다.

아버지는 돌아오지 않았다. 교단이 어떤 방법으로 아버지를 쫓아 보냈는지, 다시 돌아오지 않도록 무슨 말을 했는지, 어떤 수단을 사용했는지, 혹시라도 다시 나타난다면 어떻게 할 것인지 한은 아무런 설명도 듣지 못했고 설명을 요구하지도 않았다.

그곳은 사유지였으며 교단에 속한 사람이 아니면 들어올 수 없었다. 한은 교단에 속한 사람이었고 아버지는 그렇지 않았다. 교단은 구성원들을 보호했으며 그러므로 교단은 한을 보호했다. 한은 이전에 그 사실을 그토록 강렬하게, 그토록 깊이 안도하며 음미했던 적이 없었다. 이후에도 교단은 그에게 아버지와 관련한 해명을 요구하지 않았으며 아버지에게 어떻게 대처했는지 자초지종을 통보하지도 않았다. 아버지의 방문은 마치 애초에 일어나지 않았던 일처럼 시간과 함께 흘러가 묻혔다. 그러나 한은 묻었으되 잊지 않았다. 길지 않은 삶의 경험에서 이토록 무조건적으로, 이토록 완벽하게 그를 보호해 준 것은 교단이 처음이었다. 그러므로 그 보답으로 교단에 헌신하겠다고 결심한 것은 한의 의식적인 선택이었다.

그 선택에 이르기까지의 과정이나 그 선택이 이루어진 정황 자체에는 한이 통제하거나 결정할 여지가 거의 없었다. 그러나 한은 자신의 선택과 결심 자체에 의미를 부여했다. 그리고 그 의미가 이후 그의 삶의 방향을 결정했다.

"……그러니까, 아마 형이 죽였을 겁니다."

태가 말했다.

"어째서?"

경이 물었다.

"약물 같은 걸 훔쳐서 사용하고, 결과적으로 교단에 해를 끼쳤으니까요."

태가 설명했다.

"그래서 개[犴]야?"

경이 웃었다.

"들개는 별로 충성스러울 것 같지 않은데."

"교단에서 준 이름입니다."

태가 내키지 않은듯 대답했다. 경이 물었다.

"너도?"

태가 고개를 끄덕였다.

"원래 이름이 뭔데?"

경이 다시 물었다.

"모릅니다."

태가 짧게 대답했다.

"알고 싶었던 적 없어?"

경이 물었다. 태가 잠시 망설인 뒤에 대답했다.

"형에게 물어본 적 있습니다."

"그런데?"

경이 태에게 다가가며 물었다.

"대답해 주지 않았습니다."

경이 태의 몸 위로 고개를 숙였다. 태의 목선을 따라 입술을 가볍게 문질렀다. 태가 날카롭게 숨을 들이마셨다.

"어머니에 대해서 알고 싶어?"

경이 태의 귓가에 속삭였다.

"알아봐 줄까?"

태가 고개를 돌려 경을 피했다.

"아니요."

태가 대답했다.

"알고 싶지 않습니다."

태는 경에게서 최대한 몸을 돌려 떨어지려 했다. 왼쪽 손목이 침대 머리에 묶여 있었기 때문에 쉽지 않았다.

경이 태의 얼굴을 잡아서 자기 쪽으로 돌렸다. 태의 몸 위에 몸무게를 실어서 단단히 앉았다. 한 손으로 태의 자유로운 오른손을 움직이지 못하게 잡아 누르고 다른 한 손으로 태의 성기를 감쌌다.

"그만하십시오."

태가 속삭였다.

"원하시는 건 다 대답해 드렸습니다. 앞으로도 물어보시면 뭐든 대답할 겁니다."

말하면서 태의 숨이 다시 가빠졌다.

"이렇게까지 하실 필요는 없……."

태는 말을 마치지 못했다. 경이 왼손으로 태의 오른손을 누르고 입술로 태의 입을 막았다. 경의 몸이 태를 감싸 덮었다. 태는 더 이상 저항하지 않았다.

4

경은 오빠를 거의 기억하지 못했다. 오빠와의 추억은 많지 않았다.

가장 명확한 기억은 신년 명절이었다. 해가 바뀔 때면 경의 부모는 집에 손님들을 초대했다. 그럴 때마다 오빠는 정장을 차려입고 나와서 부모와 함께 손님을 맞이했다. 경은 그런 오빠가 굉장히 어른스럽고 멋지다고 생각했다.

나중에 다시 생각해 보니 오빠는 그저 아이였을 뿐이었다. 그러나 경도 그때는 어렸다. 오빠보다 훨씬 어렸다. 그리고 경이 오빠를 제대로 기억하고 어떤 사람이었는지 알고 싶다고 생각할 만한 나이가 되었을 때 오빠는 이미 죽고 없었다.

죽기 전에 오빠는 경의 얼굴을 들여다보았다. 오빠의 얼굴은 창백하고 무표정했다.

"너는 아프지 않았으면 좋겠다."

그것이 오빠가 경에게 남긴 마지막 말이었다. 어쩌면 어린 경에게, 다른 사람이 아닌 경을 향해서 남긴 유일한 말이었을지도 모른다.

경은 그 말을 이해하기엔 너무 어렸다. 그래서 경

은 물었다.

"오빠, 아파? 어디가 아파?"

오빠는 대답하지 않았다. 오빠가 걱정된 경은 충고
했다.

"약 먹어, 오빠! 약 먹으면 안 아파!"

오빠는 경을 내려다보며 창백하게 웃었다. 그런 말
은 하지 말았어야 했다고, 경은 오랫동안 오빠를 떠
올릴 때마다 후회했다. 그러나 경은 너무 어렸고, 오
빠가 겪는 일들을 이해할 수 없었다.

오빠가 겪은 일들, 그리고 이후에 경 자신이 겪은 일
들은, 아마 아무도 이해할 수 없을 것이라고, 경은 생
각했다. 이해는커녕, 상상조차 할 수 없을 것이라고.

오빠는 그래서 절망했을 것이라고 경은 생각했다.

효(澩)는 부모의 제약회사에서 개최된 신약 발표회
에 참석하여 정장을 차려입고 아버지와 어머니를 향
해 웃으며 박수를 치는 의무를 마치고 나서 피로연이
시작될 때쯤 아무도 모르게 행사장을 빠져나왔다. 오
후에 토네이도 예보가 있었으나 아직 본격적으로 바
람이 불지 않았다. 사실 효는 토네이도가 닥쳐와도
상관없었다. 효는 숲을 향해 걸었다.

숲에서 무엇을 할 것인지 효는 생각해 두지 않았

다. 그저 부모가 있는 곳에서 벗어나고 싶었다. 신약 발표회장에서 가능한 한 멀리 떨어진 곳으로 가고 싶었다. 그러나 효는 아직 합법적으로 운전할 수 없는 나이였고 다른 교통수단을 미리 마련해 두지도 않았다. 그래서 효는 그냥 걸었다.

처음부터 숲으로 가려고 계획했던 것은 아니었다. 행사장에서 몰래 빠져나온 것은 충동적인 결정이었다. 효는 어머니가 방금 발표한 신약에 대해 알아야 할 것을 전부 알고 있었다. 효는 약 개발의 모든 과정에 온몸으로 참여했다. 그 약 자체가 효의 고통과 공포와 강요된 인내의 결과물이나 다름없었다. 그런 약을 부모가 웃는 얼굴로 발표하고 자신은 무대 아래에서 박수를 치는 상황을 효는 더 이상 견딜 수 없었다. 회사도 실험실도 부모도 약도—고통도 절망도—더이상 생각도 하고 싶지 않았다.

효는 마을이 회사에서 멀지 않은 곳에 있고 그 마을을 나가면 숲이 있다는 것까지는 알고 있었다. 실험실 사람들이나 회사 직원들이 대화하는 내용을 지나가다 들어서 숲 근처에 호수가 있다는 것도 알고 있었다. 실제로 가본 적은 없었다. 그 숲에 '이상한 종교를 믿는 사람들'이 살고 있다고 어머니가 딱 한 번

언급한 적 있었다. 그 외에 마을이나 숲은 대체로 부모의 관심사가 아니었다. 효는 홈스쿨링을 해주는 선생님들에게 수업을 들을 때를 제외하면 대부분의 시간을 제약회사의 실험실에 갇혀서 지냈다. 부모는 남들의 눈에 띌 만한 휴가나 여행을 가야 할 때면 회사 비행기를 타고 외국으로 갔다.

효가 숲 사이를 걷고 있을 때 멀리 마을 쪽에서 토네이도 경보 소리가 들려왔다. 동시에 주머니 속의 전화기가 진동했다. 효는 깜짝 놀라서 전화기를 꺼냈다. 그리고 화면에 나타난 토네이도 경보를 보고는 안심하고 전화기를 끈 후 다시 주머니 속에 집어넣었다.

가슴이 답답하고 머리가 아파왔다. 토네이도가 오기 전에는 언제나 이랬다. 기압 차이 때문이라고 지구과학 선생님이 언젠가 설명해 주었다. 회오리바람이 지상의 짙은 공기를 빨아들여서 대기층의 위쪽으로 보내기 때문에 토네이도가 닥치면 땅에 있는 사람들은 산소가 부족해져서 머리가 아프고 졸리고 짜증이 나며 숨을 쉬기 어려워진다고 했다.

그런 생각을 하며 걷고 있을 때 효는 숲의 나무들 사이로 불빛이 반짝이는 것을 보았다. 이곳에서 불빛을 보게 되리라고는 예상하지 못했다. 그래서 효는 별다른 생각 없이 불빛이 비치는 방향으로 걸음을 옮겼다.

   호수는 컸다. 효가 이전에 보았던 그 어떤 호수 못지않게 컸다. 짙은 남색 어둠이 하늘과 수면을 한 가지 색으로 물들였고 그 수면 위에는 둥근 불빛이 떠돌고 있었다. 불빛은 어두운 공기에 반투명한 흰색으로 반짝이는 무늬를 그렸다. 효는 머리가 아픈 것도 숨이 답답한 것도 모두 잊고 넋을 잃은 채 춤추는 불빛을 바라보았다.

   – 어디로 가고 싶어?

   빛나는 것이 효에게 물었다.

   – 고통과 쾌락의 근원은 같은데, 너는 어디로 가려는 거지?

   "무슨 소리야?"

   효가 되물었다.

   "고통과 쾌락이 어떻게 같을 수가 있어?"

   – 고통과 쾌락은 같지 않지만, 그 근원은 같아.

   빛나는 것이 효에게 답했다.

   – 네가 고통을 느끼고 쾌락을 느끼는 이유는 몸을 가진 인간이기 때문이야. 네 몸이 고통의 근원이자 쾌

락의 근원이고, 모든 인지와 정서와 감각의 근원이야.

"그러면 난 어떻게 해야 해?"

효가 물었다.

–어떻게 하고 싶어?

빛나는 것이 되물었다.

"고통에서 벗어나고 싶어."

효가 말했다.

–몸을 갖지 않으면 돼.

빛나는 것이 간단히 대답했다.

"하지만 몸이 없는 존재 방식을 나는 알지 못해."

효가 절망했다.

–알고 싶어?

빛나는 것이 물었다.

–몸이 없이 존재한다는 게 어떤 건지 느끼고 싶어?

"알고 싶어!"

효가 대답했다.

"몸이 없이, 고통도 없이 존재하고 싶어!"

효가 빛나는 것에게 외쳤다.

바람이 거세게 불기 시작했다. 숲의 나뭇잎과 가지가 바람에 쓸려 스산한 소리를 내었다.

효의 시신은 토네이도가 지나가고 이틀 뒤 호숫가에서 발견되었다. 악천후 때문에 일대가 전부 고립되어 수색도 발견도 늦어졌으나 효의 시신은 물기도 상처도 없이 마치 잠자는 것처럼 깨끗하고 고요하게 누워 있었다. 시신에서는 종류도 양도 엄청난 여러 가지 약물이 검출되었다. 그래서 검시관은 효가 약물 과용으로 사망했다고 판단했다. 효의 부모는 검시관이 사망진단서의 '자살'란이 아닌 '비의도적 사고'란에 표시하도록 백방으로 애썼으며 언제나 그렇듯이 성공했다.

경은 오빠의 장례식을 어렴풋이 기억했다. 모든 것이 검었고 사람들이 많이 모여 웅성거리고 있었다는 것이 경에게 남아 있는 장례식의 인상이었다.

그리고 경은 검고 웅성거리는 희미한 장면들 속에서 오빠의 관 위를 떠도는 불빛을 보았다. 장례식장의 인공적인 조명 속에서 불빛은 푸르스름한 회색의 띠를 허공에 그리며 돌아다니고 있었다. 춤춘다기에는 그 움직임이 너무 불규칙했고, 그보다는 초조하게 뭔가를 찾아 헤매는 것 같았다.

경은 불안정하게 허공을 돌며 움직이는 어두운 불꽃을 가만히 바라보았다. 갑자기 불꽃이 움직임을 멈

추었다. 그리고 경을 바라보았다. 물론 불덩어리에는
얼굴이 없었으므로 어디를 바라보는지는 확정할 수
없었다. 그러나 경은 불꽃이 자신을 바라보고 있다는
사실을 확실히 느꼈다.

　－너는 아프지 않았으면 좋겠어.

　어두운 불꽃이 경에게 말했다.

　누군가 경의 어깨를 건드렸다.

　"자리에 앉아야지."

　잘 모르는 어른이 경의 손을 잡았다. 어린 경은 어른
이 이끄는 대로 따라갔다. 불꽃이 있던 쪽을 돌아보았
을 때 허공의 회색 불꽃은 이미 사라지고 없었다.

2부

온도

체성감각 영역

5

    태는 감옥에서 교단 사람들과의 연락을 모두 끊었다. 형이 찾아왔지만 그는 매번 면회를 거부했다. 그가 교단에 완전히 등을 돌렸다는 사실을 명확히 밝힌 후에 형은 더 이상 찾아오지 않게 되었다.

    대신 12년 만에 형사들이 태를 찾아왔다.

    "살인사건에 대해 알고 있나?"

    륜 형사가 물었다. 그는 고개를 저었다.

    "모릅니다."

    형사는 여성의 사진을 그에게 보여주었다.

"이 사람 알아?"

그는 사진을 들여다보았다.

"성인식 때 한 번, 본 적 있습니다."

류 형사가 되물었다.

"본 적이 있으면, 누군지 알아?"

"구성대모님입니다."

"그게 뭔데?"

신임 형사가 옆에서 물었다. 그가 설명했다.

"교단에서 말하는 고통의 12단계 중에서 9단계에 오르신 분입니다. 저와 형이 처음 교단에 들어갔을 때 속했던 지부를 관할했습니다."

"그게 다야?"

"예."

신임 형사가 잇새로 바람 빠지는 소리를 냈다. 류 형사가 신임 형사를 힐끗 쳐다보았다. 그리고 남자에 게 물었다.

"교단이 해체했다는 소식 들었나?"

"모릅니다."

그가 고개를 저었다.

"여기 들어온 뒤로 교단 소식은 일부러 안 듣고 지 냈습니다."

"그래?"

류 형사가 천천히 느긋하게 말했다.

"해체했다고 하더라고. 네가 폭탄 터뜨리고 나서 탈세부터 테러까지 온갖 혐의로 아주 탈탈 털려서, 교주부터 싸그리 다 조사받고 해체했대, 너 때문에."

류 형사는 말하면서 그의 얼굴을 가만히 들여다보았다.

그의 얼굴에는 표정이 없었다. 예의 바르지만 무감정하게 형사의 말을 듣고 있었다.

류 형사는 잠시 그의 얼굴을 관찰하다가 다시 말했다.

"그런데 말이야. 해체했다는 말, 그거 거짓말이야."

그의 얼굴에는 여전히 아무런 표정도 나타나지 않았다.

"교단의 본부가 어디 있는지 알아?"

류 형사가 잠시 기다리다가 물었다. 그는 다시 고개를 저었다.

"모릅니다. 거긴 아무나 갈 수 없습니다."

"넌 아무나가 아니잖아."

신임 형사가 끼어들었다.

"폭탄 터뜨리기 전에 본부 가본 적 없어? 뭐, 승진

심사나 표창장 같은 거 받으러?"

"회사인 줄 아냐."

류 형사가 핀잔을 주었다. 태는 대답하지 않았다.

"네 형은 어디 있는지 알아?"

신임 형사가 물었다. 태는 불분명하게 대답했다.

"정확히는 모릅니다."

신임 형사가 짜증을 냈다.

"너 알면서 입 다물고 있는 거면 가만 안 둔다."

태가 조용히 대답했다.

"도움이 못 되어 죄송합니다."

"아이 시발새끼 아주 차분하게 사람 성질 긁네."

신임 형사가 화를 냈다. 태가 똑같이 조용한 목소리로 불쑥 말했다.

"데려가 주시면 만날 수 있을지도 모릅니다."

"뭐?"

취조실을 나가려던 신임 형사가 돌아보았다.

"데려가 주시면, 형에게 물어보겠습니다."

"어디로 데려가?"

신임 형사가 어처구니없다는 얼굴로 물었다. 태가 말했다.

"형과 제가 어렸을 때 살았던 곳이 있습니다. 거기

가면 아마 형을 찾을 수 있을 겁니다."

"안 돼."

류 형사가 잘라 말했다.

"말 같지 않은 소리 하지 마라. 정확히는 모른다며, 어딜 데리고 나가라는 거야."

"형이 있을 곳은 거기밖에 없습니다."

태가 주장했다. 류 형사가 반대했다.

"네 형이 거기 확실히 있다고 해도, 일부러 접선시키려고 널 데리고 나갈 순 없어."

"전 이제 교단 소속이 아닙니다."

태가 뭔가 더 설명하려 했으나 류 형사가 다시 말을 막았다.

"그러면 애초에 나가봤자 소용도 없을 거 아냐. 안돼."

"소용이 있을 겁니다."

태가 나직한 목소리로 고집스럽게 말했다.

"형이 저한테 할 말이 있을 겁니다."

"안 돼."

류 형사가 단호하게 대답했다. 첫 대화는 그것으로 끝났다.

이후 두 번째 시신이 발견되었다.

형사들이 다시 찾아왔다. 태는 현의 회사가 제공한 비행기에 탑승했다.

"후회하지 않아?"

경이 물었다.

"폭탄…… 말입니까?"

태가 망설이다가 조심스럽게 되물었다. 경이 조금 웃었다.

"아니. 감옥에서 나오겠다고 한 거."

경은 태가 한 손으로 콘돔을 벗겨내어 휴지통에 버리는 모습을 바라보며 말했다. 태는 빨리 배웠다. 이제는 곧바로 옷을 입으려 하지 않았다.

"바깥바람 쐬고 옛날에 살던 곳 구경하려고 나왔지, 나하고 이러고 있으려고 나오진 않았을 거 아냐."

"당신을 만날 거라는 건 알고 있었습니다."

태가 대답했다. 그리고 덧붙였다.

"이렇게 될 줄은 몰랐습니다."

"어떻게 될 거라고 생각했어?"

경이 다시 물었다.

"모르겠습니다. 생각해 본 적 없습니다."

태가 대답했다.

"당신이 화를 내거나, 저를 때리거나, 죽이려 하거나…… 그럴 거라고 생각했습니다."

"그래?"

경이 다가왔다. 태의 몸 위에 앉았다. 손을 뻗어 태의 머리카락을 가볍게 쓰다듬었다. 태는 눈을 감았다.

"뭐든지 대답하겠습니다."

태가 눈을 감은 채로 속삭였다.

"당신이 알고 싶은 건, 뭐든지 다……."

경이 태를 끌어당겼다. 경의 입술이 태의 귓바퀴를 스치고 목을 따라 내려갔다.

"나는 네가 알고 있는 어떤 확실한 사실을 캐내려는 게 아냐."

경이 태의 가슴에 입술을 문질렀다. 태가 낮게 신음했다. 경의 입술이 태의 복부를 따라 더 낮은 곳으로 내려갔다.

'네가 아는 것과 모르는 것, 네가 알고 있다는 사실을 모르는 것까지 전부 알아내고 싶은 거야.'

경은 생각했다. 그러나 말하지 않았다. 태는 눈을 꽉 감고 양손으로 침대 기둥을 힘주어 붙잡았다.

6

그곳은 기이한 폐촌이었다. 건물은 온전했으나 간판들은 여기저기 떨어져 위태롭게 흔들거렸고, 있던 간판이 부서져 사라진 자리를 때에 찌든 지저분한 자국이 대신하고 있었다. 건물 위층의 창문들은 대부분 나무판자를 엑스(X) 자 모양으로 대서 막아놓았다. 반면 거리에 면한 상점의 진열장과 통유리창은 먼지가 끼고 얼룩으로 뒤덮였을 뿐, 한 군데 깨진 곳도 없이 그대로 남아 있었다. 신호등은 꺼진 채 바람에 흔들렸고 도로에는 사람의 기척이나 자동차 그림자는 물론 쓰레기 한 점도 굴러다니지 않았다.

"귀신 나올 것 같네."

신임 형사가 운전을 하면서 투덜거렸다. 류 형사도 굳은 표정으로 창밖의 고요하고 스산한 풍경을 가만히 내다보고 있었다.

"잠시만 세워주시면 안 됩니까?"

태가 말했다.

"왜, 여기야?"

신임 형사가 물었다. 태가 창밖을 내다보며 대답했다.

"아닙니다. 이 길을 쭉 따라가서 마을 밖으로 나가야 합니다."

"그런데 왜 세워?"

신임 형사가 짜증을 냈다.

태가 대답 대신 물었다.

"언제부터 이렇게 됐습니까?"

"내가 아냐?"

신임 형사가 더욱 짜증을 냈다. 태가 다시 부탁했다.

"잠시만 세워주십시오."

"그러니까 왜 세우냐고?"

신임 형사가 화를 냈다. 류 형사가 끼어들었다.

"야, 잠깐만 세워라."

"아, 왜요?"

신임 형사가 언성을 높였다. 류 형사가 차분하게 말했다.

"그냥 잠깐만 세워줘."

신임 형사는 투덜거리면서 차를 세웠다. 류 형사가 내렸다. 차 문을 열었다. 뒷좌석에 타고 있던 태가 내리려 하자 류 형사가 막았다.

"안 돼."

류 형사가 말했다.

"내리지 마. 차 안에서 봐."

"감사합니다."

태가 말했다. 그리고 차 안에 앉은 채로 먼지투성이 마을 중심가를 바라보았다.

류 형사는 참을성 있게 기다려주었다. 시계를 보았다. 그리고 태에게 말했다.

"가자."

태는 고분고분 안쪽 자리로 들어갔다. 류 형사가 다시 차에 탔다. 차가 출발했다.

태는 차가 마을을 벗어날 때까지 아무 말도 하지 않았다.

'기도회'에 태는 단 한 번 참가한 적이 있었다. 교단이 마을의 강당을 하루 동안 빌렸다. 앞에는 무대와 강단이 있었고 관객석에는 작은 책상이 달린 의자가 넓게 간격을 두고 놓여서 전체적인 분위기는 기도를 하는 장소가 아니라 강의실이나 시험장 같았다. 태 자신도 기도회를 그런 관점에서 이해했다. 그래서 태는 기꺼이 이른 아침에 강당으로 가서 형과 함께 의자를 날라 열을 맞추어 배치하고 입구에서 참가자들의 이름을 확인하고 명찰을 나누어주었다.

태가 뭔가 이상하다고 느끼기 시작한 것은 한이 다른 간사와 함께 약을 나누어주기 시작했을 때였다. 한은 태에게도 참가자들에게 나누어줄 약을 내밀었다. 하얗고 납작한 작은 알약이었다. 태는 항의했다.

"이건 뭐야? 왜 이런 짓을 해?"

"괜찮아, 대모님하고 대부님 모두 허락하셨어."

한이 설명했다.

"실험적인 방식이긴 하지만 좀 더 강렬한 경험을 하고 빠르게 단계를 뛰어넘을 수 있대. 궁금하면 너도 해봐."

"단계를 왜 뛰어넘어? 그런 부자연스러운 짓은 교리에 어긋나잖아!"

태가 더욱 화를 냈다.

"대모님하고 대부님이 허락하셨다니까! 네가 대모님, 대부님보다 교리를 더 잘 알아?"

한도 지지 않고 화를 냈다. 태의 기세가 한풀 죽었다.

"약을 나눠주든지 아니면 꺼져."

한이 명령했다. 태는 어쩔 수 없이 한이 내미는 하얀 알약을 받아들고 뒷줄의 참가자들에게 한 알씩 나눠주었다.

약을 먹은 뒤에 참가자들은 모두 자리에 조용히 앉

아 있었다. 태는 앞으로 어떻게 하려는 것인지 알 수 없어서 초조하게 한과 참가자들을 번갈아 보고 있었다. 한이 시계를 보았다. 다른 간사가 한에게 눈짓했다. 한이 속삭였다.

"나가자."

"왜?"

태가 물었다. 한은 대답하지 않고 짜증스러운 얼굴로 태를 끌고 강당 밖으로 나왔다.

그리고 한은 밖에서 강당 문을 잠갔다.

"뭐 하는 거야?"

태가 다시 물었다. 한이 말했다.

"저녁때까지 열지 마. 밖으로 나오려는 사람이 있으면 막아."

"왜?"

태가 다시 물었다.

"두고 보면 알아."

한이 대답했다.

그리고 얼마 지나지 않아 안에서 사람들이 문을 두드리기 시작했다. 태는 깜짝 놀라서 문을 열려고 했다.

"열어주지 마."

한이 태를 붙잡았다.

태는 이해할 수 없었다. 태 자신이 교단에서 고통에 대해 배운 방식은 다분히 개인적이었다. 대모 혹은 대부가 태의 피부를 가를 때나 불로 태울 때나 물리적인 힘으로 고통을 가할 때에 태는 이미 자신이 겪어야 하는 고통의 단계와 의미에 대해 충분히 가르침을 듣고 받아들인 후라서 마음의 준비를 한 상태로 들어갔다. 그리고 그 고통의 현장에는 언제나 자신보다 해당 단계를 먼저 겪은 사람이 옆에서 태를 붙잡아 주었다. 그러므로 태는 약물을 사용하는 것도, 여러 사람을 한꺼번에 강당에 몰아넣는 것도, 대모와 대부는 물론 자신과 한이 안에서 고통을 함께하지 않고 문밖에 서 있는 것도 모두 옳지 않다고 여겼다.

그래서 태는 문을 열기 시작했다. 잠금장치를 풀려고 하자 한이 막았다. 태는 한을 밀어내고 잠금장치를 열었다. 한이 다시 덤벼들어 막기 전에 문이 열렸다. 안에서 사람들이 무서운 기세로 뛰쳐나왔다. 강당 건물의 입구를 향해 전속력으로 질주하던 사람이 닫힌 현관문에 그대로 머리를 들이받고 쓰러졌다. 다른 사람이 복도로 뛰어나와 쓰러지더니 바닥에 누운 채로 몸을 비틀며 팔다리를 휘저었다. 또 다른 사람이 강당 건물의 입구를 향해 뛰어나와서 현관문을 열려고 했다. 한과 함께 있던 다른 간사가 현관문을 열고 나가려던 사람을 붙잡았다. 몸싸움이 벌어졌다.

"내가 문 열지 말라고 했잖아!"

한이 뛰쳐나오려는 다른 사람들을 억지로 강당 안으로 밀어 넣으며 고함쳤다. 강당 안은 아수라장이었다. 그리고 태는 약을 먹은 사람들의 표정이 모두 이상하다는 것을 알았다. 눈에 초점이 없었고 어떤 사람들은 웃고 있었으며 어떤 사람들은 통곡했고 또 어떤 사람들은 입에서 침을 흘리거나 거품을 물고 있었다.

강당 안에는 스무 명이 있었고, 문을 지키고 있는 사람은 한과 태와 다른 간사까지 세 명이었다. 결국 약을 먹은 사람들 중 누군가가 문을 지키던 세 명을 지나쳐서 돌격해 건물의 문을 열고 거리로 뛰어나갔다. 구급차와 경찰차가 도착했다.

대모와 대부는 문을 열었다는 이유로 태를 엄하게 꾸짖었다. 태는 불복했다. 평생 처음으로 교단의 지도자들에게 해보는 저항이었다. 이 때문에 태는 다른 지역의 지부로 쫓겨나게 되었다. 태는 기꺼이 이동했다. 대모도, 대부도 믿을 수 없었다. 무엇보다도 태는 형을 신뢰할 수 없었다.

멀리 떨어진 지부에서 지내며 태는 다른 무엇보다

도 호수를 그리워했다. 숲도, 아주 가끔씩만 가볼 수 있었던 마을도, 심지어 토네이도를 예고하는 초록색 하늘과 숨 막히던 공기까지도 그리웠다. 그러나 강당에서 초점 없는 눈으로 광란하던 사람들을 생각하면 돌아가고 싶은 마음이 한순간에 사라지곤 했다.

'기도회 사건'이 일어난 뒤에 한이 찾아왔다. 태는 깜짝 놀랐다. 한은 약물의 부작용을 인정했다. 태는 처음이자 마지막으로 목격했던 기도회에서 참가자들에게 나눠주었던 하얀 알약에 대해 물었다. 한은 알약이 통증과는 아무 관계가 없는 환각제였다고 대답했다. 그리고 한은 잘못을 빌며 태에게 돌아와 달라고 간절히 부탁했다. 대모도 대부도 체포되었고 지부를 지킬 사람이 아무도 없다고 했다.

그때 돌아가지 말았어야 했다고, 태는 차창 밖으로 폐촌이 된 마을을 바라보면서 생각했다.

차는 콘크리트로 포장된 울퉁불퉁한 길을 따라 계속 달렸다. 마을을 벗어나자 초원과 나무가 나타났다. 갈수록 나무가 무성해져 숲이 되었고, 그 숲 안쪽으로 호수가 언뜻언뜻 반짝이는 것이 보였다. 숲이 지나치게 무성하고 어둡지만 않았다면 매우 아름다웠을 광경이었다.

"이야, 이런 곳이 있네."

신임 형사가 감탄했다. 그러나 감탄은 곧 다시 짜증으로 바뀌었다. 콘크리트 도로는 숲의 입구에서 난데없이 끝났다.

"뭐야, 이건?"

"여기서부터는 길이 없습니다. 내려서 걸어가야 합니다."

남자가 말했다.

"너 허튼짓하면 여기다 파묻어 버린다."

신임 형사가 운전석에서 룸미러로 남자를 쳐다보며 말했다.

세 사람은 차에서 내렸다.

숲은 깊었고, 호수는 보기보다 멀었다. 숲을 지나 호숫가를 돌아 한 시간쯤 걸어간 끝에 세 사람은 작고 나지막한 목조건물 앞에 도착했다.

"여깁니다."

남자가 말했다.

세 사람은 목조건물의 입구로 다가갔다. 문 앞에 선 신임 형사가 문을 두드리기 위해 손을 들었다. 그 뒤에서 류 형사가 허리춤에 손을 댔다.

"누구세요?"

세 사람은 일제히 돌아보았다. 류 형사가 반사적으로 총을 뽑았다. 젊은 여성은 작게 비명을 지르며 손에 들었던 물통을 떨어뜨리고 양손을 들었다.

류 형사가 한숨을 쉬고 총을 도로 집어넣었다.

"여기서 사십니까?"

"네……."

젊은 여성이 거의 울 듯이 말했다. 류 형사가 최대한 부드러운 목소리로 정중하게 물었다.

"경찰입니다. 최근 일어난 살인사건과 관련하여 초월의 교단에 대해 좀 여쭤보려고 왔습니다. 들어가도 됩니까?"

"무슨 일이야?"

젊은 여성이 대답하기 전에 목조 가옥의 문이 열렸다. 젊은 남성이 얼굴을 내밀었다.

"왜 그래?"

"경찰이래……."

젊은 여성이 속삭이듯이 대답했다.

"들어오시라고 해."

안에서 남성의 목소리가 들렸다.

젊은 남성은 뒤를 돌아보았다. 그리고 문을 조금 더 열었다.

신임 형사가 먼저 안으로 들어갔다. 류 형사와 태가 뒤를 따랐다.

태의 형이 현관으로 나왔다.

"너냐?"

그리고 한은 태에게 다가가 주먹으로 명치를 때렸다.

태는 몸을 숙이며 균형을 잃었다. 한이 그의 얼굴을 후려쳤다. 태는 쓰러졌다.

한이 쓰러진 태에게 덤벼들려 했다. 류 형사가 한을 막았다. 류 형사가 한을 붙잡자 젊은 남성이 류 형사에게 달려들었다. 그래서 신임 형사도 젊은 남성에게 덤벼들었다. 젊은 여성이 비명을 질렀다.

류 형사가 태의 형을 제압했고 신임 형사가 젊은 남자를 끌어냈다. 두 명에게 수갑을 채운 뒤에 류 형사는 지원을 요청했다. 그리고 류 형사는 말했다.

"자, 이제 우리 문명화된 시민답게 대화 좀 해봅시다."

젊은 남자가 욕을 하며 수갑을 찬 채로 류 형사에

게 덤비려 했다. 신임 형사가 젊은 남자와 태를 끌고 주방으로 퇴각했다. 류 형사가 한과 젊은 여성을 거실로 데리고 나갔다.

가장 가까운 도시는 제약회사의 실험실에서 63킬로미터 떨어져 있었고, 지원 인력이 그곳의 경찰서에서 실험실을 지나 폐촌을 지나 숲을 지나 호숫가를 돌아서 목조 가옥에 도착하기까지 태의 형은 묵비권을 행사했다. 젊은 여성은 거실 맞은편에 웅크리고 앉아서 때때로 흐느낄 뿐 역시 아무 말도 하지 않았다.

한편 신임 형사가 주방에서 지키고 있던 젊은 남자는 욕을 할 때 외에는 전혀 입을 열지 않았다. 그리고 시시때때로 틈을 노려 태를 덮치려 했다. 참다못한 신임 형사는 젊은 남자를 화장실로 끌고 가서 안에 집어넣고 젊은 남자의 한 손에 채운 수갑의 다른 쪽을 수도관에 채운 뒤에 문을 닫았다. 화장실의 타일 벽에 젊은 남자의 욕하는 소리가 웅장하게 공명했다.

신임 형사가 주방으로 돌아와서 태가 얌전히 앉아 있는 것을 확인하고 거실의 류 형사에게 전화했다.

"어떡하죠?"

"기다려봐, 지원 오면 서로 몽땅 데려가서 제대로 얘기해 봐야지."

류 형사가 느긋하게 대답했다.

류 형사가 요청한 경찰차 두 대가 도착했다. 경찰들이 숲을 뚫고 목조 가옥에 도착하기까지는 시간이 더 걸렸다.

류 형사는 태의 형과 함께 경찰차에 탔다. 지원 경관이 계속 욕을 하는 젊은 남자와 멍하니 아무 말도 하지 않는 젊은 여성을 다른 경찰차에 태웠다. 신임 형사가 태를 데리고 차에 올랐다.

마을에 진입했을 때 태가 신임 형사에게 말했다.

"형사님."

"왜."

신임 형사가 짜증을 냈다. 태가 부탁했다.

"잠시만 세워주시면 안 됩니까?"

"뭘 또 세워!"

신임 형사가 화를 냈다. 태가 설득했다.

"부탁입니다. 저는 이제 여기에 다시 돌아오지 못합니다. 마지막으로 잠시만 보게 해주십시오."

"아, 이 시발새끼……."

신임 형사는 욕을 하면서도 차를 세웠다. 시동을 껐다. 차 문은 열어주지 않았다. 태는 차창 밖으로 황

량한 마을의 모습을 바라보았다.

"어렸을 때, 그 호숫가에서 살았을 때는 이 마을이 굉장히 큰 도시처럼 느껴졌습니다. 마을에 나올 수 있는 기회가 없었기 때문에 마을에 가도 된다고 허락을 받은 날에는 정말로 신났습니다."

신임 형사는 대답하지 않았다. 운전대에 양팔을 기대고 입속말로 투덜거리면서 먼지투성이 건물들을 쳐다볼 뿐이었다.

"여기가 이렇게 될 줄은 몰랐습니다……"

태가 말했다.

"어?"

신임 형사가 갑자기 몸을 일으켰다. 태가 고개를 돌려 운전석을 바라보았다.

"왜 그러십니까?"

"아냐……"

신임 형사가 중얼거리고는 다시 운전대를 양팔로 감싸고 엎드렸다. 태는 도로 고개를 돌려 말없이 마을의 풍경을 바라보았다.

"다 봤냐?"

신임 형사가 머리를 들었다. 그리고 태가 대답하기 전에 시동을 걸었고 차를 출발시켰다.

태의 형은 경찰서에 도착한 뒤에도 아무 말도 하지 않았다. 류 형사가 차분히 시간을 들여 경찰폭행죄와 공무집행방해죄를 설명했다. 태의 형은 마지못해 입을 열었으나 교단과의 관계를 전면 부인했다. 목조 가옥은 젊은 남성과 여성의 집이고, 두 사람은 연인 사이이며, 자신은 젊은 남성의 친구로 초대받아서 호숫가의 경치를 즐기기 위해 놀러 왔을 뿐이라고 주장했다. 다른 취조실에 앉은 젊은 여성도 비슷한 취지로 진술했으며 때때로 흐느꼈다. 한편 세 번째 취조실에 위치한 젊은 남성은 여전히 욕설을 있는 힘껏 외칠 뿐 조리 있는 말은 한마디도 하지 않았다.

"제가 얘기해 보겠습니다."

짜증에 가득 차서 커피를 들이켜는 류 형사에게 태가 제안했다. 신임 형사가 의심스러운 눈으로 쳐다보았다.

"네가 누구하고 뭘 얘기해?"

"제가 형하고 얘기해 보겠습니다."

태가 고집했다. 류 형사는 반대했다.

"안 돼. 그 난리를 쳤는데 잘도 너하고 얘기하겠다."

"제가 얘기하게 해주십시오. 형이 대답은 안 해도 됩니다. 말로 대답하지 않아도 분명히 보이는 게 있을 겁니다."

태가 설득했다. 륜 형사가 잠시 생각한 뒤에 신임 형사를 쳐다보았다. '말로 대답하지 않아도 보이는 것'에 두 형사 모두 관심을 가졌다.

마침내 륜 형사가 허락했다.

"그럼 잠깐만 들어가 봐."

륜 형사가 먼저 들어가 태에게 문을 열어주었다. 취조실에 앉아 있던 한은 태를 보고 일어서려 했다. 륜 형사가 한의 어깨를 눌렀다. 태가 천천히 탁자 건너편에 앉았다. 그리고 물었다.

"구성대모님이 돌아가셨어. 팔성대부님도. 알고 있었어?"

태의 형은 대답하지 않았다. 경멸에 가득 찬 표정으로 태를 노려볼 뿐이었다.

태가 다시 물었다.

"형이 죽였어?"

"이 개새끼가⋯⋯!"

한이 다시 일어나서 덤벼들려 했다. 륜 형사가 다시 한의 어깨를 눌렀다.

"누가 죽였는지 알아?"

태가 물었다. 한은 대답 대신 침을 뱉었다. 침은 태

의 얼굴에 닿지 못하고 탁자에 떨어졌다.

"죽은 자는 이미 구원받았다."

한이 말했다.

형사들이 일시에 긴장했다. 류 형사가 취조실의 거울을 바라보았다. 거울 뒤의 신임 형사도 거울 너머의 류 형사를 바라보았다.

"죽은 자는 이미 구원받았다. 너 같은 새끼한테 구원은 없어."

한이 다시 말했다. 그리고 자신의 어깨를 잡은 류 형사를 돌아보고 말했다.

"변호사 불러줘요."

류 형사가 취조실에서 나오자 신임 형사가 흥분하며 물었다.

"저 자식이 죽인 거예요? 지금 자백한 거 맞죠?"

"형이 아닙니다."

태가 단호하게 말했다.

"형도 누가 죽였는지 모릅니다. 무서우니까 저러는 겁니다."

"죽은 자는 구원받았다며?"

신임 형사가 반박했다. 태가 고개를 저었다.

"그건 그냥 교단에서 자주 부르는 노래 후렴입니다. 교단 사람이라면 누구나 다 아는 흔한 문구입니다."

"그 뒤에 또 뭐 있지 않아?"

류 형사가 조용히 물었다. 태가 되물었다.

"예?"

"그, 죽은 자 구원 어쩌고, 그 뒤에 뭐가 더 있지 않냐고."

태가 암송했다.

"죽은 자는 이미 구원받았다. 산 자는 구원받을 것이다."

"죽는 게 구원이면, 사람이 더 죽을 거란 얘기네?"

류 형사가 말했다.

경이 태의 얼굴에 난 상처를 손가락으로 살살 만졌다. 태는 피하지 않았다.

"감격적인 형제 상봉이었나 보네."

태는 대답하지 않았다.

"화나지 않아? 진짜 범인은 형인데, 대신 감옥에 들어가고 오랜만에 만나선 얻어맞고?"

태는 여전히 대답하지 않았다. 그러나 한순간 흠칫 얼굴을 찡그리며 고개를 돌렸다. 경이 손을 내렸다.

"어떻게 했어?"

경이 물었다.

"뭘…… 말입니까?"

태가 조심스럽게 되물었다. 경이 한 손을 펼쳐 폭발하는 시늉을 했다.

"이미 다 알고 계시지 않습니까."

태가 중얼거렸다.

물론 경은 알고 있었다. 태가 본사를 폭발시킨 과정과 결과는 재판에서 낱낱이 충실하게 논의되고 검증되고 증명되었다. 경이 다시 물었다.

"어떻게 했어?"

태는 잠시 생각했다. 그리고 짧게 대답했다.

"드론과 조종기를 받고, 전원을 켜고, 방향을 잡고, 목적지에 도착한 것을 확인하고, 스위치를 켰습니다."

"그게 다야?"

경이 확인했다.

"예."

태가 대답했다.

"왜 했어?"

경이 물었다.

"교단이 시킨 거야, 네가 하겠다고 한 거야?"

"양쪽 다입니다."

태가 대답했다.

"언젠가는 하게 될 거라고, 언제나 알고 있었습니다."

경은 침대 발치에 기대앉았다. 수갑에 묶여 침대 기둥에 고정된 태의 왼쪽 손목을 바라보았다. 태의 양쪽 손목은 굵은 흉터가 빙 둘러져 있었다. 가까이서 보면 그것은 작은 흉터들이 아주 많이 모인 집합체였다. 거친 물체로 여러 번 묶였던 자국이다.

경은 시선을 돌려 자신의 왼쪽 손목에 난 흉터를 바라보았다. 칼날이 지나간 자리에 남은 흉터는 액체가 스며든 자국처럼 희미하고 하얗게 피부에 흘러내리다가 사라졌다.

"살인하고 나서 기분이 어땠어?"

경이 자신의 손목을 바라보며 속삭이듯 물었다.

"살인이 아닙니다."

태가 천천히 말했다. 경이 고개를 들었다.

"목표는 회사를 공격하는 것이었습니다. 사람을 죽이는 게 아니었습니다."

"죽였잖아."

경이 피식 웃었다.

"너 진짜 뻔뻔하다. 처음부터 죽일 줄 알고 갔잖아."

태는 고개를 돌렸다. 대답하지 않았다.

"나도 죽일 생각이었어?"

"이미 말씀드렸듯이 살인을 목표로 했던 것이 아닙니다."

태가 고개를 돌려 여전히 경의 시선을 피한 채로 대답했다.

"죽일 생각이었구나."

경이 웃었다.

"그 옛날 본사 말야. 실험실 위층에 있었던 거기. 난 어렸을 때 거의 거기서 살았어. 내가 실험 재료였으니까. 그런데 그날은 내가 왜 거기 없었는지 알아?"

태가 고개를 돌려 경을 쳐다보았다. 폭발사건 직전과 사건 당일 경을 포함한 관련자들의 행적은 재판에서 낱낱이 공개되었다. 태가 기억하는 한, 그녀는 부모가 죽던 날 병원에 입원해 있었다.

"내가 왜 입원했는지 알아?"

태는 답을 알고 있었다. 그러나 말없이 경을 쳐다보며 대답을 기다렸다.

"자살 시도를 했어. 술 한 병에 진통제 한 병을 같이 마셨어. 이 얘긴 재판 때 들었지?"

태가 가볍게 고개를 끄덕였다. 눈은 여전히 경을

쳐다보고 있었다.

"왜 그랬습니까?"

"지금 와서 그게 무슨 상관이야?"

경이 다시 웃었다.

"넌 날 죽이려고 했지? 난 내가 죽으려고 했기 때문에 살았어."

태는 대답하지 않았다.

"그러니까 너는 쓰레기라는 거야."

경이 침대에서 몸을 일으켰다. 태가 다시 물었다.

"왜 그랬습니까?"

경이 침대 옆에 선 채로 남자를 가만히 쳐다보았다.

"넌 왜 안 죽었어?"

태는 대답하지 못했다. 경이 다시 물었다.

"같이 죽지, 넌 왜 리모컨 들고 길 건너에 숨어 있었는데?"

태는 아무 말도 하지 못했다.

경이 방을 나갔다.

7

태의 형이 부른 변호사는 다음 날 도착했다. 변호
사는 12년 전 태의 사건을 담당했던 그 사람이었다.
목조 가옥에서 체포된 젊은 남자는 경찰폭행죄와 공
무집행방해죄로, 태의 형은 공무집행방해죄로 입건
되었으며 변호사가 도착한 뒤에 두 명 모두 보석금을
내고 풀려났다. 젊은 여성은 아무 혐의도 없었으므로
변호사가 도착하기 전에 이미 진술을 마치고 떠났다.

젊은 남자는 보석금을 내고 풀려난 지 사흘 뒤에 경
찰서 앞에서 변사체로 발견되었다. 시신에는 고문의
흔적이 있었으며 부검 결과 NBOLI가 검출되었다.

8

안(晏)은 자신이 회사에서 쫓겨난 이유를 이해하지
못했다. 안은 결백을 주장했다. 사측은 안을 고소하
며 재판을 통해 모든 진실이 밝혀질 것이라고만 말했
다. 진실은 밝혀지지 않을 것이었다. 안이 산업스파이
이며 그렇기 때문에 안을 해고한 회사의 결정은 정당

하다는 판결을 받을 것이었고 뿐만 아니라 엄청난 배상금까지 물어내야 할 것이었다. 항소와 상고를 통해 안의 결백이 밝혀질 때까지는 이후로 몇 년이나 시간이 더 걸려야만 할 것이었다.

안은 대체로 규정대로 행동했다. 회사에서 사용하는 태블릿 컴퓨터를 규정대로 퇴근할 때 회사에 두고 나왔다. 다만 안은 태블릿을 끄지 않았고 자신의 계정에서 로그아웃도 하지 않았다.

안은 근무용 태블릿 컴퓨터가 내려놓기만 하면 자동 로그아웃되는 점이 아주 마음에 들지 않았다. 잠시라도 사용하지 않다가 다시 집어들 때마다 지문인식으로 로그인하는 과정을 안은 매우 귀찮게 여겼다. 실험용 장갑을 일일이 벗었다 다시 끼기도 귀찮았고 지문인식이 잘 안 되어 필요할 때 태블릿이 즉시 열리지 않아 애를 먹으면 무척 화가 났다. 그래서 안은 설정을 살짝 변경했다. 일정 시간 사용하지 않아도, 태블릿이 절전모드에 들어갔다가 다시 작동해도 자동으로 로그아웃되지 않도록 설정해 두었다.

그런 설정 변경은 규정 위반이었다. 사실 설정을 변경한다는 선택지 자체가 메뉴에 없었다. 그래서 안은 자신이 사용하기에 가장 편리한 방향으로 설정을 변경하는 데 성공했다는 사실이 조금은 자랑스러웠다.

그 태블릿은 홍(虹)의 손에 들어갔다.

홍은 도둑이 아니었다. 그러나 도둑질을 해야 했다. 홍은 어떻게 도둑질을 해야 하는지는 물론이고 정확히 무엇을 훔쳐야 하는지도 알지 못했다. 거기서부터 알아내야 했다. 홍은 밀정이나 첩보 행위에 적합한 성격을 타고나지 못했다. 그리고 홍은 아이들이 보고 싶었다.

홍이 남편을 떠난 이유는 아이가 아프지 않다고 말했기 때문이었다.

"약을 먹으면 돼요."

아이가 말했다.

"약을 먹으면 아프지 않으니까, 아빠가 때려도 울지 않을 거예요. 약을 먹으면 저도 다른 집 아이들처럼 착한 아이가 될 수 있어요."

아이는 여섯 살이었다. 이렇게 말하는 아이의 입은 웃고 있었으나 눈이 기묘하게 무감각했고 초점이 흐렸기 때문에 홍은 아이들에게 겉옷을 입히고 가방 하나에 당장 필요한 소지품만 넣어 들고 집을 나왔다.

그것이 15년 전이었다.

홍은 지난 14년 동안 아이들을 만나지 못했다.

결혼하기 전 홍의 남편은 언제나 기운이 넘치고 함께 있으면 무척 즐거운 사람이었다. 남편이 특별히 긍정적이거나 세상에 대해 호의적인 성격이 아니라 정서적 흥분 상태에 중독된 사람이라는 사실을 홍은 결혼하고 나서 알게 되었다. 남편은 항상 미친 듯이 기뻐하거나 미친 듯이 슬퍼하거나 미친 듯이 화를 냈다. 그 중간의 평온한 상태가 드물게 찾아오면 남편은 지루해서 어쩔 줄 몰랐다. 평온한 상태의 남편은 냉소적이고 무례한 사람이었으며 홍을 의도적으로 무시하고 자기만의 세계에 틀어박히곤 했다. 그리고 지루해하고 초조해하다가 아주 조그만 일에 흥분하며 감정적으로 도취될 꼬투리를 어떻게든 찾으려 애썼다. 아이가 태어나고 나서 남편이 언제나 타고 있던 분노와 슬픔의 롤러코스터가 홍을 향한 물리적인 폭력으로 나타나기까지 시간이 오래 걸리지 않았다.

그러나 남편은 아이들에게는 상냥한 편이었으므로 홍은 참고 기다려보기로 했다. 남편의 불안정한 성격은 최소한 아이들과 함께 있을 때만은 매 순간 즐겁고 재미있고 새롭고 신나는 놀거리를 찾아내는 능력으로 발현되는 것 같았다.

그러므로 남편이 큰아들을 때린다는 사실, 반복해서 때리고 있다는 사실을 홍은 너무 늦게 알았다. 계기는 진통제였다. 홍은 생리통 때문에 약을 먹었다. 홍이 진통제를 먹는 것을 본 큰아들이 자기도 약을 달라고 부탁했다. 착한 아이가 되기 위해서, 아버지에게 얻어맞고도 웃는 아이가 되기 위해서 아들은 약을 달라고 했다.

그래서 홍은 아이들과 함께 남편을 떠났다.

집을 떠나 첫 3개월이 어떻게 흘러갔는지 홍은 잘 기억하지 못한다. 의지할 만한 친척은 많지 않았고 친정에 돌아가면 남편이 곧바로 찾아올 것이 명백했다. 그러므로 홍은 처음에는 자신과 같은 처지의 사람들을 위한 쉼터를 찾았다. 어린 자녀를 둘이나 동반하고 입소하여 오래 지낼 수 있는 쉼터는 많지 않았다. 일단 어린이를 동반하고 쉼터에 입소하는 것 자체가 쉽지 않았다. 단체생활을 해야 하는 쉼터의 규칙과 엄격한 일상을 아이들이 전부 따르기에는 무리한 지점도 있었다.

그리고 남편이 찾아왔다. 집에서 나올 때 분명히

전화기를 버렸고 쉼터의 위치는 비밀이라고 했는데 남편이 어떻게 자신을 찾아냈는지 홍은 이해할 수 없었다. 쉼터 직원들이 경찰을 부르고 남편과 골목에서 언성을 높이며 말다툼을 하는 동안, 경찰이 실제로 모습을 나타내기까지 한 시간 40분 동안 홍은 다시 한번 아이들에게 겉옷을 입히고 당장 꼭 필요한 소지품만 챙겨서 다른 입소자들과 함께 쉼터 뒷문으로 도망쳐야 했다.

남편만이 아니라 경찰 때문에 단체에서 제공하는 쉼터가 더 이상 안전하지 않게 되었으므로 홍은 매주, 혹은 매일 정산해야 하는 싸구려 임시 숙소를 찾았다. 곧 현금이 다 떨어졌다. 현금을 찾으러 은행에 갈 수는 없었다. 또한 카드 혹은 모바일 결제를 사용해도 남편은 홍이 있는 곳을 당장 찾아낼 것이었다. 홍은 아이 둘을 데리고 거리에서 지내야 하는 처지가 되었다.

홍과 같은 처지의 여성들은 놀랍게도 적지 않았다. 홍과 같은 상황에 처한 여성과 아이들을 위한 공식적인 사회적 지원은 놀라울 만큼 적었다.

그때 홍의 눈에 들어온 것이 어느 종교단체의 간판이었다. 산동네의 골목길에 있는 조그만 건물 창문

위에 달린 간판에는 '초월 체험실 숙박 무료'라고 적혀 있었다. 어떻게 봐도 간판의 내용은 이상했다. 그러나 홍의 눈에는 '숙박 무료'만 보였고 그 앞부분은 눈에 들어오지 않았다. '숙박 무료.' 홍에게는 숙박할 곳이 필요했다. 아이들을 위해서, 당장 단 하루라도 마음 놓고 잠잘 곳이 필요했다.

세상에 공짜는 없다는 사실을 홍은 얼마 지나지 않아서 깨달았다. 홍은 애초에 도망쳐 나왔던 상황과 똑같은 입장에 돌아와 있었다. 게다가 이번에는 홍과 홍의 아이들에게 고통을 가하려는 사람이 한 명이 아니었다.

홍은 아이들을 만나고 싶었기 때문에 파견회사에 입사지원서를 넣었다. 아이들을 만나고 싶었기 때문에 홍은 교단의 제안을 받아들였다. 물론 교단은 그 약속을 지키지 않을 것이었다. 물론 홍은 그런 사실을 알지 못했다. 파견회사는 홍의 입사지원서를 받아들였고, 일주일 뒤에 홍은 제약회사의 미화원으로 출근하게 되었다.

출근하고 나서야 홍은 자신의 막막한 상황을 이해했다. 미화원은 실험실에 접근할 수 없었다. 접근은 고사하고 실험실이 어디 있는지 알 수조차 없었다.

실험실에 드나드는 사람들은 홍에게 발급된 출입증과 전혀 다르게 생긴 출입증을 가지고 있었다. 홍은 얼마 안 가 그 사실을 눈치챘다. 어쨌든 홍은 그 다른 출입증을 가진 사람을 뒤따라가서 실험동 입구까지 도달하는 데는 성공했다. 그러나 실험동 입구는 여러 가지 기계가 막고 있었다. 홍은 접근할 수 없었다.

실험실이 어디 있는지는 어쨌든 알아냈다. 그것이 첫 번째 성공이었다.

이후의 과정은 훨씬 오래 걸렸다.

실험동과 사무동은 완전히 다른 세계였다. 홍은 그 사실을 빠르게 이해했다. 그리고 그 두 개의 세계 사이에는 출입하는 사람들의 신원을 확인하는 여러 가지 기계가 버티고 있었다. 홍은 기회가 생길 때마다 실험동 앞에 가서 사람들이 드나드는 모습을 관찰했다. 실험동 입구에는 경비원이 상근하지 않고 언제나 기계들이 보안을 담당하고 있었으며 미화원이 청소하는 모습에 아무도 신경 쓰지 않았다. 그러므로 홍은 언제든 원할 때 얼마든지 마음 편하게 사람들을 관찰할 수 있었다.

실험동으로 들어가려는 사람들은 기계에 출입증을

찍은 뒤에 안이 비어 있는 커다란 상자 같은 기계 안으로 들어갔다. 기계 안의 지정된 장소에 서서 양팔을 치켜들면 상자의 바닥이 천천히 한 바퀴 돌았다. 상자가 회전을 멈추고 기계 벽 위에 녹색 불이 켜지면 안에 서 있던 사람은 팔을 내리고 실험동으로 들어갔다. 홍은 그 커다란 상자가 무엇인지 알지 못했다.

"냄새야."

홍이 처음 출근해서 이것저것 물어보면서 지나가는 말처럼 실험동을 언급했을 때 경력이 가장 오래된 미화원이 대답했다.

"기계가 사람 냄새를 기억하는 거야. 분자 단위로 확인한다나 뭐라나."

"냄새요?"

홍이 신기해했다. 선배 미화원은 홍이 자신의 설명을 신기하게 여긴다는 사실을 기뻐했다.

"공항에서 그런 거 본 적 없어? 그 왜, 폭탄 냄새 맡는 기계 있잖아."

홍은 공항에 가본 적이 없었다. 선배 미화원이 설명했다.

"강아지들이 냄새로 사람 구분하는 거 있잖아. 그거랑 똑같은 거야. 사람마다 기본적으로 몸에서 나는 냄새가 다 다르다고 하더라고."

"목욕하면요?"

선배 미화원이 고개를 저었다.

"분자 단위로 확인하는 거라서 그거랑 상관없대. 그리고 병나면 기계가 병 냄새를 맡는다고 하더라고. 보안만이 아니고 직원들 건강관리까지 한 번에 한다더라."

홍이 놀라워했다. 선배 미화원이 은밀하게 알려주었다.

"저런 보안 방식 자체가 기밀이야. 나도 실험동 들어갈 때 해본 적 있어."

"실험동에 들어가 보셨어요?"

홍이 더욱 놀라워했다. 선배 미화원이 조금은 자랑스럽게 말했다.

"별거 없어. 그냥 사무동하고 거의 비슷해. 어디 들어갈 때마다 일일이 출입증 찍어야 하는 게 골치 아프지. 엘리베이터도 출입증 찍어야 탈 수 있고."

"그래요?"

홍은 흥미롭게 귀를 기울였다. 선배 미화원은 홍의 경청하는 태도에 신이 나서 자신이 기억하는 실험동의 모습을 최대한 상세하게 묘사해 주었다.

선배 미화원의 이야기를 들으면서 홍은 생각했다. 그러니까 실험동에 들어가려면 회사 아이디와 암호와 출입증과 냄새가 필요했다. 그리고 일반 사무직원의 아이디와 암호와 출입증이 아니라 연구직원의 아이디와 암호와 출입증과 냄새가 필요했다. 연구직원의 아이디와 암호와 출입증을 손에 넣으려면 실험동에 접근할 수 있어야 했다. 그런데 실험동에 접근하려면 연구직원의 아이디와 암호와 출입증과 냄새가 필요했다.

그러나 이곳은 기업이다. 실험동과 사무동을 연결하는 부서가 반드시 있을 것이라고 홍은 생각했다. 제품의 판매를 담당하는 부서나 실험실에 돈을 대주는 부서라면 누군가는 정기적으로 실험동에 드나들어야만 할 것이다. 그래서 홍은 사무동을 주의 깊게 돌면서 그 누군가를 찾기 시작했다.

시간이 많지 않았다. 교단은 매일같이 홍을 압박했다. 매일, 매시간, 일분일초가 지날 때마다 홍은 아이들을 만날 수 있는 마지막 기회가 손가락 사이로 빠져나간다고 느꼈다.

그리고 토네이도가 찾아왔다.

홍이 저녁에 출근해서 작업복으로 갈아입고 청소

용구를 챙기기 시작했을 때 두 번째 토네이도 예보가 울렸다. 안전을 위해 십 분 내에 건물이 폐쇄된다. 근무가 끝나더라도 토네이도 경보가 해제되지 않는다면 밖으로 나갈 수 없다. 그리고 경보가 해제될 때까지는 아무도 건물 안에 들어올 수도 없다.

그러니까 오늘이라고, 홍은 직감적으로 느꼈다. 오늘, 그 일이 일어날 것이었다. 홍이 원하든 원하지 않든, 오늘이어야만 했다.

"이거 가지고 가."

평소처럼 직원실을 나서려는 홍에게 선배 미화원이 뭔가 내밀었다. 홍은 얼떨결에 받았다.

"이게 뭐예요?"

선배 미화원은 대답하지 않았다.

ㅡ기후 경보. 기후 경보.

귀가 터질 것 같은 안내 방송이 직원실에 울려 퍼졌다.

ㅡ건물이 폐쇄됩니다. 안에 계시는 분들은 안전을 위하여 대피소로 내려가십시오.

선배 미화원은 이미 사복으로 갈아입었다. 그리고 벗은 작업복을 서둘러 로커에 던져 넣고 가방을 꺼냈다.

"건물 폐쇄됐는데 어디 가시게요?"

홍이 다시 물었다.

"네 일이나 잘해."

선배 미화원이 홍을 돌아보지도 않고 낮은 목소리로 중얼거렸다. 선배는 언제나 수다스럽고 명랑하고 친절했다. 이렇게 차갑게 쏘아붙이는 모습을 홍은 단한 번도 본 적이 없었다. 홍은 충격을 받아 선배가 빠른 걸음으로 직원실에서 나가는 뒷모습을 멍하니 바라보았다.

그리고 홍은 손바닥을 내려다보았다. 선배가 건네준 물건은 녹색의 얇고 조그맣고 단단한 플라스틱 조각이었다. 그것이 실험동 출입증이라는 사실을 홍은 천천히 깨달았다. 출입증 커버 뒷면에 작고 하얀 것이 끼어 있었다. 홍은 커버를 반만 벗기고 하얀 것을 꺼냈다. 네 자리 숫자가 적힌 종잇조각이었다.

─기후 경보. 기후 경보.

홍은 눈을 감고 숨을 가다듬었다. 머리가 어지러웠다. 지나치게 시끄러운 안내 방송 때문도, 토네이도 때문도 아니었다. 숨을 쉬기가 어려웠다. 홍은 자신이 훔쳐야 하는 물건이 무엇인지 아직도 알지 못했다.

'어딘지 모를 곳에 가서 무엇인지 모를 물건을 가져와라.'

홍은 아이들이 어렸을 때 읽어주었던 동화를 떠올렸다.

'태양의 동쪽, 달의 서쪽이었던가.'

생각하며 홍은 조금 웃었다. 울음을 터뜨리지 않기 위해서라도 억지로 웃어야 했다. 아이들을 다시는 만나지 못할 것이라고 홍은 생각했다.

토네이도가 다가온다. 그리고 토네이도가 지나가면 경보가 해제되고 직원들이 다시 출근하기 시작할 것이다. 시간이 많지 않다.

그 사실을 알면서도 홍은 좀처럼 움직일 수 없었다.

벽과 바닥이 가볍게 진동했다. 숨이 턱 막히는 순간, 건물 안에 본격적인 토네이도 경보가 울려 퍼졌다. 홍은 아무 맥락 없이 회사 건물이 보기 드물게 튼튼하게 지어졌다고 생각하며 혼자서 감탄했다. 홍의 경험상 토네이도가 본격적으로 지나갈 때는 지하실이나 대피소에 숨어 있더라도 똑바로 서기조차 힘들었다.

홍이 직원실을 나가려고 발걸음을 옮기려는 순간 불이 전부 꺼졌다. 직원실 안이 한순간 캄캄해졌다. 잠시 후 벽에 달린 비상등이 드문드문 부옇게 빛나기 시작했다.

홍은 천천히 심호흡을 했다. 손에 쥔 녹색 출입증을 들여다보았다. 녹색 출입증은 흐릿한 비상등 불빛 속에서 거무스름하게 보였다.

홍도 오래전 한때는 그런 것을 가지고 있었다. 이런 사원증을 가지고 있었고, 매일 출근하는 직장을 가지고 있었다. 안정적으로 지낼 장소를 가지고 있었고, 삶을 가지고 있었다.

건물이 진동했다. 다시 숨이 턱 막혔다. 몸 안의 공기가 빨려나가는 것 같았다.

홍은 청소 도구를 모두 챙겨 들고 직원실을 나왔다. 결연하게 실험동을 향해 걸어가기 시작했다.

실험동을 향해 가면서 홍은 생각했다. 아이들을 다시 만나고 싶다면 해내야만 한다. 기회는 지금이다. 지금뿐이다.

하지만 출입증은 해결되었다 해도 냄새는 어떻게 할 것인가?

토네이도가 지나갈 때면 기계들이 흔히 오작동을 일으킨다. 건물이 얼마나 튼튼한지 대피소가 얼마나 깊은지는 상관없었다. 거실의 로봇 청소기가 창문으로 기어 올라가는 상황부터 마을 단위로 통신이 두절

되는 상황까지, 심각할 수도 있고 사소할 수도 있으나 기계들은 거의 반드시 다양한 오작동을 일으켰다.

그러니까 오작동을 기대할 수밖에 없었다. 실험동을 막고 있는 보안 기계들도 지금 직원실 전등처럼 아예 꺼졌거나 어떤 식으로든 오작동을 일으켰다면 홍은 요행히 무사통과할 수 있을지도 몰랐다. 물론 요행에만 의존할 수는 없었다. 홍은 실험동 입구에서 기계 이외에 사람이 근무하는 모습을 본 적이 없었다. 만약에 실험동에 상주하는 보안 직원이 있다면, 기계들이 침입 경보를 울릴 경우 홍은 자신이 실험동 출입증 소지자임을 내보이며 기계들이 토네이도 때문에 오작동을 일으켰다고 주장할 생각이었다. 최악의 경우 보안회사와 경찰이 출동하더라도 회사에 도착하려면 시간이 걸릴 것이었다. 토네이도가 아직 완전히 지나가지 않았기 때문이다. 그러니까 어떻게든 될 것이라고 홍은 스스로를 안심시켰다.

홍은 비상등을 따라서 조심스럽게 움직이며 복도를 가로질렀다.

실험동 입구에는 불이 켜져 있었다. 기계들은 모두 정상적으로 작동하는 것 같았다. 홍은 실망했다. 긴장했다.

그리고 홍은 기계 안쪽에 사람이 서 있는 것을 보았다. 짙은 남색 제복을 입고 머리에 짧은 챙이 달린 각진 모자를 쓴 사람이었다. 이전에 없던 경비원의 존재를 홍이 깨달은 순간 경비원이 고개를 돌려 홍을 쳐다보았다.

짧은 챙 아래 남편의 얼굴이 보여 홍은 순간 숨을 들이켰다. 걸음을 멈추었다. 손이 떨렸다. 움직일 수 없었다. 아무것도 생각할 수 없었다.

홍의 손에서 출입증이 떨어졌다. 홍은 손에서 매끄러운 플라스틱이 빠져나가는 감각을 느끼고 아래를 내려다본 뒤 기계적으로 몸을 굽혀 출입증을 집어들었다. 몸을 세우고 다시 쳐다보았을 때 경비원 모자 아래 얼굴은 낯선 사람으로 바뀌어 있었다.

남편이 아니다. 홍은 스스로 다독였다. 남편은 여기 없다.

사실 홍은 남편이 어디 있는지 알지 못했다. 한 5, 6년 전에 홍은 남편이 아이들을 되찾겠다며 상당히 외딴곳에 있는 교단 지부에 찾아와 소란을 일으켰다는 이야기를 지도부에게 전해 들었다. 그때 이미 홍은 아이들과 헤어져 거의 10년 가까이 만나지 못하고 있었다. 아이들이 어디 있는지 자신은 알지 못하는데 남편이 아이들을 찾아왔다. 이 사실에 홍은 굉장히 충격을 받고 엄청난 위협을 느꼈다. 지도부 사람은 홍에게 최대의 위협이자 교단에 귀의한 가장 큰 이유였던 남편이 아직도 건재하며 홍과 아이들을 찾고 있으니 바깥 세상은 위험하고 교단만이 안전한 쉼터라는 사실을 강조하기 위해 홍에게 남편의 소식을 전해주었다. 소식을 전해 들은 홍은 정반대의 결론에 도달했다. 교단이 아이들을 빼앗아 갔을 뿐만 아니라 제대로 보호해주지도 못하고 있다고 홍은 확신했다. 그래서 아이들을 데리고 교단을 떠나야겠다는 홍의 결심은 그때부터 더욱 구체적으로 굳어졌다.

기계 너머 낯선 경비원이 홍에게 가볍게 손짓했다. 홍은 걸음을 재촉했다. 아무렇지 않은 듯 입구로 다가가서 녹색 출입증을 센서에 댔다. '삑' 소리가 나며 센서 등이 푸른빛으로 바뀐 사실을 확인한 홍은 커다란 상자 안으로 들어가서 고무장갑을 낀 손에 청소도구를 쥔 채로 양팔을 들어 올렸다. 기계가 천천히 반 바퀴를 돌았다. 홍은 눈을 감았다. 당장이라도 사방에 빨간불이 켜지며 침입 경보가 울려 퍼질 것이라 생각했다.

벽과 바닥이 진동하기 시작했다. 기계가 멈추었다.

아무 일도 일어나지 않았다. 빨간불도 침입 경보도 없었다. 녹색 불빛도 없었다. 벽과 바닥이 진동했다. 기계는 회전하다가 도중에 멈추었다.

홍은 빠른 걸음으로 기계에서 빠져나왔다. 낯선 경비원이 문을 열어주었다. 홍은 청소 도구가 유일한 무기인 양 온 힘을 다해 꽉 움켜쥔 채 실험동 안으로 들어갔다.

실험동에 들어서자마자 홍이 느낀 것은 강렬한 소리와 냄새였다.

생쥐와 토끼와 개와 원숭이 들이 뛰어다녔다. 얼마 안 되는 실험동 야간 당직 직원들이 동물들의 뒤를 쫓아다니거나 반대로 동물들에게 쫓겨 다녔다. 그러다가 홍은 복도에 서서 벽에 붙은 통신기기에 고함을 치는 직원의 모습을 긴장한 채 바라보았다. 지금 이 상황에서도 작동하는 통신기기가 있다는 사실에 홍은 겁을 먹었다. 그러나 직원의 고함을 들으며 홍은 토네이도 경보가 해제된 뒤에야 보안회사가 출동할 수 있다는 사실을 확인하고 안심했다.

직원은 크고 어색해 보이는 빨간 전화기를 귀에 대

고 말하고 있었다. 빨간 전화기 끝에 매달린 굵고 붉은 선이 벽에 붙은 본체까지 이어져 있는 것을 홍은 흥미롭게 관찰했다. 홍은 이전에 유선 통신기기를 본 적이 없었다.

탈주한 동물이 기성을 지르며 홍의 다리를 치고 지나가는 바람에 홍은 정신을 차렸다. 구식 통신기기를 구경할 때가 아니었다. 홍은 서둘러 비상계단으로 향했다. 계단을 오르기 전에 출입증 뒤에 꽂힌 종잇조각을 다시 한번 펼쳐 보았다. 네 자리 숫자가 아마도 방 번호일 것이라고 홍은 짐작했다. 사무동과 같은 방식이라면 네 자리 중 가장 앞 번호가 층수이고 뒤의 세 자리가 방의 위치를 말해준다. 숫자를 따라 홍은 걸어 올라가기 시작했다.

8층까지 올라갔을 때 홍은 녹초가 되어 있었다. 홍은 비상문을 열고 복도로 나갔다. 사람이 없었다. 생쥐와 토끼와 개 들만 복도를 뛰어다닐 뿐이었다. 놀라서 어쩔 줄 모르는 동물들로 뒤덮인 복도를 걷는 일은 쉽지 않았다. 홍은 비상등 불빛에 의지해서 방 번호를 찾아냈다.

실험실 문의 보안은 작동하지 않았다. 문을 밀자 그

대로 스르르 열렸다. 실험실 안은 어두웠고 내부의 컴퓨터나 기계장치들도 모두 까맣게 불이 꺼져 있었다.

이제 여기에서 무엇을 어떻게 찾아야 하지?

불 꺼진 실험실 안에 발을 들여놓은 순간 홍은 처음 제약회사에 도착한 날보다도 더욱 막막한 심정이 되었다. 문 앞에 선 채로 홍은 캄캄한 실험실을 막연히 둘러보았다. 여러 가지 장치와 기구들, 스티커가 붙은 유리병이나 가느다란 약병 같은 것이 책상 위를 가득 차지하고 있었다. 컴퓨터의 커다란 화면이나 키보드 같은 것도 보였다. 여기서 자신에게 필요한 게 뭔지 대체 어떻게 안단 말인가?

벽을 더듬어 스위치를 찾아 눌러 보았지만 불은 켜지지 않았다. 불이 켜졌다면 홍은 이 실험실까지 올 수도 없었을 것이다. 홍은 낙담과 안도를 동시에 느꼈다. 어쩔 수 없이 홍은 조심조심 천천히 걸어 실험실 안으로 들어섰다. 그리고 홍은 어둠침침한 책상 위를 손으로 살금살금 더듬기 시작했다. 자신이 무엇을 찾고 있는지 홍 스스로도 알지 못했다. 저장장치? 약병? 컴퓨터에 외부 저장장치처럼 보이는 물건은 하나도 붙어 있지 않았다. 반면에 약병은 너무 많았다. 자신이 가져가야 하는 물건이 어느 것인지, 그 물건을 어떻게 구분해서 찾아낼지 홍은 머릿속으로 궁리하면서 고무장갑을 낀 손으로 책상 위를 더듬었다.

그렇게 실험실 안쪽으로 걸어 들어가다가 홍은 손가락에, 더 정확히는 고무장갑에 뭔가 걸리는 어색하고도 불길한 감촉을 느꼈다. 움직임을 멈출 새도 없이 유리병이 바닥으로 떨어졌다. 유리 깨지는 소리가 홍에게는 건물 전체에 쩌렁쩌렁하게 울리는 것처럼 느껴졌다. 홍은 공포에 질려 멈추어 섰다.

아무도 달려오지 않았다. 얼마나 시간이 지났는지 모르지만 홍은 영겁의 세월 같은 시간 동안 주의 깊게 귀를 기울였다. 그러다가 여전히 복도에서 사람 목소리가 전혀 들리지 않는다는 결론을 내리고 조심조심 바닥으로 몸을 숙였다. 약병이 떨어져 깨진 자리를 확인하면서 홍은 이 약이 혹시 흡입하면 죽거나 하는 그런 약은 아닌지 걱정했다. 잠시 기다리면서 평소처럼 숨을 쉬어도 별다른 이상을 느끼지 못했으므로 홍은 흔적을 남기지 않는 쪽이 좋겠다는 결론을 내리고 고무장갑을 낀 손을 어색하게 움직여 유리 조각을 모아 양동이에 넣기 시작했다.

그러다 홍은 실험실 가장 안쪽, 벽에 붙어 있는 책상 아래 칸막이에 얇은 책 같은 물건이 꽂혀 있는 것을 보았다. 홍은 다가가서 쪼그리고 앉았다. 팔을 뻗어 책상 아래 꽂혀 있는 까만 물건을 꺼냈다. 그것은 태블릿 컴퓨터였다.

이거다.

교단으로 도망치기 전에, 직장에 다니고 정상적인 삶을 살던 시절에 홍은 이런 기기를 사용했다. 그중에는 회사 안에서만 사용하는 기기들이 있었다. 회사에서 지급한, 이미 등록된 기기를 사용해야만 회사 서버에 접속하고 특정한 정보를 열람할 수 있었다.

홍은 손가락으로 태블릿 화면을 눌렀다. 화면이 갑자기 밝아져서 홍은 눈을 가늘게 떴다. 8층에 올라온 뒤로 처음 보는 불빛이었다.

화면에 아이디와 비밀번호를 입력하라는 창이 뜬 것을 보고 홍은 조금 낙담했다. 홍은 태블릿 화면의 불빛을 이용해서 다른 책상들을 살펴보기 시작했다.

남은 다섯 개의 책상에서 홍은 다섯 개의 태블릿 컴퓨터를 발견했다. 태블릿 컴퓨터는 책상 위에 놓여 있거나 책상 아래 칸막이에 꽂혀 있었다. 그중 네 개는 화면을 누르자 아이디와 비밀번호를 입력하라는 창이 떴다.

마지막으로 찾아낸 태블릿 컴퓨터의 화면을 누르

자 곧바로 메뉴 화면이 나왔다.

홍은 로그아웃되지 않은 태블릿을 들고 문 쪽으로 향했다.

실험실 문 앞에 사람이 서 있었다. 작은 사람이었다. 아주 어린 아이 같았다.

홍은 아이들을 생각했다. 아들이 자신을 만나러 왔다고 생각했다. 동시에 그럴 리가 없다고 생각했다. 홍은 아이들을 10년 이상 만나지 못했다. 이제 홍의 아이들은 청년이 되어 있을 것이었다. 저렇게 조그만 어린이로 남아 있을 리가 없었다.

다음 순간 홍은 문 앞에 서 있는 작은 사람이 어린이가 아니라 원숭이라는 사실을 깨달았다.

원숭이가 홍을 향해 날카로운 소리를 냈다. 홍이 흠칫 몸을 움직이자 원숭이는 위협적으로 이빨을 드러냈다.

"비켜."

홍이 말했다. 원숭이가 쳇소리를 냈다.

"비켜!"

홍이 소리쳤다. 태블릿 컴퓨터를 바로 옆에 있는 책상 위에 내려놓고 홍은 천천히 옆으로 걸음을 옮겼다. 원숭이에게서 눈을 떼지 않으면서 홍은 아주 조심스럽게 몸을 숙여 바닥에 놓아둔 대걸레를 집어 들었다.

"저리 꺼져!"

홍이 외쳤다. 그리고 대걸레를 휘두르며 문을 향해 돌진했다.

대걸레 자루에 한 대 맞고 나자 원숭이는 의외로 쉽게 겁을 먹고 즉시 도망쳤다. 복도에서 다른 동물들이 달려왔지만 몇몇은 원숭이와 함께 도망쳤고 몇몇은 홍을 지나 복도 반대쪽으로 사라졌다.

홍은 비로소 숨을 내쉬었다. 자신이 숨을 멈추고 있었다는 사실을 그제야 깨달았다. 홍은 돌아서서 책상 위에 놓았던 태블릿 컴퓨터를 집어 들었다. 그리고 홍은 눈을 감고 잠시 멈추어 섰다. 돌아서면 또다시 문 앞에서 뭔가가 자신을 기다리고 있을 것 같았다. 뭔가가 자신의 앞길을 막아설 것 같았다. 친숙한 모습을 했으나 전혀 친숙하지 않은 사납고 적대적인 무언가가 자신에게 덤벼들 것만 같았다.

홍은 눈을 떴다. 한 손에는 태블릿 컴퓨터를 꼭 잡고, 다른 한 손에는 대걸레 자루를 단단히 틀어쥐고 홍은 몸을 돌려 문 쪽으로 향했다. 실험실 문 앞에는 아무도, 아무것도 없었다.

홍은 들어갈 때처럼 빠른 걸음으로 실험동을 나왔다. 다만 들어갈 때 가지고 있던 청소 도구는 들고 있지 않았다. 홍은 작업복 앞치마 아래 태블릿 컴퓨터를 꽉 움켜쥔 채 실험동에서 나와 곧바로 직원실로 향했다. 생쥐 몇 마리가 홍을 따라 달려 나와서 건물 구석으로 사라졌다. 동이 틀 무렵 토네이도 경보 해제 방송이 건물에 울려 퍼졌다. 홍은 옷도 갈아입지 않고 그대로 가방 속에 태블릿 컴퓨터를 집어넣은 뒤 회사 지하 주차장에서 걸어 나와 뒷골목으로 사라졌다.

1년 뒤에 홍은 '기도회'에서 자신이 훔쳐 교단에 넘겨준 정보를 사용해 만든 복제약을 복용하고 사망했다. 홍은 아이들을 만나지 못했다. 홍의 큰아들은 어머니의 죽음에 대한 소식을 전해 들었으나 동생에게 아무 말도 하지 않았다. 홍은 장례식 없이 매장되었다. 교단은 홍의 무덤에 비석을 세워주지 않았다.

　태가 욕실에서 나왔을 때 방 안에는 형사 대신 경이 그를 기다리고 있었다. 태는 몸에 묻은 물기를 마저 닦아냈다. 수건을 욕실 안에 던져 넣었다. 욕실에 들어가기 전에 태가 벗어 놓은 옷은 욕실 문 앞 바닥에 놓여 있었다. 태는 옷에 다가가지 않았다. 경을 바라보며 그대로 서 있었다.

　경이 손짓했다. 태는 경의 손짓을 따라 침대에 앉았다. 경에게 왼손을 내밀었다. 경이 태의 왼쪽 손목에 한쪽 수갑을 채웠다. 태는 수갑이 손목을 너무 꽉 조이지 않도록 경이 조심스럽게 조절하는 것을 느꼈다. 경은 다른 쪽 수갑을 침대 머리맡에 채웠다. 태는 침대에 앉은 채로 다른 쪽 수갑을 침대에 고정하는 경의 모습을 바라보았다.

　수갑을 채우고 나서 경은 침대의 반대편 끝에 앉았다. 태는 자신을 바라보는 경을 바라보았다.

　"고통에서 벗어나고 싶다는 생각은 안 해봤어?"

　경이 물었다. 태는 곧바로 이해하지 못했다.

　"어떻게 벗어납니까?"

　"도망치고 싶다고, 생각해 본 적 없어?"

경이 다시 물었다.

"어떻게 도망칩니까?"

태가 어리둥절해서 되물었다. 경은 대답하지 않았다. 기다렸다.

"도망칠 수 없습니다."

태가 잠시 생각한 뒤에 확언했다.

"그래?"

경이 다가와서 물었다. 그리고 태의 자유로운 오른쪽 손목을 잡아 머리 위로 들어 올려 침대 기둥에 대고 눌렀다.

"그래서 도망치지 않는 거야?"

경이 태의 귓가에 입술을 대고 속삭였다. 태는 대답하지 못했다.

10

인간은 자신의 존재를 스스로 잘 이해하지 못하는 것 같다고 엽(燁)은 생각했다. 잘 이해하지 못할 뿐 아니라, 혹은 잘 이해하지 못하기 때문에, 인간은 스스로 자신의 존재를 그다지 능숙하게 감당하지 못했다.

예를 들면 지금 엽의 앞에 있는 욱(煜)이라는 이름의 인간이 그러했다.

"일루미나티는 세상을 지배하려는 음모를 꾸미고 있다."

욱의 삶에 관하여 엽이 물었을 때 욱은 가장 먼저 이렇게 이야기했다.

"그들의 배후는 외계인이다. 외계인들은 지구의 자원을 탐내서 인류를 말살시키고 지구를 지배하려 획책하고 있기 때문이다."

이것은 엽이 예상하지 못했던 답변이었다. 그래서 엽은 욱의 발언을 상당히 흥미롭게 경청했다. 그러나 욱의 이야기를 계속 들으면서 엽은 욱이 외계인을 찾고 있는 것이 아니라는 사실을 깨달았다. 욱은 자신의 삶의 의미를 찾고 있었다. 다른 모든 인간이 그러하듯이.

욱의 삶을 정의하는 한 단어는 난치병이었다. 욱은 갑자기 병들어 오랫동안 아팠다. 의사들은 욱이 왜 아픈지 어떻게 해야 치료할 수 있는지 알지 못했다. 여러 의사와 여러 병원을 거치면서 욱은 조금 나아지는 듯 보이다가 다시 심하게 앓기를 반복했다. 그리고 그럴 때마다 욱은 절망했고 절망으로 인해 마모되었다. 그러면서 욱은 심한 병을 앓는 사람들이 흔히 그러하듯이 엄밀히 말하면 의사라고 할 수 없는 이들, 환자의 심신에 해를 주는 어떠한 것들도 멀리하겠다는 선서를 해본 적이 없는 이들을 찾아가기도 했으며 물질적 이익을 위해서는 기꺼이 타인의 심신에 해를 끼칠 용의가 있는 자들의 손쉬운 먹이가 되었다. 이런 해로운 자들을 방문하는 절망의 과정은 마침내 욱이 너무 아파서 집 밖으로 나갈 수조차 없게 되었을 때야 종료되었다. 그때쯤 욱은 질병의 고통 속에서 통증과 죽음 외의 다른 어떤 것도 생각할 수도 감각할 수도 없게 되었다.

그리고 욱은 병들었을 때와 마찬가지로 갑자기 나았다.

욱의 질병과 마찬가지로 욱의 회복 또한 아무도 명확하게 설명해 주지 못했다. 건강을 되찾았을 때 욱에게는 앞으로 먹여 살려야 하는 자신의 육체 외에는 아무것도 남지 않았다. 아프지 않은 대다수의 사람들이 학업을 마치고 직장생활을 하며 경력을 쌓고 앞날을 위해 저축을 하고 생활을 구축하는 시간 동안 욱은 모든 것을 바쳐 질병과 싸워야 했다. 그것은 목숨을 건 투쟁이었고 욱은 승리했다. 그러나 승리했다고

해서 긴 절망과 고통의 기억이 한순간에 사라지는 것
은 아니었다. 승리는 욱에게 외로움만을 남겨주었다.

가족이나 친구들은 긴 투병생활을 하는 동안 욱을
떠났다. 욱의 곁을 떠났다가 돌아온 사람들은, 그리고
심지어 욱의 곁을 계속 지킨 사람들도, 욱이 겪은 것
과 완전히 같은 방식으로 욱의 투병과 회복을 경험할
수 없었으므로 욱을 이해하지 못했다. 인간은 자신의
신체를, 신체의 감각과 기능을 타인과 공유할 수 없
다. 그 어떤 환희나 쾌락도 오로지 감각하는 사람 자
신만의 것이며 고통과 괴로움도 마찬가지다. 자신의
육체가 경험하는 감각과 사고를 언어 혹은 다른 방식
으로 타인에게 전달할 수는 있으니 인간은 오랫동안
그렇게 전달하고 소통하고 공유하려 애썼으나 그 어
떤 표현의 방식도 결국은 불충분하다. 완전한 의사소
통의 방식이란 존재하지 않는다. 인간은 태어난 순간
부터 죽는 순간까지 자신의 신체 안에 고립되어 있기
때문이다.

고통은 욱을 더욱 깊이 고립시켰다. 질병과 싸우고
있을 때 욱에게는 통증을 자신이 느끼는 그대로 온전
하게 표현하여 전달할 언어가 없었다. 그저 '머릿속
을 칼로 긁어내는 것 같은', '온몸의 신경을 바늘로 찌르는 것 같은', '몸이 끓는 것 같은' 등의 비유와 비교를 찾아낼 수 있을 뿐이었다. 그리고 비유와 비교는 듣는 사람이 받아들이는 과정에서 흔히 그 의미가 왜곡되었다. 신체의 고통이 그러할진대 마음의 절망을 표현할 언어는 더더욱 존재하지 않았다. 과학의 발달도 지식의 진보도 제아무리 충실한 의료 지원체계도 인간이란, 생물이란 결국 죽는 존재라는 사실 자체를 바꾸지 못한다. 그리고 죽음 앞에 서보지 않은 사람은 이 사실을 온전히 이해할 수 없거나 이해하려 하지 않았다. 인간은 그런 사실을 이해하는 채로, 죽음을 언제나 똑바로 바라보는 채로 하루하루 아무렇지 않게 살아갈 수 있을 정도로 강하지 않기 때문이다.

그래서 욱은 자신의 삶의 의미를 직접 찾아내기로 마음먹었다. 자신이 어째서 그토록 고통받고 절망해야 했으며 또 어째서 갑자기 그 고통에서 벗어나야 했는지 아무도 욱에게 납득할 만한 설명을 제공할 수 없었으므로 욱은 직접 찾아내야 했다. 시간은 많았다. 앞으로 더 이상 남아 있지 않다고 생각했던 삶이 갑자기 주어졌기 때문이다. 그리고 그 삶을 어떻게 살고 그 시간으로 무엇을 해야 하는지도 아무도 명확하게 말해주지 않았다. 갑자기 주어진 삶은 온전히 욱의 것이었다. 그래서 욱은 새롭게 주어진 자유를 십분 활용하여 전통적인 과학이나 상식과는 다른 관점에서 세상을 바라보는 자신과 같은 사람들을 찾아 나섰다. 진실은 분명히 어딘가에 있을 것이었고, 욱은 반드시 그 진실을 찾아내야만 했다.

초자연현상, 신비주의, 음모론을 다루는 인터넷 포럼은 수없이 많았다. 대부분의 참가자가 이런 이야기들을 그저 단순한 흥밋거리로 취급하는 데에 욱은 실망했다. 욱은 세상의 의미를 명확하게 밝혀주는 이론 자체를 찾는 데 들이는 만큼의 시간과 노력을 바쳐서 자신과 함께 그 이론을 탐색할 동료를 찾았다. 그렇게 해서 만난 사람이 욱을 교단으로 이끌었다.

그리고 욱은 교단에 자신을 바쳤다.

교단은, 더 정확히 말하면 교단의 이름을 사칭한 태의 형은, 욱에게 자신이 겪은 모든 일들을 설명하고 의미를 부여할 방법을 제공해 주었다. 욱은 같은 신체를 공유하지 않는 타인이 자신의 고통을 이해하지 못하는 이유는 자신이 잘 설명할 능력이 없기 때문이 아니라 인간이 본래 견뎌야 하는 존재의 조건이라는 사실을 어렴풋이 이해했다. 그리고 욱은 고통을 없애려는 모든 시도에도 불구하고 인간에게 고통은 언제나 존재했고 앞으로도 존재할 것이며 고통을 느낀다고 해서 어딘가 잘못된 삶을 살고 있는 것은 아니라는 데서 커다란 위안을 얻었다.

무엇보다도 욱을 매료시킨 것은 고통을 경험하고 극복한 뒤에 혹은 고통을 경험하고 극복해야만 초월을 얻을 수 있다는 교단의 주장이었다. 한의 설명에 따르면 욱의 삶과 경험이야말로 초월에 가장 가까운 형태였다. 고통에 의미는 없으며 고통을 겪고 나면 사람은 초월이나 경험이나 지혜를 얻는 것이 아니라 그저 몸과 마음이 지쳐 쇠약해질 뿐이라는 욱의 절망을 한은 의미와 목적으로 바꾸어주었다. 욱은 한의 말을 믿었다. 그리고 삶의 의미를 잃었다가 되찾는 과정을, 자신이 경험한 방식 그대로 혹은 그에 가장 가까운 형태로, 타인에게 전달하고자 했다. 오로지 고통만을 통하여, 절망만을 통하여.

"다른 방법은 없습니까?"

엽이 물었다. 욱은 이 질문 자체를 모욕으로 받아들였다.

상황에 따라서는 고통과 절망에도 의미가 있을지 모른다. 고통과 절망 속에서도 의미를 찾아내는 것은 인간의 커다란 능력이다. 인간은 그렇게 해서 불

131

가능해 보이는 상황에서도 살아남는다. 단지 교단의 주장은 모든 삶의 모든 경우에 고통과 절망을 통해서만 지혜와 초월을 얻을 수 있다는 것이었다. 그리고 이러한 주장을 바탕으로 한 욱의 관점은 자신이 고통과 절망을 충분히 겪어 이 문제의 권위자이므로 고통과 절망을 통한 초월을 설파하기 위해 폭력을 사용할 권리가 있다는 것이었다. 조리 있는 설명을 제공하는 대신 욱은 분노했고 엽에게 언어적, 물리적 폭력을 사용하려 했다.

"이것만이 올바른 방법이다."

욱은 주장했다.

"고통만이 진실이라고 교주님이 말씀하셨다. 고통을 존중하고 받아들이지 못하면 그 여자와 마찬가지로 너도 경찰과 제약회사와 외계인과 일루미나티와 함께 지구를 지배하고 인류를 몰락시키려는 세력에 복종하게 된다."

엽은 교주나 여자에게 관심이 없었다. 그보다 엽은 외계인과 일루미나티가 교단과 제약회사의 관계도에서 어떠한 위상을 차지하는지 좀 더 자세히 묻고 싶었다. 엽에게는 상당히 실망스럽게도 이 방면에서도 욱은 만족할 만한 답변을 제공하지 못했다.

"그 여자는 이해하지 못했어."

외계인에 관한 엽의 질문에 욱은 자신만의 대답을 내놓았다.

"교주님과 내가 아무리 설명해도 그 여자는 이해하지 못했어."

엽은 이해했다.

욱에게 세계는 위협과 절망으로 가득한 곳이었다. 욱의 관점에서 파멸의 세력은 언제나 기회를 노리고 있었다. 그 파멸의 세력을 어떻게 정의하든, 일루미나티라고 부르든 외계인이라 규정하든, 단어는 아무래도 상관없었다. 수많은 적에게 빈틈을 보이지 않기 위해서는 모든 비밀스럽고 초월적인 방법을 동원하여 병들고 노화하고 사망한다는 인간의 한계를 넘어야만 했다. 그것은 생존의 문제였다. 그리고 여기서 생존이란 욱이라는 개인의 생존뿐 아니라 인류 전체의 생존도 포함했다.

"고통을 존중하고 받아들이라고 했는데, 그 여자는 너무 약했어."

말하면서 욱은 자기 감정에 겨워 눈물을 흘렸다.

"그 여자가 누구입니까?"

엽이 물었다. 욱은 한과 함께 호숫가의 목조건물에

있었던 사람에 관해 이야기했다.

'그 여자'가 욱을 교단으로 이끌었다. 교리에 동의했기 때문이 아니라 자신의 이론을 입증하려면 교단의 내부 사정을 더 자세히 알아야 했기 때문이었다.

"그러니까 처음부터 교리에 동의했던 건 아니군요?"

엽은 안도했다. 반면 욱은 또다시 이성을 잃고 분노를 폭발시켰다.

"난 교단에 헌신했어! 배신한 건 그 여자야!"

욱이 외쳤다.

"내가 그렇게 애를 썼는데! 그렇게 공들여 가르쳤는데!"

욱이 말하는 설득과 노력은 폭력을 의미했다. 이 사실을 엽은 단계적인 질문과 간헐적인 대답과 폭발적인 주먹다짐과 고성을 통해 확인했다. 욱은 자신의 신념과 교단에 대한 헌신을 강요하며 연인을 때렸다. 그리고 호숫가에 자리 잡은 조그만 교단의 보금자리에 경찰이 나타나자 '그 여자'가 일루미나티와 한패가 되어 교단을 말살하기 위한 음모를 획책하고 있다고 욱은 확신했다.

"그러면 이제 어떻게 할 겁니까?"

엽이 물었다.

"찾아내야지."

욱이 음울하게 대답했다.

엽은 모든 것을 이해했다. 욱이 해당 여성을 찾아내도록 내버려 둘 수는 없었다.

"외계인을 만나볼 생각은 없습니까?"

엽이 물었다.

"그 여자가 외계인과 한패라면, 외계인을 직접 만나는 쪽이 더 효율적이지 않습니까?"

욱이 의심스러운 눈초리로 엽을 바라보았다.

"교주님이 이 호숫가를 선택하신 데는 이유가 있습니다. 모르셨습니까?"

엽이 설명했다.

욱은 여전히 의심의 표정을 풀지 않았다. 그러나 어쨌든 욱은 엽과 함께 호숫가로 나가는 데 동의했다.

엽은 욱이 완전히 사망한 것을 확인한 뒤에 욱의 시신을 운반했다. 경찰서 앞 버스정류장에 잘 정리하여 놓아두었다. 경찰을 도발하려는 의도는 아니었다. 단지 변사자의 뒤처리는 경찰에게 맡기는 편이 가장 효율적이라고 판단했을 뿐이었다.

그리고 엽은 호텔로 돌아갔다.

자신의 방에 앉아서 엽은 욱과 나누었던 대화에 대해 생각했다.

그리고 엽은 기다렸다.

3부

정서

변연계

11

경은 남자의 방에서 나와 엘리베이터 앞에 섰다.
버튼을 눌렀다. 엘리베이터가 올라왔다. 문이 열렸을
때 안에 현이 있었다.

현은 경을 쳐다보았지만 아무 말도 하지 않았다.
경은 그대로 굳은 채 현을 바라보고 있었다.

현이 물었다.

"안 타?"

경은 대답하지 않았다. 대신 엘리베이터 앞에서 한
걸음 물러섰다.

현이 씁쓸한 웃음을 띠었다.

"나하고는 엘리베이터도 같이 안 탈 거야?"

경은 대답하지 않았다. 한 걸음 더 물러섰다.

"그러지 마."

현이 말했다.

"타."

현이 달랬다.

경은 대답하지 않았다. 그대로 몸을 돌려 계단 쪽으로 사라져 버렸다.

현은 경을 부르려 입을 열었다가 다시 다물었다. 조용히 한숨을 쉬고 현은 엘리베이터의 '닫힘' 버튼을 눌렀다. 호텔 엘리베이터를 타고 자신의 방으로 올라가면서 현은 조금 울었다.

폭탄테러가 일어났을 때 현은 법무팀의 가장 젊은 직원이었다. 법무팀은 그렇기 때문에 경과 의사소통하는 담당자로 현을 지정했다. 연령대가 비슷한 젊은 여성이므로 경에게 접근하기 쉬울 것이라는 판단에서였다. 재판이 끝났을 때 경은 현에게 청혼했다. 태가 항소하지 않았으므로 재판은 예상보다 빨리 끝났고 경은 21세가 되어 있었다. 현은 27세였다.

"시민결합이라는 선택지도 있지만, 괜찮으시다면 저의 배우자가 되어주셨으면 합니다."

경은 변호사가 합석한 자리에서 현의 눈을 바라보지 않고 거의 들리지 않을 정도의 나직한 목소리로 속삭이듯 말했다. 그때의 경은 말을 거의 하지 못했고 간신히 입을 열어도 언제나 속삭이는 소리 이상으로 말할 수 없었다.

현은 대답하지 못했다. 경은 잠시 기다렸다가 다시 말했다.

"갑작스럽게 이런 제안을 해서 죄송합니다. 충분히 시간을 두고 생각하시고 원하실 때 답변해 주시면 됩니다. 따로 변호사나 법률자문이 필요하실 경우 비용은 제가 지불하겠습니다."

그리고 경은 일어섰다. 현이 당황해서 외쳤다.

"아니, 잠깐만요."

경이 다시 앉았다. 현이 물었다.

"왜요?"

"네?"

경이 함께 당황했다. 현이 질문을 조금 구체화해서 다시 물었다.

"왜 저예요? 왜 결혼이죠?"

경이 대답했다.

"저는 당신을 신뢰합니다."

그리고 경은 숨을 들이쉬며 지친 목을 달랬다. 옆에서 변호사가 남은 질문에 대한 답변을 제공했다.

"범인이 단체와 관련되어 있기 때문에, 단체 측에서 다시 위해를 가할 수 있으며 그럴 경우에 경 씨는 자신의 신변이 위험해질 수 있다고 생각하고 있습니다. 경 씨에게 만약의 사태가 발생할 경우 회사를 책임져 주실 분이 필요합니다. 그리고 이사회와 주주들이 공격할 만한 빈틈을 남겨두지 않으려면 시민결합보다는 전통적인 방식의 결혼이 안전할 것이라고 저희는 결론 내렸습니다."

변호사도 현과 나이 차이가 별로 나지 않을 것 같은 젊은 여성이었다. 변호사의 설명을 들으며 현은 경을 바라보았다. 사실 '당신을 신뢰합니다'에서 현은 이미 승낙하기로 마음먹었다.

간소하게 식을 올리고 결혼증명서를 발급받은 뒤 큰 집에 경과 현 둘만 남았다. 어색한 저녁 시간을 보낸 뒤에 현은 지난 1년간 재판 과정 중에 언제나 그랬듯이 경에게 말했다.

"그럼 저는 가보겠습니다. 안녕히 주무세요."

그리고 현은 경을 남겨두고 침실을 나왔다. 아래층으로 내려가서 서재 옆의 작은 방으로 갔다. 잠옷으로 갈아입고 침대에 앉아 방을 둘러보았다. 그곳은 본래 손님방이었으며 지난 1년간 때때로 현이 임시 숙소로 사용했다. 이제 자신의 아파트는 없다. 이 임시 숙소에서 계속 살아야 한다. 그렇게 생각하니 현은 묘한 기분이 들었다. 식객이 된 느낌이었다.

조그맣게 문을 두드리는 소리가 들려 현은 흠칫 놀랐다. 현은 침대에서 일어나 손님방의 문을 열었다.

잠옷을 입은 경이 서 있었다.

"무슨 일이십니까? 어디 불편하세요?"

현이 놀라서 물었다. 경이 고개를 저었다.

"저 여기서 자면 안 돼요?"

경이 속삭였다.

현은 당황했다. 결혼했다는 사실을 상기하며 현은 고개를 끄덕였다. 현은 문을 더 넓게 열었다. 경이 안으로 들어와 침대에 앉았다. 불을 끈 현이 침대의 반대편으로 돌아가서 앉았다.

두 사람은 좁은 침대에 어색하게 누웠다.

"안녕히 주무세요."

현이 말했다.

경은 대답하지 않았다. 대신 옆으로 돌아누운 현의 등에 이마를 댔다. 현은 피하지 않았다. 그러나 경을 향해 돌아눕지도 않았다. 경의 고른 숨소리를 들으면서 현은 오랫동안 잠들지 못하고 누운 채 경과 결혼한 것이 과연 올바른 선택이었는지 생각했다.

현은 여성과 성애적 관계를 맺을 생각이 없었다. 테러라는 비일상적인 사건과 그 뒤에 이어진 일련의 상황들이 아니었다면 여성과 결혼을 한다는 선택은 절대로 하지 않았을 것이다. 경도 현도 모두 이 사실을 아는 상태에서 결혼에 동의했다.

혼전계약서에도 이러한 상황이 반영되었다. 혼전계약서에 따르면 경과 현은 혼인 기간 동안 각자 자유롭게 혼외관계를 맺을 수 있었다. 다만 혼외관계에 소모할 수 있는 금전적, 물질적 지출의 범위에는 한계가 있었다. 여기에 대해서는 계약서에 상세하고도 엄격하게 명시되어 있었으며 이렇게 명시된 범위를 넘어서는 지출로 인해 혼인관계에 해를 끼칠 경우에는 재산분할 없이 이혼당할 수 있었다.

현은 '자유로운 혼외관계'라는 표현이 마음에 들지 않았다. 그러나 이 조항이 현실적이라고 생각했으므로 반대의견은 표명하지 않았다. 어쨌든 그녀와 경은 서로 불같은 사랑에 빠져서 결혼하려는 것이 아니었다.

임신과 출산 혹은 입양은 반드시 두 사람이 합의해서 진행해야 한다고 혼전계약서에 나와 있었다. 혼인 기간에 한쪽이 다른 한쪽의 의사에 반하는 임신이나 출산을 강요하는 것은 범죄이며 형법 등 관련 법규정과 수사기관의 결정에 따라 처벌한다고 혼전계약서의 임신 출산 관련 조항 제1항이 선언했다. 굳이 계약서에 쓰지 않아도 강제 임신과 출산이 불법인 건 당연하지 않은가, 하고 현은 생각했으나 변호사가 그런 조항이 필요하다고 말했기 때문에 더 이상 질문하지 않았다. 그리고 현은 임신 출산 관련 조항을 계속 읽었다.

현의 동의와 허락을 받고 경이 임신하여 출산하는 경우 현은 민법의 관련 조항에 따라 경의 자녀에 대하여 어머니로서 모든 권리를 가진다. 그리고 이렇게 두 사람이 합의하여 임신 출산한 경의 아이를 양육하는 과정에서 현과 경이 이혼할 경우 친권과 양육권은 모두 현이 가지며 경은 양육비를 지급할 의무를 진다. 두 사람의 합의하에 현이 임신하여 출산할 경우에도 경은 민법의 관련 조항에 따라 현의 자녀에 대하여 어머니로서 모든 권리를 가진다. 이 경우 두 사람이 이혼한다면 친권과 양육권은 자동으로 현이 가져가며 경은 양육비 지급의 의무를 진다.

"누가 낳든지 아이가 태어나면 친권과 양육권은 다 제가 가지라고요? 사장님은 양육비만 지급하고?"

현이 물었다. 변호사가 고개를 끄덕였다.

"그렇습니다."

"왜요?"

현이 물었다.

"제가 아이를 잘 키울 수 있을 거라고는 생각하지 않습니다."

경이 쉰 목소리로 속삭였다.

그러면 나는 아이를 잘 키울 수 있을 거라고 생각한다는 건가? 대체 뭘 믿고, 라는 표정을 현의 얼굴에서 읽어내고 변호사가 중재했다.

"반드시 지금 당장 아이를 낳아 키우셔야 한다는 얘기가 아닙니다. 두 분이 젊으시고 임신과 출산은 혼인 중에 매우 가능한 사건이므로 계약서에 명시한 겁니다. 앞으로 일어날 일들은 두 분이 하나씩 상의해서 결정하시면 됩니다."

현은 수긍하고 계속 읽었다. 현이 배우자의 동의와

허락 없이 임신하여 출산하면 최악의 경우 이혼당할 수 있으나 계약서에 따르면 이렇게 이혼할 경우에도 재판이나 조정을 거쳐 재산분할을 받을 권리가 있었다. 현은 자신이 그럴 리는 없다고 생각했으나 사람 일이란 모르는 것이며 그렇기 때문에 혼전계약서라는 것이 존재한다는 사실을 상기하고 다음 항을 읽어 내려갔다. 다음 항을 다 읽은 뒤에 현은 같은 항을 다시 읽고 나서 한 번 더 읽었다.

"이게 뭐예요?"

현이 태블릿 화면의 해당 조항을 손가락으로 가리키며 변호사에게 물었다.

"그러니까 사장님이 저의 동의와 허락 없이 임신 출산하는 경우에는, 어, 모든 재산을 제가 가진다고요?"

변호사가 경을 쳐다보았다. 경이 고개를 끄덕였다.

"회사 경영권을 포함해서?"

경이 다시 고개를 끄덕였다.

"왜요?"

현이 물었다. 변호사가 곤란한 얼굴로 경을 쳐다보았다. 경이 목쉰 소리로 간단하게 대답했다.

"분명히 제가 이상한 놈한테 걸려서 머리가 돌았을 테니까요."

현은 웃음을 터뜨렸다. 경은 웃지 않았다. 현은 경의 진지하고 무표정한 얼굴을 보고 당황하여 웃음을 멈추었다.

"진심이십니까?"

현이 물었다.

"네."

경이 대답했다. 현은 임신 출산에 관한 조항의 맨 앞에 강제 임신 출산이 불법이라는 당연한 이야기가 굳이 적혀 있는 이유를 이해했다.

마지막으로 임신 출산에 관한 조항은 현과 경 두 사람 모두 질병이나 사고 혹은 기타 이유로 영구히 임신이 불가능하다고 의학적으로 확인되지 않는 한 대리모 사용을 고려하지 않는다는 내용으로 끝났다. 자녀 입양은 관련 법 조항에 따라 어차피 양측이 합의해야만 가능했으므로 혼전계약서의 관련 조항은 길지 않았다. 그러나 입양의 경우에도 역시 이혼할 시에는 입양 자녀의 친권과 양육권은 자동으로 현이 가져가고 양육비는 경이 책임지게 되어 있었다.

"임신 출산 얘기가 대부분이네요."

현이 혼전계약서 파일을 첫 장부터 다시 훑어보며 중얼거렸다.

"그러면 임신 출산하지 않은 상태에서 제가 그냥 이혼하고 싶어지면 어떻게 되는 거죠?"

"7조 4항에 보시면 나와 있습니다."

변호사가 화면의 해당 조항을 펜으로 가리켰다.

"그럴 경우 이혼하시면 됩니다. 그리고 7조 3항에 정의된 '혼인 기간에 취득한 재산'…… 여기 이 부분인데요…… 혼인 기간에 취득한 재산의 80퍼센트를 받으시게 됩니다."

"80퍼센트요? 100퍼센트가 아니고요?"

현이 농담 삼아 물었다. 경이 되물었다.

"고칠까요?"

현은 놀랐다. 농담이라고 해명하려다가 경의 진지한 시선을 마주 보았다. 자신이 앞에 마주한 결혼이라는 결정은 농담이 아니라 현실이라고 현은 갑자기 깨달았다. 그 깨달음 자체가 자신이 다니던 직장에 일어난 폭탄테러 사건만큼 비현실적으로 느껴졌다.

폭탄테러가 일어났을 때 현은 집에서 자고 있었다. 현의 어머니가 현을 깨웠다.

"일어나."

어머니가 현을 흔들며 말했다.

"회사에서 전화 왔어. 네가 안 받는다고 나한테 전화했더라."

현은 투덜거리며 고개를 이불 밖으로 빼서 전화기를 쳐다보았다. 부재중 전화 14통. 시간은 새벽 세 시를 조금 지나고 있었다.

"무슨 일이래?"

현이 어머니에게 물었다.

"나도 몰라."

어머니가 조심스럽게 대답했다.

"하여간 전화해 봐."

그래서 현은 어머니가 시키는 대로 했다.

법무팀은 전원 팀장의 집으로 출근했다. 모두들 부석부석하고 피곤하고 긴장한 모습이었다. 팀장이 상황을 간단히 브리핑한 뒤에 미리 준비해 둔 서류를 이동형 저장장치에 담아 나눠주었다. 상황이 상황이니만큼 어떤 서류도 원격전송해서는 안 되고 반드시 본인에게 직접 전달하고 직접 서명을 받아 팀장에게 직접 가져오라고 했다. 자료를 나눠 받은 팀원들은 각자 흩어졌다. 현은 변호사 한 명과 함께 경찰차를 타고 병원으로 향했다. 병원에 도착할 때까지 아무도 아무 말도 하지 않았다.

경찰은 변호사와 함께 병실 앞까지 따라왔다. 호위를 받으며 출근한다는 것이 영화의 한 장면처럼 느껴질 뿐 현은 여전히 실감이 나지 않았다. 병실 앞에서 변호사가 현에게 들어가 보라고 손짓했다. 현은 크게 심호흡을 했다. 노크를 하고 문을 열었다.

경은 침대에 누워 있었다. 현은 다가갔다.

"사장님."

현이 불렀다. 경이 고개를 돌려 현을 보았다. 그 얼굴이 너무나 어리고 낡고 창백하고 인형처럼 아무 감정도 없어서 현은 충격을 받았다.

경이 의아한 얼굴로 현을 말없이 쳐다보았다. 현은 재빨리 마음을 가다듬었다.

"안녕하세요, 저는 법무팀 소속 현이라고 합니다……."

그리고 현은 가능한 한 짧고 건조하게 상황을 설명했다.

경은 창백하고 무감정한 얼굴로 현의 이야기를 끝까지 다 들었다. 그리고 물었다.

"제가 어떻게 하면 되죠?"

현은 잠시 말이 막혔다. 경이 울음을 터뜨리거나

소리를 지르거나 다른 방식으로 흥분하거나 기절할 경우까지 대비해서 여러 가지 계획을 세우고 다양한 위로의 말을 머릿속으로 연습해 두었다. 경이 무표정하게 사무적인 반응을 하는 상황은 전혀 예상하지 못했다.

"서류에 서명 같은 걸 해야 하나요?"

경이 다시 물었다.

현은 정신을 차렸다. 태블릿을 펼쳐 서류를 열었다. 경에게 펜을 건네주었다.

경은 침착하고 차분하게 시간을 들여 서류를 꼼꼼히 읽었다. 위임장의 조항들에 대해 질문했다. 현은 잠시 기다려달라고 부탁한 뒤에 병실 문을 열고 변호사에게 눈짓했다. 변호사가 들어와서 인사했다. 경이 질문을 되풀이했고 변호사가 설명하기 시작했다.

이후의 과정은 쉽고 부드럽게 흘러갔다. 경은 사무적이고 효율적이었다. 지나치게 사무적이고 효율적이라고 현은 생각했다. 서류 처리를 모두 마치고 변호사와 현이 인사하고 병실을 나올 때까지 경의 창백하게 굳은 얼굴은 전혀 아무런 감정도 나타내지 않았다.

호텔방에 돌아온 경은 토하고 있었다. 토하고 나

서 일어서려 할 때마다 새로운 어지럼증이 일어났다. 그리고 어지럼증 때문에 다시 구토가 치밀어 올랐다. 그래서 경은 토했다. 화장실에서 나갈 수 없었다. 일어서려던 경은 화장실 바닥에 몸을 눕혔다. 바닥이 차가웠다. 바닥에 닿은 팔이 뻣뻣하게 굳었다. 팔에 이어 목이 굳어갔다. 두통이 목을 타고 올라왔다. 위장에서는 여전히 날카로운 통증과 함께 구토의 욕망이 고동치고 있었다. 경은 몸을 공처럼 둥글게 말고 한 손으로 명치를 움켜쥐었다. 다른 한 손도 주먹을 쥐려 했지만 바닥에 닿아 뻣뻣해진 팔이 움직이지 않았다. 경은 눈을 감았다.

자고 싶다. 잠들고 싶다.

여기서 잠들 수는 없다. 바닥에 힘없이 닿아 있는 관자놀이가 욱신거렸다. 바닥의 냉기가 얼굴에 전해졌다. 바닥에 닿은 머리 한쪽이 천천히 전부 마비되는 것 같았다. 일어나야 한다.

경은 움직일 수 있는 팔을 뻗어 변기를 붙잡았다. 상체를 일으켜 세웠다. 다리를 움직여 보았다. 몸의 방향을 돌렸다. 양손으로 힘껏 화장실 문의 문설주를 붙잡았다. 간신히 몸을 일으켰다. 걸어서 침대까지 왔다. 침대 위에 고꾸라졌다.

가방은 침대 옆 협탁 위에 놓여 있었다. 약은 가방 안에 들어 있었다. 경은 침대에 쓰러진 채로 가방을 향해 손을 뻗었다. 손끝이 가방을 쳤다. 가방이 바닥으로 떨어졌다. 가방 속의 물건들이 전부 방바닥에 흩어졌다.

경의 눈에 약병이 들어왔다. 잡을 수 없었다. 약병을 잡기 위해 몸을 움직였다가는 침대 위에서 토할 것이 분명했다. 자신의 토사물 속에 누워 있는 것은 유쾌한 경험이 아니었다. 경은 그런 경험을 다시 하고 싶지 않았다.

'언니.'

경은 마음속으로 현을 불렀다.

'언니. 나 아파……'

……현이 창가의 책상으로 다가가 유리병의 물을 잔에 따랐다. 알약과 물을 가지고 경의 침대 옆으로 왔다. 물잔을 침대 옆 협탁에 놓았다. 베개를 움켜쥔 경의 손을 억지로 펴고 손바닥에 알약을 놓아주었다.

－쥐고 있지 말고 먹어.

현이 말했다. 그리고 이불을 덮어주었다.

"가지 마."

경이 애원했다.

"가지 마……."

현은 대답하지 않았다. 경은 눈을 떴다. 현은 없었다. 경은 혼자였다.

손안에 알약은 없었다. 협탁에 물잔도 없었다. 가방은 바닥에 널브러져 있었다. 약병은 여전히 바닥에 뒹굴고 있었다.

"언니……."

경이 속삭였다. 아무도 대답하지 않았다.

위장의 통증이 명치를 찢었다. 경은 몸을 강하게 웅크렸다. 관자놀이에서 두통이 맥박 쳤다. 고통 속에 경은 혼자였다.

경의 부모의 장례식과 관련하여 현은 이사회와 변호사가 지시한 대로 회사 사람들이 거의 전부 모이는 상황의 위험성과 경호회사 고용의 필요성을 설명했다. 경은 끝까지 들은 뒤에 이렇게 물었다.

"장례식을 안 하면 안 될까요?"

현은 당황했다. 경이 차분하게 말했다.

"가족장으로 하고, 가족은 저밖에 안 남았으니까 저만 가서 매장하면 다른 사람들이 위험해질 일이 없잖아요."

"그래도…… 회사 사람들도…… 조의를 표할 기회 정도는…… 주셔야……."

현이 더듬거리며 반박했다. 경이 한마디로 정리했다.

"이사회에 물어보세요."

장례식은 화려했다. 3일 동안 경은 웃음기 없는 단단한 표정으로 조문객들에게 인사하고 손님을 접대했다. 상조회사와 출장요리업체와 장례식장 매점을 상대로 조문객들이 소모한 음식과 술과 음료와 기타 잡화와 비품을 꼼꼼히 점검하고 현의 기록과 맞춰보았다. 부의금은 받지 않았으나 화환이 많이 도착했고 경은 화환을 하나하나 사진으로 찍어 기록해 두었다. 경이 그 사흘 동안 거의 잠을 이루지 못했다는 사실을 현은 알고 있었다. 그러나 경은 아무 내색도 하지 않고 장례식을 버텨냈다.

장례가 끝날 때까지 별다른 사건은 일어나지 않았다. 출장요리업체와 상조회사가 뒷정리를 마치고 경은 현, 회사 몇몇 임원, 이사들과 함께 장지로 이동해서 매장을 지켜보았다. 인부들이 흙을 덮고 나서 경비회사 직원들과 변호사가 안도의 한숨을 쉬며 돌아간 뒤에 현은 경을 따라서 커다란 집으로 돌아왔다.

"안녕히 주무세요."

현이 인사하고 나가려 했다.

"이제 어떻게 되나요?"

경이 물었다.

"네?"

현이 이해하지 못하여 되물었다.

"내일부터요. 이제 어떻게 되는 거죠?"

경이 물었다. 그리고 현을 쳐다보았다.

현은 이런 질문을 예상하지 못했다. 현은 미래를 알지 못했다. 미래를 결정할 권한도 없었다. 사장은 경이었으며 현은 일개 직원일 뿐이었다. 그러므로 현은 질문에 대한 답을 가지고 있지 않았다. 현이 당황하며 대답하지 못하는 것을 보고 경이 말했다.

"수고하셨어요. 내일은 쉬시고, 모레 와주세요."

경의 표정은 다시 차갑고 단단하게 굳어 있었다. 현은 인사한 뒤에 커다란 집에 경을 남겨두고 나와 문을 닫았다.

이틀 뒤에 현이 찾아왔을 때 아무도 문을 열어주지 않았다. 현은 초인종을 몇 번 눌러 보다가 경이 변호사를 통해서 열쇠를 주었던 것을 기억하고 열쇠를 꺼내어 열고 들어갔다. 안에 들어가서 변호사가 일러준 대로 방범 시스템의 비밀번호를 눌러 경보장치를 껐다.

"사장님?"

현이 불렀다. 경은 대답하지 않았다.

"사장님?"

현은 경을 부르며 집 안으로 들어갔다.

경은 거실 바닥에 웅크리고 누워 있었다. 탁자 위에는 전화기와 쓰다 만 감사 엽서가 놓여 있었다. 화환을 보내준 업체와 사람들에게 답장을 쓰고 있었던 것 같았다.

현은 달려가서 경을 일으키려 했다.

"언제부터 이러고 계셨어요?"

경은 이를 악물고 대답 대신 고개를 저었다.

"약은요?"

경은 다시 이를 악물고 고개를 저었다. 땀에 젖은 머리카락이 흔들려 얼굴에 달라붙었다.

현은 경을 거실 바닥에 도로 눕혔다. 경의 침실로 달려갔다.

경의 침실에는 약이 많이 있었다. 현이 그때 당시에는 경황이 없어 몰랐지만 나중에 다시 생각해 보니 이상할 정도로 많이 있었다. 어느 약이 어디에 쓰이는 것인지 알지 못했으므로 현은 할 수 있는 한 여러 개를 집어 들고 품에 안고 주머니에 넣은 뒤에 다시 거실로 달려갔다. 누워 있는 경의 옆에 들고 안고 주머니에 넣어 온 약병을 전부 꺼내 늘어놓았다.

경은 약을 먹지 않았다. 이를 악물고 고개를 저을 뿐이었다. 현이 입가에 약을 가져다 대자 경은 양팔로 머리를 감싸고 몸을 더 단단하게 웅크렸다.

"이게 아니에요?"

현이 겁에 질려서 물었다.

"그럼 어느 건데요? 어느 약인지 얘기해 주세요."

경은 고개를 저었다. 눈을 꽉 감고 몸을 덜덜 떨기 시작했다.

현은 들고 있던 약병과 물컵을 탁자 위에 올려놓았다. 경의 침실로 가서 이불을 가져왔다. 바닥에 웅크린 경에게 덮어주었다. 경의 옆에 쪼그리고 앉아서 현은 전화기를 꺼냈다.

경이 팔을 치켜들었다. 전화기를 든 현의 손을 꽉 잡았다.

"왜요?"

현이 깜짝 놀라서 물었다.

"전화기 드려요?"

그러나 경은 현이 내민 전화기를 받아서 바닥에 아

무렇게나 내려놓고 멀리 밀어냈다. 현이 가서 집어
오려 하자 경은 현은 붙들었다.

"왜 그러세요……."

현은 울고 싶었다.

"아프면 약을 먹든지 치료를 받으셔야 하잖아
요……."

경은 대답 없이 현의 손을 힘껏 잡고 결사적으로
고개를 저었다.

그래서 현은 경과 함께 거실 바닥에 누웠다. 이불 속
에서 덜덜 떠는 경을 끌어안고 현은 가만히 쓰다듬어
주었다. 아무것도 묻지 않고, 아무 말도 하지 않았다.

"언니하고 결혼하면 좋겠다고, 그때 처음 생각했어."

경이 나중에 말했다.

현은 경이 이렇게 앓다가 죽을지도 모른다고 여러
번 생각했다. 그래서 경이 이렇게 물었을 때 조금 놀
랐다.

"나랑 결혼하면 죽을지도 모른다는 생각 안 해봤어
요?"

현은 알고 있었다. 혼전계약서에 명시된, 현에게
유리한 모든 조항은 위험수당이나 다름없었다.

"해봤는데, 결혼하고 나서 했어요."

현이 자백했다.

"결혼 전에는 너무 얼떨떨해서, 깊이 생각할 경황이 없어서……."

"밀어붙이길 잘했네요."

경이 웃었다.

결혼을 앞두고 있었을 때 경의 가장 큰 걱정은, 테러 위협을 제외하면, 이사회의 반대였다. 그러나 경의 우려와 달리 이사회는 별다른 의견을 보이지 않았고 경과 현은 수월하게 혼인 등록까지 성공했다.

"젊은 여자 두 명이라고 얕본 게 아닐까요……."

경의 변호사가 지나가는 말처럼 중얼거렸다. 경은 자기 나름대로 아마 이사회가 동성혼의 지속성을 얕보았을 것이라고 짐작했다. 어느 쪽이든 두 사람은 헤어지지 않았다. 두 사람의 결혼생활은 고요하고 차분했다. 좋을 때나, 나쁠 때나.

현은 계속 법무팀에서 일하면서 방송통신 과정으로 재무회계 자격증을 취득한 뒤에 회계팀으로 이동했다. 법무팀에서는 안도의 한숨을 내쉬었다. 회계팀은 법무팀과 마찬가지로 사장의 젊은 동성 배우자를 일반 직원으로 대하는 것을 거북해했다. 인사실이나 비서실로 이동하는 것이 어떻겠냐는 권유를 들었으나 현은 굳건히 자리를 지켰다. 새로 취득한 자격증에 걸맞은 대우 외에는 승진도 거절했다. 현은 자신의 생활을 스스로 결정하고 싶었고 결혼 이전과 결혼 이후의 삶이 가능한 한 연속적이기를 원했다.

현이 회사에 다니는 동안 경은 대학을 졸업했다. 학부는 약학을 전공했으나 경은 약학이나 제약회사 경영과는 전혀 관련이 없는 분야의 대학원에 진학했다. 학부 전공과는 전혀 다른 분야를 공부하면서 학교와 과제와 수업에 대해 불평하는 경의 이야기를 들으면 현은 가끔 자신이 다 큰 딸을 키우는 엄마가 된 것 같다고 느꼈다.

새해와 명절, 휴가 때에 경은 현과 함께 현의 가족을 찾아갔다. 현의 가족은 처음에는 경을 어색해했으나 시간이 지나면서 경을 현과 마찬가지로 집안의 딸로 인식하게 되었다. 경은 이러한 점에 대하여 현의 가족에게 무한히 감사했다. 그러나 동시에 경은 언제나 현의 어머니를 조금은 낯설게 여겼다.

경은 생존을 위해 부모를 대할 때 언제나 긴장으로 팽팽해진 채 경계하며 대하는 법을 평생에 걸쳐 체득했다. 현의 어머니와 자매들은 전혀 달랐다. 경은 이

다정하고 관대한 사람들을 어떻게 대해야 할지 몰랐다. 가족 앞에서 가장 편안하게 긴장을 풀고 마음을 놓는 현의 모습 또한 경은 낯설게 느꼈다. 고통과 공포가 지배하지 않는 어린 시절이라는 것이 어떤 것인지 경은 잘 상상할 수 없었다.

결혼생활 초기에 현과 경이 쌓아 올린 유대감의 많은 부분이 경이 살해당할지도 모른다는 위기의식에서 비롯되었다. 이 사실은 두 사람 모두 명확히 인식하고 있었다.

그와 별개로 친밀감은 위기의식이 지나간 뒤에 둘 사이에서 서서히 발전했다.

"언니라고 불러도 돼요?"

결혼한 지 2년이 지났을 무렵 명절에 현의 집에 다녀오는 길, 경이 망설이다가 조그만 목소리로 물었다.

"엄마하고 얘기하는 거 들으셨어요?"

현이 민망해했다.

현은 계속해서 경을 '사장님'이라고 불렀다. 경은 현의 이름에 직위를 붙여서 불렀다.

"상당히 딱딱한 관계구나."

현의 어머니가 부엌에서 현과 와인을 나눠 마시며

거실에 있는 경에게 들리지 않게 작은 목소리로 논평했다.

"젊은 여자애들이 그게 뭐니."

"어머니 말씀이 맞아요. 제가 생각해도 어색해요."

경이 말했다.

"그럼 저는 뭐라고 불러요?"

현이 물었다.

"이름으로 부르면 되지 않을까요?"

경이 대답했다.

둘만 있을 때 서로 반말을 하게 되기까지는 그 후로도 시간이 더 걸렸다.

밤에 잠을 잘 때면 경은 언제나 현의 등에 이마를 댔다. 그래서 현은 어느 날 돌아누워 경의 어깨를 안았다. 경은 화들짝 놀랐다. 현이 황급히 팔을 빼며 사과했다.

"싫어요? 미안해요."

"아뇨, 좋아요."

경이 다급하게 말했다.

"언니가 싫어할 거라고 생각했어요. 날 사랑해서 결혼한 건 아니니까."

현은 그 말에 조금 상처 입었다.

"목숨 걸고 결혼해서 이만큼 잘 지내고 있는데 이 제는 누가 누굴 사랑해서 결혼했네 안 했네 따지는 건 좀 의미가 없지 않아요?"

"정말요?"

경이 기뻐했다. 현은 다시 경의 어깨에 팔을 둘렀다.

둘은 그 뒤로 오랜 시간에 걸쳐 천천히, 아주 조심 스럽게 육체적 친밀감을 찾아 나섰다. 탐색의 과정은 차분하고 점진적이었다. 두 사람은 자신이 상대를 존 중하는 만큼 상대도 자신을 존중하고 조심스럽게 대 하고 있다는 사실을 확인한 뒤 서로 더욱 신뢰하게 되었다.

그 과정에서 두 사람은 서로에 대해 여러 가지를 알게 되었다. 이를테면 현은 자신이 뒤에서 갑자기 안거나 장난으로 놀라게 하는 행동을 경이 좋아하지 않는다는 사실을 알았다. 경은 누군가 뒤에서 건드리 면 무서워했다.

"아버지가 그런 걸 좋아했어."

경이 말했다.

친족성폭력에 대해서 현은 알고 있었다. 태의 변호 사는 경의 부모가 죽어 마땅한 사람이라는 주장을 증 명하기 위해서 경을 진찰했던 여성의학과 의사를 찾아서 증인석에 세웠다. 의사는 여성이었고, 경의 몸에 비정상적인 흔적이 있는 것에 주목했다. 의사는 참을성을 가지고 조심스럽게 경을 설득했고 경의 동의를 얻어 경찰에 신고했다. 신고는 무시되었고 경의 아버지는 입건되지 않았으며 의사는 일주일 뒤에 병원에서 해고되었다.

"비정상적인 흔적이란 무슨 뜻입니까?"

태의 변호사가 물었다. 의사가 설명했다.

"성폭행의 경우에 질에 상처를 남기게 되는데, 그런 상처가 있었습니다."

"그리고 또 어떤 흔적이 있었죠?"

태의 변호사가 물었다. 의사가 말했다.

"타박상도 있고 멍도 있고…… 그리고 몸에 주삿바늘 자국이 있었습니다."

"그런 흔적이 어떻게 해서 생긴 것인지 경 씨가 얘기하던가요?"

"자세하게는 말하지 않았습니다."

그리하여 태의 변호사는 경의 아버지가 경을 폭행하기 위해 억지로 약을 투여한 것이라는 추측을 늘어놓았다. 폭행은 아버지가 했지만 약은 어머니가 투여했다는 사실을 경은 군이 설명하지 않았다.

물론 태의 변호사는 친족성폭행을 경찰에 신고했던 의사가 해고된 뒤에 경이 진통제 한 병을 술과 함께 삼키고 자살을 시도해서 폭탄테러 당일에 병원에 입원해 있었다는 부분을 빼놓고 말하지 않았다. 그래서 검사는 피로에 지친 모습으로 이의를 제기했고, 변호사는 경이 테러 당일 회사에서 63킬로미터 떨어진 도시에 있는 병원에 입원해 있었다고 설명하며 병원 기록은 증거물 23번이라고 판사에게 일러주었다.

　현이 알고 있는 것은 거기까지였다. 경은 자신이 월경을 시작한 뒤에 아버지의 아이를 임신하지 못하도록 어머니가 여러 가지 약을 사용했다는 사실을 털어놓았다. 경의 어머니는 일반적인 피임약을 좋아하지 않았다. 피임약을 먹으면 여드름이 생기고 살이 찐다는 것이 이유였다. 경의 어머니는 그보다 더 효율적이고 지속적인 효과를 가지며 미용상의 부작용이 없고 사용이 편리한 약을 찾아 경에게 이것저것 실험했다. 어머니는 미용상의 부작용을 특히 중요하게 여겼다. 경은 17세가 되던 해에 격심한 복통에 몸부림치며 병원에 실려갔고 한쪽 난소를 절제했다.

　"엄마가 원하던 대로 됐지. 임신할 가능성이 확 줄었으니까."

경이 중얼거렸다. 그리고 걱정스럽게 현을 바라보았다.

"이런 얘기는 결혼 전에 했어야 했는데."

"괜찮아. 아이 낳으려고 결혼한 건 아니잖아."

현이 대답했다.

"난 아이 안 낳고 싶어."

경이 말했다.

"나도 우리 엄마 같은 엄마가 될까 봐 너무 무서워."

현은 말없이 경을 안아주었다. 경의 어머니가 어째서 경을 데리고 그 상황에서 도망쳐 나오지 않았는지 현은 묻고 싶었지만 어쩐지 답을 알 것 같아서 묻지 않았다.

경은 자주 심하게 아팠다. 생리통과 배란통이 격렬한 편이었고 편두통이 있었으며 약을 주사하기 위해 혈관을 헤집은 결과 양팔이 이유 없이 아프곤 했고, 자살을 시도했을 때 망가진 위장이 주기적으로 통증을 일으켰다.

경은 진통제를 거부했다. 경은 성장기의 10년간 다양한 약물의 온갖 작용과 부작용을 경험했으며 그 결과 약을 믿지 않았다. 경은 약을 두려워했다. 경을 설득해서 흔한 소화제 한 알이나마 복용하게 만든 것이

길지 않은 결혼생활 동안 현이 이룬 가장 큰 성취 중 하나였다.

통증이 찾아오면 경은 자신의 몸과 싸우지 않았다. 동그랗게 웅크리고 누워서 고통이 지나가기를 기다렸다. 그럴 때면 현은 옆에 함께 누워서 창백해진 경의 어깨를 안아주고 손을 잡아주었다.

"미안해."

경이 말했다.

"내가 엉망이라서 미안해."

경은 말하면서 울었다.

"사랑해."

현이 경을 껴안고 머리를 쓰다듬으며 말했다.

이사회는 최고경영자를 요구했다. 현이 직원 신분으로 근무하고 경이 학교에 다니는 동안 회사의 최고경영자 자리가 실질적으로 비어 있는 점, 그리고 그런 상태가 예상보다 오래 지속되는 점에 대하여 이사회는 지속적으로 점점 더 강한 우려를 표명했다. 그리고 이사회는 자신들이 선택한 경영자 후보를 내세워 경영권을 매입하겠다고 제안했다. 후보는 중년 남성으로 비장애인이었으며 '정상적'인 이성애 결혼을 하여 아내와 두 아이가 있었다.

경은 기뻐했다. 경영자 후보가 비장애인 이성애자 중년 남성이라는 사실 때문이 아니라 회사를 넘겨받겠다고 적극적으로 나서는 인물이 나타났다는 사실 때문에 경은 기뻐했다.

"떠나자."

이사회의 제안을 듣자마자 경은 현에게 말했다.

"그 돈이면 우리 둘이 아무 걱정 없이 살 수 있어. 나는 학교 졸업하고, 언니는 새 직장 구하고, 이 지긋지긋한 회사하고 인연 끊고 깨끗하게 살자."

현은 '깨끗하게'라는 말을 이해하지 못했다. 혹은 그 단어에 반발했다.

"이건 전부 네 가족이 이룬 거잖아."

현이 말했다. 경은 이 발언을 현의 의도와 완전히 반대되는 의미로 이해했다.

"그러니까 떠나려는 거야."

경이 말했다.

"그러니까 지긋지긋하다는 거야."

현은 설명하려 했다. 경의 가족이 이루었다는 것은 즉 경과 경의 오빠의 희생과 고통도 포함한다는 뜻이었다. 그리고 그 고통은 테러와 살인이라는 더 큰 충격으로 끝났다. 경과 경의 오빠가 겪었던 모든 고통과 트라우마를 합친 의미에서도 회사는 가장 큰 증거물이자 보상이었다. 경은 회사를 가질 권리가 있었고, 증거물인 회사를 지킬 의무가 있었다. 현은 최선을 다해 설명하려 했다.

"없어, 그딴 거."

경이 한마디로 반박했다.

"없어."

그리고 경은 입을 다물었다.

경의 표정을 보고 현은 돌이킬 수 없는 일이 일어났다는 사실을 깨달았다. 경은 몸을 돌려 방을 나갔다.

다음 날 두 사람은 논의를 재개했다. 경이 원하지 않았으므로 경영권은 배우자인 현이 받기로 두 사람은 합의했다. 이사회는 저항했다. 그러나 회사의 창립자이자 경영권자이던 부부가 살해당한 사건을 이용하여 이사회가 후계자를 쫓아내고 회사를 장악하려 한다는 모양새는 아무래도 흉한 것이 사실이었다. 이사회가 회사 먹으려고 폭탄테러 일으킨 것 아니냐는 음모론이 스멀스멀 고개를 들었다. 이사회는 물러났다.

현이 공식적으로 제약회사의 경영자로 취임하고 이틀 뒤에 경은 떠났다. 현에게도, 회사 내의 그 누구에게도 아무 연락도 없이 경은 그냥 사라졌다. 현은 경이 다니던 학교에 문의했다. 그리고 현이 경영자로 취임하기 전날 경이 자퇴서를 제출했다는 사실을 알았다. 경이 가져간 것은 약간의 현금과 당장 갈아입을 옷이 전부였다. 통신기기를 포함하여 추적당할 가능성이 있는 모든 장치를 경은 가지런히 정리해서 책상 위에 펼쳐놓고 갔다. 기기의 데이터는 모두 삭제되어 있었고 하드웨어는 공장 초기화되어 있었다. 현은 그 전자기기들을 가만히 바라보면서 한참이나 말 없이 서 있었다.

그리고 현은 생각했다. 경은 여전히 현의 배우자였다. 필요하다면 경찰에 실종 신고를 내거나 사설 조사관을 고용할 수도 있었다. 현에게는 그렇게 할 수 있는 법적인 자격과 권리가 있었고, 이제는 경제적인 자원도 있었다.

경찰이나 외부 조사관의 힘을 빌릴 필요가 없을지도 모른다고 현은 생각했다. 경은 약을 싫어했지만 어쨌든 계속 먹어야 했다. 경에게 필요한 약 중에서 대부분은 처방약이었다. 그 처방약 중에서 최소한 두 가지는 이제 현이 경영하게 된 회사에서만 제조했다. 어느 처방약이 어느 의사의 처방으로 어느 약국에서 누

구에게 팔렸는지 추적하는 업무를 해보았기 때문에
현은 그 방법을 구체적으로 알고 있었다. 그것은 대단
히 복잡한 과정이었지만 가능한 작업이었다.

현은 가만히 생각했다. 자신이 경을 찾지 않고 기
다린다면 경영권을 얻기 위해 후계자와 결혼한 뒤에
그 후계자를 몰아낸 악녀로 비칠지를 현은 계산해 보
았다. 이사회에서 그런 방향의 여론 몰이를 통해 자
신의 경영권을 빼앗으려 할 것이라고 현은 예상했다.
변호사들과 상의해 봐야겠다고 현은 결론을 내렸다.

현은 경이 돌아오기를 원했다. 현은 경과 함께, 기
쁠 때나 슬플 때나, 좋을 때나 나쁠 때나 함께 살아가
기 위해 결혼했다. 지금은 슬플 때, 나쁠 때였다. 현은
그런 때에 몰래 경을 추적해서 강제로 돌아오도록 몰
아가고 싶지 않았다.

그래서 현은 기다렸다.

12

욱의 시신은 경찰서 앞 버스정류장에 앉아 있었다.
아침 일찍 버스를 타려던 승객이 노선을 물어보기 위

해 말을 걸었으나 욱은 대답하지 않았다. 승객은 욱이 술에 취했거나 자고 있으리라 생각했다. 그러다가 욱이 눈을 뜬 채로 움직이지 않는다는 사실을 깨달은 승객은 바로 앞에 있는 경찰서에 들어가 신고했다.

경찰서에는 비상이 걸렸다. 시신을 경찰서 앞에 전시해 두고 가는 행위는 명백하게 싸우자는 뜻으로 해석되었다. 류 형사는 신임 형사와 함께 태를 호텔에서 데리고 나와 경찰서 안의 유치장에서 보호했다. 경과 현에게는 더 이상 도움을 받을 수 없으니 집으로 돌아가라고 류 형사가 말했다.

"우리가 안일했어요."

류 형사가 딱딱하게 굳은 표정에 나지막한 목소리로 말했다.

"기도회 사건 주범들이 살해당했기 때문에 옛날 일에 대한 원한일 거라고 가정했는데…… 또 살인을 저지를 가능성이 있다고 생각은 했지만 설마 이런 식으로 선전포고를 할 줄은 몰랐네요."

류 형사는 현과 회사가 제공했던 모든 지원과 호의를 예의 바르고 단호하게 거절했다. 현은 민간인이었다. 현이 제공하는 모든 시설이나 이동수단은 그녀의 개인적인 호의일 뿐이었다. 살인사건 수사는 경찰 업무이고 처음부터 민간의 개입을 허용하지 말았어야 했다고 류 형사는 말했다.

"위험해질 수 있으니 빨리 돌아가십시오."

류 형사가 엄격하게 명령했다.

류 형사는 두툼한 사람이었다. 그것이 경이 12년 전 그를 처음 만났을 때 받은 인상이었다. 굵고 두툼하고 단단한 사람. 머리카락도 굵고 두툼하게 뻗어 있었고, 얼굴에도 살이 많아 두툼했고, 악수하려고 내민 손도 두툼하고 단단했다. 경은 그 단단함이 주는 안정감을 신뢰했다.

"미리 말씀드리지만 경찰청장님한테 전화하셔도 이제는 소용없습니다."

류 형사가 나지막한 목소리로 딱 잘라 말했다.

"지금까지 베풀어주신 호의는 감사하게 생각합니다만, 더는 민간인이 수사에 개입하게 내버려 둘 수 있는 상황이 아닙니다."

그리고 류 형사는 경의 얼굴을 날카롭게 들여다보며 덧붙였다.

"앞으로 저 녀석에게 접근하시는 것도 금지입니다. 저 녀석도 공범일지 모릅니다."

경은 이제 수긍하고 받아들이는 수밖에 없다는 것

을 알고 있었다. 경은 고개를 끄덕였다.

'저 녀석'은 물론 태를 지칭했다. 류 형사는 태를 다시 감옥으로 돌려보내기로 결정했다. 회사 비행기를 제공하겠다는 현의 제안을 류 형사는 물론 일거에 거절했다. 대신 류 형사는 정식으로 절차를 밟아 교도행정부에 호송을 신청했다. 교도행정부 인력과 예산은 넘쳐나지 않았고, 애초에 계획되지 않은 원거리 긴급 호송이 승인을 받으려면 시간이 필요했다. 류 형사는 상황을 설명하고 빨리 태를 데리러 와달라고 부탁했으나 교도행정부의 행정에 시간이 얼마나 걸릴지는 사실 알 수 없었다. 날씨가 나빠지고 있어서 신속한 이동은 불가하다는 답변을 듣고 류 형사는 짜증이 치솟았으나 곧 체념했다.

태는 담담했다. 호텔방에 경찰관들이 들이닥쳐 자신을 끌어낼 때도 태는 저항하지 않았고 이유를 묻지도 않았다. 유치장 안에서 태는 언제나 차고 있어야 했던 손목의 수갑이 풀린 것을 조금 기뻐하는 눈치였다.

정신과 의사가 태와 함께 호텔에서 경찰서로 이동했다. 의사는 경찰이 태를 유치장 안으로 들여보낸 뒤에 문을 닫는 광경을 지켜보았다. 조용히 손목을 문지르는 태를 바라보다가 의사는 경찰서를 나서는 류 형사와 신임 형사를 보았다. 의사는 서둘러 형사들을 뒤따라갔다.

"형사님."

의사가 신임 형사의 팔을 가볍게 건드렸다.

"면담을 해도 될까요?"

"예?"

신임 형사가 돌아보았다. 의사가 다시 말했다.

"교도행정부에서 태 씨를 감옥으로 데려가기 전에 면담을 해도 될까요?"

신임 형사는 잠시 대답하지 않고 의사를 바라보았다. 류 형사가 옆에서 기다리다가 대신 대답했다.

"예, 그러십시오."

"감사합니다."

의사가 예의 바르게 말했다. 의사가 돌아서서 가버린 뒤에도 신임 형사는 가만히 서서 의사가 있었던 곳을 바라보고 있었다.

"야."

류 형사가 신임 형사를 툭 쳤다.

"왜 그래? 뭐 잘못 먹었냐?"

"에?"

신임 형사가 고개를 흔들었다. 눈을 깜빡이며 류

형사를 바라보았다.

"왜 그래?"

류 형사가 다시 물었다. 이번에는 조금 더 진지했다.

"아니, 아니에요."

신임 형사가 더듬거렸다.

"아니긴 뭐가 아냐? 왜 그러고 멍하니 서 있어? 무섭게."

류 형사가 불평했다.

"갑자기 눈이 부셔서……."

신임 형사가 불분명하게 대답했다. 그리고 앞장서서 서둘러 걸어 나갔다. 류 형사도 석연치 않은 표정을 풀지 않았으나 따라 나갔다.

류 형사는 신임 형사와 지원받은 경찰관들과 함께 태의 형과 죽은 남자와 젊은 여성이 있었던 오두막을 다시 방문했다. 그곳에는 아무도 없었다. 감식반은 오두막을 샅샅이 털고 찍고 분석했다. 혈흔이 발견되었고, 사람의 혈흔이었으며, NBOLI 성분을 담은 약병과 주사기도 발견되었다. 형사들은 한과 욱과 젊은 여성이 호숫가의 오두막에서 이전의 기도회와 유사하게 고문과 NBOLI 투여를 포함한 '교단'의 의식을 치른 것으로 추정했다. 그러나 오두막이 욱이 살해당한 1차 범행현장인지는 좀 더 수사해 봐야만 확정할 수 있다고 형사들은 결론 내렸다.

"이 새끼들 기도회 사건 후속편이라도 찍을 생각인가 봅니다. 그런데 그놈의 엔바이오…… 엔볼링…… 하여간 그걸 여기서 생산할 만한 설비는 없는데요. 공장 차린 흔적도 없고. 다른 데서 가져왔을까요? 대체 어디서 가져왔죠? 폐기 처분된 지 오래일 텐데?"

신임 형사가 빠르게 말했다. 류 형사는 묵묵히 들을 뿐 굳이 대답하지 않았다. 소리 내 말하는 것이 신임 형사가 생각을 정리하는 방식이라는 사실을 류 형사는 익숙히 알고 있었다.

"여기서 셋이 살았던 것 같은데. 다른 사람도 있었을까요? 셋만 살았나? 교단 본부나 다른 지부들하고는 왕래가 없었을까요? 약을 어디서 공급받았을까요? 옛날 기도회 사건하고 관련이 있는 걸까요? 범인이 둘인가?"

"일단은 관련이 있다고 가정해야지. 같은 집단이니까."

류 형사가 말했다. 신임 형사는 듣고 있지 않았다. 자기 할 말만 계속했다.

"셋이 무슨 관계죠? 그 남자하고 여자가 애인이면, 그 자식 형은 뭐죠? 교주인가? 치정 살인인가?"

"치정이라기엔 살해 방식의 특징이 너무 분명하지 않아?"

류 형사가 신임 형사의 말 중에서 생각해 볼 만한 부분을 태블릿에 기록하며 물었다.

"같은 범인일지도 모르죠. 아니면 수사를 혼란시키려고 살해 방식을 따라 했을 수도 있잖아요?"

신임 형사가 드디어 자기 머릿속의 생각에서 빠져나와 류 형사를 바라보며 대답했다.

류 형사는 신임 형사가 영화나 드라마에 나오는 좌충우돌 캐릭터 같다고 자주 생각했다. 열정적이고, 의지가 강하고, 그만큼 고집도 세고, 머릿속이 자기 자신으로 가득해서 주위를 무시하고 자기 하고 싶은 대로 하거나 머릿속에 떠오른 것을 전부 입으로 쏟아내서 곤란한 상황을 만들기도 했다. 신임 형사는 류 형사가 신중하거나 사교적으로 행동하려고 할 때마다 노땅이나 꼰대로 취급하고 못마땅해했으며, 류 형사도 이 사실을 알고 있었다. 동시에 신임 형사는 한 가지 관점에 얽매이지 않고 다양한 관점에서 사건에 접근하는 능력이 있었다. 머릿속에 떠오른 생각들을 마구 소리 내어 말하며 정리하는 방식이 산만해 보이지만 그 산만함 속에 그 나름의 질서와 이유가 있다는 사실을 류 형사는 파트너가 된 지 얼마 안 되어 이해했다. 그렇게 산만한 질서 속에서 헤매다가 자기가 틀렸다는 사실을 깨달으면 당장 노선을 수정하는 것이 신임 형사의 가장 큰 장점이었다. 그것은 언제나 객관적으로 가장 올바른 방향을 추구하려는 고집과 한 번에 여러 가지 관점을 고려하는 산만함이 적절히 조화된 결과였다.

처음 신임 형사와 파트너가 되었을 때 류 형사는 이전 파트너가 좌천된 이유를 짧게 언급했다. 그리고 자신이 트랜스젠더라는 사실이 앞으로 함께 일하는 데 문제가 될지 물었다.

"그게 왜요?"

신임 형사가 물었다.

신임 형사는 타인에게 관심이 없었다. 머릿속이 언제나 자기 생각으로 가득 차 있는 사람이었으므로 신임 형사에게는 타인의 개인사 따위에 이유 없이 개입하고 싶어 하는 의지가 결여되어 있었다. 류 형사의 법적 성별이 무엇인지 화장실에 갈 때 어느 방향으로 향하는지 등의 자질구레한 사항들에 대해 신임 형

사는 완전히 무관심했다. 류 형사와 파트너로 지내는
것에 대해서, 더 정확히는 근무 중에 화장실에 가는
문제나 출장 시에 숙박하는 문제 등에 대해서 다른
동료들이 신임 형사에게 캐묻는 광경을 류 형사는 우
연히 엿본 적이 있었다. 신임 형사는 자신이 한 번도
머릿속에 떠올려 본 적조차 없는 사적인 질문을 쏟아
붓는 동료들을 조금 혼란에 빠진 표정으로 가만히 쳐
다보다가 큰 소리로 말을 내뱉었다.

"존나 지저분하네."

그리고 신임 형사는 귀에 기기를 꽂고 등을 돌리고
하던 일에 몰두했다. 이 일로 인해 신임 형사는 이후
선배 경찰과 주먹다짐 직전까지 이르렀으나 류 형사
에 대한 뒷소문을 집중적으로 조장하던 해당 선배 경
찰이 범죄 피해자에게 지속적으로 사적인 연락을 하
며 만나자고 강요했다는 사실이 드러나면서 파면되
었고 경찰서는 평화를 되찾았다.

"그런 놈들은 하나만 하지 않지."

서장이 해당 경찰의 파면과 이와 관련된 형사처벌
사실을 알리면서 만족스러운 표정으로 이렇게 논평
까지 한 뒤로는 아무도 류 형사나 신임 형사에게 사
적인 질문을 하지 않게 되었다. 류 형사는 이 일련의

상황들에 대해 자신의 생각이나 감정을 신임 형사에게 굳이 이야기하지 않았다. 신임 형사는 언제나 그렇듯이 남의 일에 관심이 없었기 때문이다.

"그 새끼 형을 찾아내야죠? 그런데 여자도 찾아내야 하지 않아요?"

신임 형사가 물었다. 딱히 류 형사의 대답을 바라고 던진 질문은 아니었다.

젊은 여성은 형사들이 애써 찾아낼 필요 없이 도시에 있는 언니 집에서 계속 머무르고 있었다. 태의 형과 젊은 남자가 류 형사와 신임 형사에게 체포된 날 여성은 경찰서에서 진술을 하고 나와서 곧바로 언니 집으로 갔다. 저녁에는 언니와 함께 장을 보고 집에 갔다. 다음 날부터는 아침에 조카를 학교에 데려다주고 일자리를 구하러 다니다가 오후가 되면 학교에 가서 조카를 데려오고, 집에서 조카와 있다가 저녁이 되면 퇴근한 언니와 함께 장을 보고 밤에는 집에 있었다. 아파트 주차장과 슈퍼마켓의 감시 카메라 영상, 조카가 다니는 학교 입구와 운동장의 감시 카메라 영상으로 젊은 여성의 동선은 모두 확인되었다.

살해된 젊은 남자에 대해서 여성은 처음에 호감을 느꼈고 호숫가의 오두막에서 잠시 연인으로 지냈다는 것까지 인정했다. 그러나 태의 형이 나타나면서 관계는 변했다. 여성은 약물 투여까지는 호기심에 수락했으나 두 남자가 자신의 손발을 묶는 등의 폭력을 사용하려 하는 데는 저항했다. 여성은 이미 남자와의 관계를 끊고 언니 집으로 돌아가는 것을 고려하고 있었으나 호숫가의 오두막이 고립된 장소인 관계로 탈출에 적절한 시기를 탐색하고 있었다고 했다. 여성에 따르면 약물을 처음 가져온 사람은 태의 형이었으나, 그가 약물을 어디서 가져왔는지는 알지 못한다고 했다.

태의 형은 사라졌다. 태는 형이 어디로 갔는지, 어디로 갈 수 있을지 더 이상 추측하지 못했다. 류 형사와 신임 형사가 젊은 여성을 추궁했으나 여성은 태의 형이 무서워서 최대한 거리를 두려 했기 때문에 자세히 아는 바가 없다고 대답했다. 형사들은 태의 형을 담당한 변호사를 찾아갔으나 변호사 역시 의뢰인의 행방을 알지 못했다. 형사들은 변호사의 최근 행적에 대해서도 조사하는 한편 태의 형을 찾아서 인근 도시들에 위치한 교단의 지부를 방문하고 관계자들을 만났다.

그리고 태의 유치장에는 정신과 의사가 찾아왔다.

"오랜만이네요."

의사가 말했다.

"그동안 어떻게 지내셨어요?"

대답 대신 태가 말했다.

"저는 형의 행방을 모릅니다."

의사가 뭔가 말하기 전에 태가 다시 입을 열었다.

"감옥으로 돌려보내신다고 해도 어쩔 수 없습니다. 어차피 돌아가야 합니다."

"그걸 물어보러 온 게 아니고요."

의사가 말했다.

"그러면 절 지키러 오셨습니까? 탈주 따윈 안 합니다."

태가 말했다. 의사가 다시 고개를 저었다.

"우리 전에 하던 얘기 계속하러 왔어요."

의사가 말했다.

"하지만 그 전에, 어떻게 지내셨는지 얘기해 주실래요?"

교단은 살인을 추구하지 않는다.

그럼에도 불구하고 그는 살인을 저질렀다.

제약회사 폭파는 살인을 목적으로 저지른 행위가 아니다.

그럼에도 불구하고 사람이 죽었다.

이것이 태와 의사의 화두였다. 태가 수감생활을 시작한 뒤에 의사는 한 달에 한 번씩 정기적으로 태를 찾아와 대화를 나누었다. 첫 면담에서 의사가 약 처방을 제안했고 태가 거절한 이후 의사는 다시 약 복용을 제안하지 않았다. 두 사람은 거의 6년에 걸쳐 한 달에 한 번 정기적으로 면담을 지속했다. 그사이에 의사는 테러범죄와 대량 살인에 대한 연구를 여러 번 발표했고 연구서를 출간했으며 근무하던 병원을 떠나 대학으로 자리를 옮겼다. 태는 자신이 타인의 연구 주제가 되는 상황을 좋아하지 않았으며 범죄소설 작가나 기자들과의 면담을 모두 거부했다. 그러나 의사와의 면담은 언제나 수락했다. 그는 의사를 신뢰했다. 그리고 태는 간절했다. 자신이 저지른 행위가 단순한 살인이 아니라는 믿음과 사람을 죽였다는 현실을 어떻게든 화해시키는 것이 태에게는 중대한 문제였다.

의사가 멀리 떨어진 도시에 있는 대학병원으로 직장을 옮기면서 두 사람의 면담은 한 달에 한 번에서 석 달에 한 번, 반년에 한 번으로 줄었다. 지난 2년간 그들은 한 번도 얼굴을 맞대지 못했다. 태는 인터넷이나 모바일을 자유롭게 사용할 수 없었다. 의사에게 태는 엽서를 두 번 정도 보냈으며 한 번은 답장을 받았고 한 번은 받지 못했다.

그리고 이제 의사는 다시 태의 눈앞에 앉아 있었다. 마치 연락이 끊어졌던 지난 2년이 존재하지 않는다는 듯이 의사가 자연스럽게 묻고 있었다.

"그동안 어떻게 지내셨어요?"

태는 의사를 바라보았다.

의사는 희고 가늘고 부드러운 사람이었다. 키가 크고 고수머리의 빛깔도 피부색도 밝고 옅었으며 목소리만은 낮고 굵었으나 어조가 차분하고 부드러웠다. 태는 정신감정을 받기 위해 수감되었던 국립병원에서 의사를 처음 만났다. 물론 병원에는 정신과 의사가 여러 명 있었다. 태는 지금의 의사에게 정착하기 전에 다른 의사를 세 명 정도 거쳤다. 그 의사들 모두 차분하고 부드러운 어조와 조용한 태도가 특징이었다. 이전에 태는 정신과 의사를 만나본 적이 없었으므로 그러한 모습이 정신과 의사의 전형적인 모습이라고 믿게 되었다.

재판 당시에 태는 의사도 의학도 믿지 않았다. 교단은 고통을 숭배했으므로 인간의 고통을 통제하거나 경감시키거나 제거하는 일을 직업으로 삼는 사람이라면 누구나 경멸하고 적대시했다. 단지 태는 법원 명령에 따라 국립병원에 입원하고 정신감정을 받는 과정이 국가라는 억압적 조직이 자신에게 부과한 또 다른 고통이며, 이 과정을 순교자적으로 받아들이고 자신이 제정신인 상태에서 신념을 위해 테러를 저질렀음을 증명하는 것이 교단을 위하는 길이라고 믿었기 때문에 의사들과의 면담을 참아냈다. 태는 모든 면담에서 이러한 사실을 증언했으며 의사들이 던지는 다른 여러 가지 질문에는 대체로 대답하지 않았다.

그러므로 태는 또 다른 의사가 자신을 면담할 예정이라는 소식을 들었을 때 같은 답변을 반복할 생각이었다. 병원 직원과 동행한 태가 면담하기 위해 진료실 앞에서 기다리고 있을 때 진료실 문이 벌컥 열렸다. 문을 연 사람은 안에 있던 환자인 듯하였으나 환자는 자신이 열어젖힌 문을 통해 밖에 나올 생각은 없는 것 같았다. 다만 문이 열린 진료실 안에서 소리를 지를 뿐이었다. 태가 지켜보는 앞에서 진료실 안에 있던 의사가 자리에서 일어나 빠르면서도 공격적이지 않은 조심스러운 동작으로 환자에게 다가갔다. 밖에서 지키고 있던 직원이 황급히 진료실 안으로 들어오려는 것을 손짓으로 제지하면서 의사는 태에게는 잘 들리지 않는 작고 부드러운 목소리로 환자에게 뭔가 말했다. 의사의 부드러운 한마디에 환자는 즉시 고함치던 행동을 멈추었다. 선 채로 머리를 몇 번 흔들고 얼굴을 만지더니 환자는 고분고분 다시 자리에 앉았다. 의사가 눈짓했고 진료실 밖에 서 있던 직원은 고개를 끄덕이고 조심스럽게 진료실 문을 닫았다.

이러한 일련의 과정은 태에게 깊은 인상을 남겼다. 태는 자신이 목격한 광경과 자신이 의사를 신뢰하는 이유에 대해 아무에게도, 당사자인 의사에게도 말하지 않았다.

"감옥에 있었죠. 독방에선 별다른 일이 일어나지 않습니다."

태가 대답했다. 그것은 사실이었다.

"무슨 생각 하면서 지내셨어요?"

의사가 다시 물었다. 어려운 질문이었다.

태는 자신이 읽은 책에 대해 이야기했다. 전자기기 사용이 제한되는 생활에 그는 이미 오랫동안 익숙해져 있었다. 다만 다양한 책을 마음껏 손에 넣을 수 없다는 사실은 가끔 아쉬울 때도 있었다.

"책을 읽으면서, 제가 다른 삶을 살았더라면, 살 수

있었더라면……. 그런 생각을 했습니다."

태가 천천히 말했다.

"너무 많은 것이 이미 결정되어 있었고 제가 이 자리에 오기까지 선택지가 별로 없었다는 생각을 합니다."

의사가 고개를 끄덕였다. 그리고 잠시 생각한 뒤에 물었다.

"테러를 저지른 것이 본인의 잘못이 아니라고 생각하세요?"

"그런 뜻이 아닙니다."

태가 황급히 말했다.

"그때는 그런 선택을 해야만 했고, 다시 돌아간다면 또 그런 선택을 하지 않을 자신도 없습니다…… 하지만 다른 선택을 할 수 있는 여지가 있었더라면…… 하고 생각합니다."

태가 더듬거렸다.

"다른 선택을 할 수 있는 여지가 주어지지 않았고……. 그게 아쉽다는 겁니다. 잘 설명할 수 없는데…… 제 잘못이 아니라는 게 아니라……. 제가 선택했지만…… 선택은 이미 결정되어 제게 주어져 있었던……. 그런 것 같습니다."

태는 말하면서 조금씩 더 당황하다가 어물거리며 문장을 끝맺었다. 의사가 다시 고개를 끄덕였다.

"다른 선택이라면, 어떤 게 있었을까요?"

"범죄를 저지르기 전에, 경찰에 자수하는 방법도 있었을 거고……."

그것은 오래전에 한 기자가 그에게 던진 질문이었다. 기자들이 수없이 몰려 서서 각자 자기가 하고 싶은 질문을 외치는 와중에 그 질문 하나가 귀에 꽂혔다. 그는 자수에 대해서 생각조차 해본 적이 없었다. 폭탄테러를 저지르지 않고 상황을 종료할 수 있었다는 선택지도 분명 존재했던 것이다. 그 사실 자체를 그는 그 기자의 질문으로 인해 처음 깨달았다. 그는 12년이 지난 지금도 그 충격을 기억했다.

"건물 안에서, 폭탄이 터졌을 때 같이 죽는 방법도 있었을 거고……."

"자살을 생각하세요?"

의사가 그의 말을 가로막고 물었다. 태는 황급히 고개를 저었다.

"아뇨, 아닙니다. 최근에 누가 그런 말을 해서……."

"누가요?"

의사가 다시 물었다.

"교단 사람인가요?"

"아뇨, 아니에요."

태가 더욱 당황하며 다시 황급히 고개를 저었다.

"교단하고는 연락하지 않습니다."

"형이 그러던가요?"

의사가 다시 물었다. 태가 다시 부정했다.

"아닙니다."

의사는 더 이상 묻지 않았다. 기다렸다.

망설이다가 태는 경과의 관계에 대해 이야기했다.

태는 최대한 간략하게 이야기하려 애썼다. 의사는 말없이 귀를 기울였다. 태의 말이 끝나고 나서 의사는 물었다.

"형사들 몰래 들어온 건가요? 경찰이 내버려 두던가요?"

"저도 잘은 모릅니다만…… 형사님들도 알고 있는 것 같았습니다."

의사는 잠시 말없이 생각했다. 태가 천천히 말했다.

"지난 12년 동안…… 일을 저지르기 전에 자수했더라면 좋았을 거라고 생각했습니다. 하지만 그녀를 만나고 나서는……"

태가 말을 끊었다. 의사가 기다리다가 부드럽게 재촉했다.

"……나서는?"

"모르겠어요."

태가 고개를 저었다.

"그 사람 손목 안쪽에 흉터가 있어요. 보셨어요?"

태가 두 손가락으로 손목 안쪽에 선을 긋는 시늉을 하며 물었다. 의사가 고개를 끄덕였다.

"몸에 흉터가 많아요. 굉장히 많아요. 자살도 시도했었대요."

의사는 다시 고개를 끄덕였다. 태가 더듬더듬 말했다.

"제가 일을 저지르지 않았으면…… 그 사람 부모가 죽지 않았을 거고……. 그러면 그 사람이 죽었을지도 몰라요. 실제로 죽으려고 했으니까."

태는 입을 열었다가 다시 다물었다. 의사는 기다렸다.

"저는 한 번도 죽고 싶다고 생각했던 적이 없어요……. 자살은…… 그게 어떤 건지…… 상상도 해본 적이 없어요……. 어떤 마음으로 그런 걸 하는지……. 그러니까……."

태가 말했다.

"그 사람의 부모하고…… 저하고…… 그때 폭발해서 같이 죽었으면 모든 것이 깨끗하게 끝나지 않았을까……."

"어떤 의미에서 깨끗하다는 걸까요?"

의사가 그 특유의 상냥한 어조로 물었다.

"죽으면 끝이니까 감옥에도 갇히지 않고, 자신의 행동을 후회할 필요도 없었을 것이라는 의미일까요?"

"저도 모르겠습니다."

태가 고개를 숙이고 중얼거렸다.

"인간의 삶은 고통이고, 모든 의미는 고통 속에서 찾을 수 있으므로, 지금 감옥에 갇혀 있는 것도, 앞으로 감옥에 갇혀 살아야 하는 것도, 자신의 행동을 다른 관점에서 바라보게 된 것도, 자신의 삶을 후회하게 된 것도 고통입니다. 맞지요?"

의사가 말했다. 태는 고개를 저었다.

"교리 같은 얘기는 하지 마십시오. 전 교단하고 인연 끊었습니다."

"잠깐만 참고 끝까지 들어보세요."

의사가 격려했다.

"어쨌든 당신의 삶의 근간이 되었고 시간적으로나

정신적으로나 큰 부분을 차지하는 것이 교리이고, 그 교리는 고통에 대한 믿음이고, 그러므로 지금의 고통을 받아들이고 최대한도로 풍부하게 겪어내서 그 안에서 의미를 찾아야 하지 않겠습니까?"

"꼭 저의 형처럼 말씀하시네요."

태가 굳은 표정으로 고개를 들었다. 의사가 미소 지었다.

"저도 오랫동안 공부를 열심히 했으니까요."

태는 웃지 않았다.

"교단은 사이비이고 저는 그 사람들 말에 속은 바보였습니다. 이젠 믿지 않습니다."

태가 단호하게 말했다. 그러나 그 뒤에 태는 고개를 숙이고 손으로 이마를 감싸며 덧붙였다.

"이젠 뭘 믿어야 할지 모르겠습니다."

"사실은 믿지 않아도 상관없지 않을까요?"

의사가 태의 얼굴을 들여다보며 진지하게 말했다.

"대부분의 사람들은 그렇게 살아가요. 뭘 크게 믿기 때문이 아니라, 순간순간 닥치는 상황들에 자신이 내릴 수 있는 최선의 판단을 내리고 의미는 그 뒤에 찾는 거죠. 절대적인 믿음 같은 게 없어도 살아갈 수 있어요."

태가 고개를 들었다.

"저는 대부분의 사람이 아닙니다."

태가 천천히 말했다.

"저는 아주 어렸을 때부터 절대적이고 큰 믿음을 갖도록 길러졌는데, 그건 제 선택이 아니었습니다. 저는 제 삶에서 커다란 의미를 찾도록 교육받고, 그것 역시 제 선택이 아니었습니다. 그렇게 길러지고 교육받았기 때문에 저는 돌이킬 수 없는 일을 저질렀지만, 그게 좋은 일이었는지 나쁜 일이었는지 저도 잘 모르겠습니다. 모든 것이 완벽하게 맞춰진 상태로 저에게 주어졌는데 이제 와서 믿지 않아도 살아갈 수 있다고 하시면 저는 어떻게 해야 합니까?"

"잘 생각해 보세요. 시간은 많으니까요."

의사가 말했다. 태는 의사가 조금 웃는 것 같다고 생각했다.

"그리고 자살하고 싶은 충동이 조금이라도 떠오르면 즉시 얘기하세요."

면담은 거기서 끝났다.

13

태의 형과 욱과 함께 오두막집에서 발견된 젊은 여성의 이름은 민(旻)이었다. 민은 경찰을 믿지 않았다.

민에게는 자신만의 사명이 있었다. 그것은 민이 오랫동안 자신만의 고유한 이론과 관점을 발전시킨 결과였다. 민의 이론과 관점은 현실적이었으며 흔한 음모론과는 달리 논리적으로 앞뒤가 들어맞는다고 민은 확신했다. 그리고 민은 그 이론과 관점을 입증할 증거도 성실하게 찾아내어 갖춰가고 있었다.

민은 제약회사가 교단을 소유하고 조종한다고 믿었다. 교단은 오래전 제약회사를 중심으로 번창했던 마을에 남겨진 시설을 이용하여 제약회사가 만들어 낸 약을 재창조했고 그 약을 사용해서 고통에 관한 교리를 전파했다. 민은 제약회사의 목적은 모든 기업이 그러하듯이 이윤추구라 상정했다. 세상에 고통이 존재해야만 사람들이 고통을 없애주는 약을 계속해서 구입할 것이므로 고통을 숭배하는 교단과 겉보기에 고통을 사라지게 하는 약을 제조하는 제약회사는 결국 비밀리에 손을 잡고 일할 수밖에 없다. 이러한 가정하에 민은 교단에 잠입했고 자신의 가설을 뒷받

침해 주는 증거도 수집했다. 그리고 민은 이제 자신이 가진 모든 수단을 동원하여 자신이 생각하는 진실을 세상에 알리기 위해 노력했다.

물론 한 개인으로서 민이 소유한 자원은 그다지 많지 않았다. 그러므로 민은 다른 모든 사람들이 하듯이 인터넷과 모바일 기술을 이용했다. 누구나 접근할 수 있는 동영상과 사진과 글을 정기적으로 세상에 내놓는 방법으로 민은 최선을 다해 자신이 믿는 진실을 세상에 알렸다. 제약회사가 피해자인 척하지만 사실은 교단과 한통속이며 고통을 제거하거나 통제하는 것이 아니라 영속시키는 방식으로 엄청난 수익을 얻고 있다는 주장에 상당히 많은 낯선 사람들이 동조했다. 민은 그렇게 해서 욱을 알게 되었다.

민의 동조자들은 제약회사가 교단과 몰래 손잡고 있다면 어째서 교단 사람들을 살해하는지 궁금해했으며 그 내막에는 엄청난 음모가 숨겨져 있을 것이라 추정했다. 그러므로 그 내막을 밝히는 것이 민의 다음 임무가 되었다. 자발적으로 자신에게 부여한 그 임무를 완수하기 위해 민은 교단의 신자가 되었다. 자신의 이론을 검증하기 위해 민이 행동에 나섰다는 사실을 알고 욱이 사이버 세계를 떠나서 실제로 민을 찾아왔다. 민은 기뻐했고 욱의 관심과 지지를 고맙게 여겼다. 욱과 친해지고 욱의 삶에 대해 알게 되면서 민은 욱이 경험한 고통과 절망에 진심으로 공감했다. 세계관을 공유하고 전략을 논의하면서 민과 욱은 사랑에 빠졌다.

두 사람은 함께 도시의 지부에 가입했다. 도시에서 교단이 주최하는 행사나 모임은 민이 기대했던 것만큼 비밀스럽거나 범죄적으로 보이지 않았다. 민은 실망감을 감추고 어쨌든 교단의 모든 행사와 사업에 열심히 참가했다. 그리고 마침내 민은 이러한 행사에서 알게 된 교단 사람을 통해, 폐촌이 되어 완전히 버려진 줄 알았던 마을 인근에 교단의 다른 지부들 모두가 그다지 인정하지는 않는 조그만 분파가 활동하고 있다는 첩보를 입수했다. 교단 사람들은 민에게 폐촌에 가까이 가지 말라고 경고하려는 의미에서 분파를 언급했다. 민에게 그것은 이제까지 찾고 있던 결정적인 정보였다. 그렇게 해서 민은 한을 찾아냈다. 그리고 한은 욱을 찾아냈다.

한을 만난 뒤로 욱은 변했다. 욱은 교단의 배후나 제약회사와의 관계를 밝히는 일에 완전히 흥미를 잃었다. 고통과 초월에 관한 한의 주장을 바탕으로 욱은 외계인의 음모와 그럼에도 불구하고 질병과 죽음의 위협을 이겨낸 자신의 삶의 의미와 사명에 관한 고유한 이론을 발전시켰다. 교단의 배후를 밝히려는 민의 시도를 욱은 교단에 대한 배신이자 위협으로 이해했다. 욱은 민을 교단에 복속시키고 자신에게 복종시키기 위해 점점 더 적대적이고 폭력적으로 행동했다.

민은 슬퍼했다. 민은 욱을 떠나고 싶지 않았다. 결정적인 증거를 찾아내지도 못했는데 교단에서 도망치고 싶지도 않았다. 민은 욱이 이전의 모습으로, 자신과 함께 세상의 진실을 찾아 나서던 그때의 욱으로 돌아오기를 원했다.

그리고 민은 욱의 변화가 모두 한의 잘못이라 여겼다. 욱은 순수한 사람이므로 한의 말을 순수하게 믿고 그대로 따르는 것이다. 민은 자신이 제약회사와 교단의 내통 관계를 밝혀내면 욱도 마침내 상황을 올바르게 이해하고 자신에게 돌아올 것이라 생각했다.

구출해야 할 희생자와 배후를 조종하는 악당이 분명해지면서 민의 신념은 더욱 확고해졌다. 민은 한을 조사하면 교단과 제약회사가 내통하고 있다는 증거를 잡고 세상에 결정적인 진실을 알릴 날이 머지않았다고 믿었다. 호숫가에 자리한 목조건물에 경찰이 찾아와 한과 욱을 체포하자 민은 제약회사가 경찰을 손에 넣고 통제하고 있다고 즉시 확신했다.

며칠 지나지 않아 욱이 경찰서 앞 버스정류장에서 시신으로 발견되자 민은 마음 깊이 분개하고 애도했다. 제약회사가 진실을 밝히려는 민의 입을 막기 위해 경고의 의미로 욱을 죽였다고 민은 확신했다. 그러나 민은 그 위협에 절대로 굴복하지 않을 것이었다. 음모를 밝히고 진실을 세상에 알리고 악의 세력을 처벌해야만 했다. 그리고 그 악의 세력의 중심에 제약회사가 있었다.

이러한 민의 주장은 광대한 정보의 바다의 조그만 해안 한쪽 구석에서 고개를 내밀고 살인사건이 불러일으킨 흥미와 관심에 힘입어 살금살금 퍼져 나갔다.

현은 사회관계망 서비스에서 이러한 음모론을 발견했다. 현은 사회관계망 서비스들의 연결고리를 더듬어 민에 대한 정보를 수집하기 시작했다.

민은 한때 제약회사를 중심으로 번성했으나 지금은 폐촌이 된 마을에서 태어나 자랐다. 민의 주변 어른들, 학교와 동네 친구의 가족들이 제약회사에서 일하거나 제약회사와 관련된 업종에 종사했다. 어린 시절에는 민도 나중에 자라면 제약회사와 관련된 일을 하게 될 것이라 어렴풋이 생각했다. 반면 민의 언니는 도시로 나가 학업을 마치고 도시에서 만난 사람과 가정을 이루었으며 도시의 학교에서 음악 선생님이 되어 제약회사와는 거의 상관이 없는 삶을 살게 되었다. 그때 당시에 민과 민의 가족은 그런 언니가 대단히 예외적이라고 여겼다.

그리고 민은 자신의 언니와 함께 도시로 나가 학업을 마쳤던 언니의 학창시절 친구가 다른 업종을 전전하다가 마침내 다시 돌아와 제약회사에 취직하고 기뻐하며 안정을 찾는 듯 보이다가 산업스파이로 몰려 해고당하는 과정을 지켜보았다. 언니의 친구가 업무상 사용하던 로그인 아이디와 암호를 누군가 도용하여 아직 안전성도 확인되지 않은 신약후보물질을 훔쳤고, 그 약은 교단이 사람을 죽이는 데 사용되었다. 그리고 1년이 더 지나 폭탄테러 사건이 일어나자 회사는 공장을 닫고 본사를 먼 곳으로 이전했다. 민이 고등학교를 졸업하고 진로를 어떻게 결정해야 할지 생각하던 시기에 당연한 선택지 중 하나였던 제약회사는 민을 버리고 도망쳤다.

마을 사람들은 일자리를 따라서 이주했다. 제약회

사에서 일하던 사람들은 새 공장이나 새 본사로 흩어졌다. 제약회사에서 일하지는 않았으나 제약회사에서 일하는 사람들이 먹고 자고 입고 생활하는 데 의존했던 마을의 여러 업종들은 고객을 잃고 문을 닫았다. 그리하여 더 많은 사람들이 마을을 떠났다. 마을의 학교나 도서관 등 공공기관은 이웃 마을이나 도시의 기관으로 통합되었다. 그렇게 마을은 천천히, 차근차근, 그러나 피할 수 없이 황무지가 되었다.

민도 가족과 함께 언니가 사는 도시로 이주했다. 민은 마을에 남아 있던 이웃과 친구와 친지들을 통해 마을이 단계적으로 피폐해져 가는 과정을 전해 들었고, 친구와 친지들을 방문하면서 그 현장을 직접 목격했다. 함께 살던 사람들이 떠나간 자리가 빈 공간으로 남아 시간 앞에 서서히 무너지는 모습을 지켜보는 것은 그 자체로도 괴로운 경험이었다. 본래 그곳에서 함께 살던 익숙한 사람들이 떠난 자리에 낯선 사람들이 들어와서 이해할 수 없는 생활방식으로 마을을 점령하는 모습을 지켜보는 것은 마을의 어쩔 수 없는 퇴락을 감내할 때와는 또 다른 종류의 감정을 불러일으켰다.

민은 제약회사가 마을을 교단에 의도적으로 넘겨

주었다고 결론지었다. 기도회 사건, 약물을 이용한 살인, 폭탄테러는 모두 마을 사람들을 몰아내기 위한 눈속임이었다고 민은 확신했다. 더 많은 약을 팔고 더 많은 수익을 올리기 위해 제약회사는 고통을 필요로 했으므로 고통을 제조하고 배포할 수단이 필요했기 때문이다. 제약회사는 민의 고향을 망가뜨렸고, 마을을 교단에 넘겨주었고, 민이 어린 시절부터 친하게 지냈던 언니 친구의 인생을 망쳤고, 이제 사람을 죽이고 있다. 제약회사는 악의 축이었으며 진실은 반드시 밝혀져야 했고 핵심인물들이 정당한 처벌을 받아야만 했다. 이것은 선과 악의 투쟁이었고 민은 절대적인 선의 투사였으며 이 투쟁은 이제 민에게 남은 유일하고도 가장 중요한 삶의 의미였다.

이 모든 정보와 자신이 수집한 증거와 추정과 결론을 민은 자신이 운영하는 여러 채널에 반복적으로 공개했다. 그러므로 현은 사실상 민에 대해 굳이 합법적이지 않은 방식을 동원하거나 애써서 깊이 조사할 필요가 별로 없었다. 민이 가상공간 여기저기에 공개한 자료들만 모아도 충분히 방대한 분량이 형성되었다. 현의 변호사는 놀라워했다. 일단 자료의 분량에 놀랐고, 다음으로 그 내용에 놀랐다.

"이걸 진짜로 믿는다고요?"

현의 변호사가 몇 번이나 물었다. 현이 고개를 끄덕였다.

"그래서 이제 어쩌면 좋죠?"

현이 중얼거렸다.

"명예훼손 소송 같은 걸 해야 하나요?"

변호사가 고개를 저었다.

"그렇게 해서 별로 얻는 게 없어요. 그리고 소송 같은 걸 하시면 자기를 탄압한다고 더 크게 문제를 일으킬 거예요."

"그렇지만 우릴 살인범이고 테러범이라는데요……. 한두 군데도 아니고 사방에 이런 글을 올리는데 이런 터무니없는 비방을 그냥 내버려 둬야 하나요?"

현이 걱정했다. 사실 현은 회사에 대해 걱정하는 것이 아니었다. 어딘가에 있을 경이 이 글을 보았을지, 앞으로 보게 될지, 경이 이런 비방에 대해 어떻게 생각할지, 현은 그것이 걱정이었다. 비방글의 논지에 따르면 경의 부모는 스스로 교단과 짜고 자기 자식들에게 무한한 고통을 초래했으며 그런 끝에 자발적으로 폭탄테러를 일으켜 스스로 죽은 셈이 된다. 이런 주장에 경이 어떻게 반응할지 현은 알고 있었다. 겉보기엔 아무렇지 않아 보이겠지만, 감정적으로 전혀 표현하지 않겠지만, 몸이 아플 것이다. 또다시 둥글게 웅크린 채 누워서 약으로도 해결할 수 없는 고통에 몇 날 며칠이나 시달리게 될 것이다. 그리고 그렇게 고통받는 경의 곁에는 아무도 없을 것이다. 현은 그런 상상을 하는 것이 가장 괴로웠다.

그러므로 날조와 비방은 멈추어야 했다. 현은 경이 고통받는 것을 원하지 않았다.

변호사가 냉정하게 말했다.

"일단은 수집하신 내용을 저에게 다 보내주세요. 어떤 선택지가 있는지, 어떤 대응이 현명할지 검토해 보겠습니다."

"네, 알겠습니다."

현이 동의했다.

"최대한 빨리 검토해 주세요……."

현이 작은 목소리로 덧붙였다.

4부

논리와 판단

전두엽

14

류 형사는 신임 형사와 함께 가까운 다른 도시와 인근의 알려진 교단 지부들을 방문했다. 예상대로 그다지 큰 소득은 없었다. 대부분의 지부에서 태는 폭탄테러 사건으로 인해 잘 알려져 있었다. 그러나 교단 사람들은 태의 형에 대해서는 자세히 알지 못했다. 애초에 태에게 형이 있다는 사실 자체를 모르는 사람도 많았다. 그리고 교단에서 오래 있었거나 어느 정도 지위와 정보를 가지고 있는 교인들은 형사들이 태의 형을 언급하자 노골적으로 적대적인 태도를 보였다. 그들은 태의 형이 이단이라고 했다. 교단의 가르침은 자신의 고통을 통해 스스로 삶의 의미를 찾고 자기 자신의 구원을 모색하는 것인데, 태의 형은 타인에게 고통을 가할 뿐이라고 그들은 분노했다.

"스스로 고통받지 않는 믿음은 참된 믿음이 아닙니다. 우리는 그런 사람을 우리 공동체의 구성원으로 인정할 수 없습니다."

인근 소도시 지부의 지부장이 형사들에게 문을 닫기 전에 차갑게 말했다. 류 형사는 어쨌든 지부장에게 명함을 주는 데까지는 성공했으나 무슨 일 있으면 연락 달라는 말을 다 끝내기 전에 눈앞에서 문이 닫혀버렸다.

"사이비들끼리도 이단이 있나 봐요?"

돌아오는 차 안에서 신임 형사가 중얼거렸다.

"저 안에도 내부 갈등이 있다는 뜻이겠지. 사람이 여럿 모이면 다 그런 법이니까."

운전대를 잡은 류 형사가 전방을 주시하면서 대답했다. 물론 신임 형사는 듣고 있지 않았다.

"우리, 가는 길에 그 폐촌도 좀 조사해 봐요."

"그래야겠지?"

류 형사가 동의했다. 형사들은 제약회사 소속 변호

사에게 욱과 민의 상황에 관련된 정보를 전달받았다. 대체로 받아들이기 어려운 추론들 속에서 특히 형사들의 눈길을 끈 내용은 폐촌에 교단의 약을 제조하는 시설이 있다는 주장이었다. 민은 자신의 동영상 채널에서 여러 가지 증거도 함께 제시했다. 수사 전문가의 입장에서 그대로 받아들일 수는 없었으나 어쨌든 들여다볼 가치는 있다는 데 두 형사의 의견이 일치했다.

류 형사는 과거 제약회사 본사 마을의 짧고 작은 중심가에 진입했다. 신임 형사가 지시했다.

"여기 말고 좀 더 가서 세워주세요. 저기, 저쪽에서."

"왜? 그 무슨 동영상 채널에 나왔던 건물이야?"

류 형사가 물었다. 신임 형사는 고개를 저었다.

"그건 아닌데요……."

"그럼 왜?"

신임 형사는 불분명하게 대답했다.

"찾으면 말씀드릴게요. 하여간 저쪽에서 세워주세요."

류 형사는 신임 형사가 원하는 대로 자그마한 중심가의 사거리 한가운데에 차를 세웠다.

마을은 이전처럼 조용하고 깨끗하고 한적했다. 신

임 형사는 차에서 내려서 사방을 둘러보았다. 그리고 돌연히 설명하기 시작했다.

"제가 그 새끼 데리고 돌아올 때 말예요. 그 새끼 형네 오두막에 갔다가 다 연행해서 돌아왔을 때."

"그때 뭐?"

"그때 그 새끼가 여기서 세워달라고 그랬거든요. 자기 어린 시절이 어쩌고 하면서 자기는 평생 여기 다시는 못 돌아올 테니까, 마지막으로 한 번만 보게 해달라고."

"그래서?"

"세워줬죠."

"그런데?"

"그때 뭘 본 거 같아요."

"뭘 봤는데?"

신임 형사는 잠시 생각했다. 그리고 류 형사를 진지하게 쳐다보며 말했다.

"이 마을은 테러 사건이 있고 나서 제약회사가 본사 옮기고 공장 닫아버린 다음에 망했잖아요? 왜냐하면 여기 살던 사람들 대부분이 그 제약회사 다니던 사람들이니까. 맞죠?"

"그렇지."

류 형사가 동의했다. 신임 형사가 말을 이었다.

"그러면 여기 살던 사람 중에 그 제약회사에서 엔빌링…… 엔바리…… 엔바이블…… 하여간 그걸 만드는 일을 하던 사람도 있을 거 아녜요?"

"잠깐, 잠깐."

류 형사가 말을 막았다.

"너 지금 그 말도 안 되는 음모론을 믿는 거야? 회사가 직접 자기네 제품을 빼돌려서 교단에 줬다고?"

"그 회사에 이미 다니는 사람을 교단이 회유하거나 포섭했을 수도 있잖아요? 그쪽이 훨씬 쉽지 않아요?"

신임 형사가 설명했다. 류 형사가 반박했다.

"그건 이미 12년 전에 폭탄테러 났을 때 다 뒤져봤어."

"사건 다 끝나고 난 다음 더 나중에 교단 쪽으로 넘어간 사람이 있을지도 모르잖아요?"

신임 형사는 주장을 굽히지 않았다. 류 형사가 한숨을 쉬었다.

"알았다. 한번 보자."

류 형사가 태블릿을 펼쳤다. 그러나 경찰 서버에 접속이 되지 않았다. 태블릿의 신호 감지 막대는 하나였고 두 개째가 생겼다가 사라졌고 다시 생겼다가 사라졌다.

"여기 신호 꽝이네. 넌 되냐?"

신임 형사가 태블릿을 꺼냈다. 고개를 저었다.

"신호는 있다고 뜨는데, 접속이 안 돼요."

류 형사가 나지막하게 욕설을 내뱉었다.

"가자."

류 형사가 말했다. 그리고 태블릿을 접어서 주머니에 넣고 돌아서려 했다. 신임 형사가 당황했다.

"어딜요? 왜 가요?"

"어디긴, 서에 돌아가야지. 데이터베이스에 접속을 해야 들여다볼 거 아냐."

류 형사가 말했다. 신임 형사가 반박했다.

"여기까지 왔는데 왜 돌아가요? 여기서 우리가 직접 조사하면 되잖아요."

"뭘 조사해? 무슨 수로?"

류 형사가 짜증을 냈다.

"네 말대로 여기 살던 사람이 나중에 교단에 넘어가서 그 약 만드는 법을 넘겨줬다고 치자. 여기도 나름대로 한때는 천 명 넘게 살던 마을인데, 지금 우리 둘이서 다 뒤지자고? 어디부터 시작해?"

지원을 부르든지 서로 돌아가는 게 낫겠다고 류 형

사가 계속해서 말하려 했을 때, 신임 형사가 갑자기 손을 들어 한 방향을 가리켰다.

"저기요."

그리고 신임 형사는 아무 설명 없이 갑작스레 어느 건물을 향해 걸어가기 시작했다.

"야, 너 어디 가?"

류 형사가 당황해서 불렀다. 신임 형사는 대답하지 않았다. 빠른 걸음으로 버려진 건물을 향해 걸어갔다.

다시 부르려 했을 때, 류 형사는 버려진 건물의 문 앞에 사람의 형상이 서 있다가 문 안쪽으로 사라지는 것을 보았다. 그래서 류 형사는 신임 형사의 뒤를 따라 서둘러 버려진 건물 쪽으로 향했다.

건물 안은 어두웠다. 류 형사가 손전등을 꺼냈다. 신임 형사는 태블릿을 접어 손전등 기능을 켰다. 손전등 빛이 비치는 곳에서는 어둠과 빈 곳과 먼지밖에 없었다. 류 형사와 신임 형사는 내부를 비추어 보면서 천천히 조심스럽게 전진했다.

문득 류 형사가 얼굴에 축축한 것을 느꼈다. 이마와 볼에 물 같은 것이 떨어졌다. 류 형사는 손가락으로 얼굴에 묻은 것을 닦아내어 손전등 불빛으로 비추어 보았다.

"뭐예요?"

신임 형사가 물었다.

"피 같은데."

류 형사가 대답했다.

"위에서 떨어졌어요?"

신임 형사가 물었다.

류 형사가 대답하려 했을 때 두 사람 옆으로 누군가 지나갔다.

"경찰이다!"

신임 형사가 소리쳤다.

"수사 중이다. 신분을 밝히고 밖으로 나와!"

어둠 속의 형체는 대답하지 않고 빠른 걸음으로 더 깊이 안쪽으로 들어갔다. 류 형사와 신임 형사는 누가 먼저랄 것 없이 형체를 쫓아서 뛰기 시작했다.

문이 언뜻 열렸다 닫히는 것이 어둠 속에서 어슴푸레하게 보였다. 형체는 문 안으로 사라졌다. 신임 형사가 먼저 달려가서 닫힌 문의 손잡이를 잡고 당겼으나 열리지 않았다.

"다른 출입구 없어?"

류 형사가 뒤에서 외쳤다. 신임 형사가 문손잡이를

놓고 태블릿의 불빛을 주변에 비추었다. 다른 출입구
는 보이지 않았다.

신임 형사가 다시 문손잡이 쪽으로 불빛을 비추었
을 때, 문은 사라지고 없었다. 불빛이 비친 곳에는 거
칠게 막힌 콘크리트 벽이 있을 뿐이었다.

"문이 없어졌구나."

류 형사가 말했다.

"그럼 위로 올라가 보죠."

신임 형사가 대답했다. 그리고 태블릿의 불빛을 옆
으로 비추었다. 두 사람 옆에는 위층으로 이어지는
계단이 있었다.

형사들은 계단을 오르기 시작했다. 그러나 몇 걸음
가지 못하고 뭔가에 발목을 붙잡혔다. 류 형사가 손
전등으로 발을 비추었다. 뼈만 남은 손이 발목을 붙
잡고 있었다. 손전등으로 비추며 바라보는 사이, 옆에
서 다른 손이 솟아 나와 류 형사의 다리를 붙잡았다.

신임 형사가 주변을 손전등으로 비추었다. 계단은
인간의 시체로 이루어져 있었다. 부패한 피부가 반은
남아 있고 반은 떨어져 나간 팔이 솟아올라 신임 형
사의 바지를 붙잡았다. 눈꺼풀이 떨어져 나간 안구가
류 형사에게 말했다.

—고통은 신성하다.

류 형사의 발목을 붙잡은 손뼈가 말했다.

—고통 속에 구원이 있다.

신임 형사의 바지를 붙잡은 팔 위로 두개골이 솟아
올랐다.

—오직 고통만이 인간성의 근원이다.

"신도들이 생각보다 많군."

류 형사가 말했다.

"위층으로는 못 올라가겠는데요."

신임 형사가 대답했다.

"그럼 아래로 가볼까?"

류 형사가 말했다.

뼈와 시체로 이루어진 계단이 무너졌다.

"순(盾) 형사. 순 형사. 일어나."

신임 형사가 눈을 떴다. 눈을 깜빡거렸다. 류 형사
를 바라보았다. 류 형사가 누구인지 알아보는 데 시
간이 좀 걸리는 것 같았다.

"일어나. 나가야 해."

류 형사가 말했다.

"여기 이상해."

신임 형사가 힘겹게 몸을 일으켰다. 일어서는 순간 뭔가 부서지는 소리가 작게 들렸다. 신임 형사가 여전히 조금 넋 나간 표정으로 류 형사를 바라보았다. 류 형사가 발밑에 손전등을 비추었다. 신임 형사는 자신의 태블릿을 밟고 서 있었다. 쓰러질 때 떨어뜨렸다가 일어날 때 밟은 것 같았다. 신임 형사가 입속말로 조그맣게 욕설을 중얼거렸다.

"기계는 새로 신청하면 되잖아. 빨리 나가자. 여기 위험해."

류 형사가 신임 형사를 잡아끌었다.

"그런데 어디로 나가요? 문이 어디예요?"

신임 형사가 류 형사의 뒤를 따라 서둘러 걸음을 옮기며 물었다. 류 형사는 대답하지 않았다.

"선배? 어디로 가냐고요?"

신임 형사가 다시 불렀다. 류 형사는 대답하지 않았다.

"선배."

신임 형사가 류 형사의 어깨를 건드렸다.

류 형사의 어깨 위로 얼굴이 솟아올랐다. 피투성이에 기괴하게 일그러진 남자의 얼굴이 말했다.

─아파⋯⋯.

신임 형사가 뒤로 물러섰다. 뒤돌아선 류 형사의 어깨 위로 솟아오른 남자의 얼굴이 외쳤다.

─아파…… 그만해……!

신임 형사는 남자의 얼굴을 알아보았다. 태의 형이었다.

신임 형사는 총을 꺼냈다. 남자의 얼굴은 신임 형사를 향해 빈 건물 안이 쩌렁쩌렁 울리도록 고함쳤다.

─그만해…… 아파…… 아프단 말이야아아아!

신임 형사는 남자의 얼굴을 향해 총을 겨누고 발사했다.

"하나, 둘, 셋!"

신임 형사는 자신의 몸이 움직이는 것을 느꼈다. 주변에 사람들이 있었고, 웅성거리는 소리가 들렸고, 입과 코에 뭔가 덮여 있었다.

"뭐……."

신임 형사는 말하려 했다. 입을 덮은 물체가 번거로웠다. 신임 형사는 입과 코를 덮은 물체를 치우고 말하려 했다.

"어디……."

"가만히 있어."

류 형사가 산소마스크를 벗으려는 신임 형사의 손을 막았다.

"숨 쉬고. 옳지."

"뭐……."

신임 형사가 다시 중얼거렸다.

"안에서 너 잃어버려서 찾으려고 헤매다가 얼떨결에 문 열었더니 밖으로 나왔는데, 네가 안 보이는 거야. 그런데 총소리가 들려서."

류 형사가 설명했다.

"지원 요청하고 다시 들어와서 뒤졌더니 너 바닥에 쓰러져 있더라. 어떻게 된 거냐?"

"선배……."

신임 형사가 중얼거렸다.

"안 죽었어요……? 쐈는데…… 내가……."

"나를? 쐈다고?"

류 형사가 웃었다.

"소원 풀었겠네. 근데 어쩌냐. 나 안 죽었는데."

류 형사가 소리 내어 웃기 시작했다.

─나 안 죽었어.

류 형사가 점점 더 큰 소리로 웃었다.

─나 안 죽었다고!

신임 형사가 누워 있는 들것 주위로 사람들이 모여들었다. 류 형사와 함께 외치며 웃기 시작했다.

- 안 죽었어!

사람들이 점점 모여들었다. 신임 형사는 그 얼굴들 속에서 첫 살인사건의 남성 피해자와 여성 피해자, 태의 형, 그리고 경찰서 앞 버스정류장에 변사체로 놓여 있던 젊은 남자의 얼굴을 알아보았다.

- 안 죽었다니까!

신임 형사는 몸을 움직이려 했다. 그러나 팔다리가 들것에 묶여 있어 움직이지 않았다. 들것 주위로 사람들이 점점 더 많이 모여들었다. 태의 형이 신임 형사에게 얼굴을 들이대고 외쳤다.

- 안 죽었다고!

신임 형사는 몸부림쳤다. 죽은 사람들이 신임 형사를 향해 팔을 뻗었다. 신임 형사의 얼굴을, 팔을, 다리를, 몸을 부여잡았다.

- 네가 죽어!

신임 형사가 비명을 질렀다.

신임 형사는 눈을 뜨고 류 형사가 옆에 있는 것을 보고는 침대에서 뛰어나가려 했다. 류 형사가 붙잡고 몸으로 막으며 간호사를 불렀다. 간호사가 신임 형사를 도로 침대에 눕혔다. 간호사는 모니터를 확인하고 의사를 불렀다. 의사가 신임 형사의 눈에 작은 손전등으로 불빛을 비추며 여러 가지 질문을 했다. 물론 신임 형사는 자신이 어디에 있는지 오늘이 무슨 요일인지 알지 못했다. 자신이 만 하루 동안 의식을 잃고 누워 있었다는 사실을 알고 신임 형사는 깜짝 놀랐다. 의사와 간호사는 신임 형사의 상태를 확인하고 필요한 조치를 취한 뒤에 검사를 더 해봐야 한다는 말을 남기고 방을 나갔다.

"어떻게 된 거예요?"

간신히 평정을 되찾은 신임 형사가 류 형사에게 물었다.

"안에서 너 잃어버려서 찾으려고 헤매다가 얼떨결에 문 열었더니 밖으로 나왔는데, 네가 안 보이는 거야. 그런데 총소리가 들려서."

류 형사가 설명했다.

"지원 요청하고 다시 들어와서 뒤졌더니 너 바닥에 쓰러져 있더라."

신임 형사가 당장이라도 병원에서 뛰쳐나갈 듯 몸을 일으키고 다리를 반쯤 침대 바깥에 내놓은 다음

불신에 가득 찬 눈으로 류 형사를 바라보았다. 류 형사가 다시 물었다.

"왜 그래?"

"손 줘봐요."

신임 형사가 말했다. 류 형사가 어리둥절하며 손을 내밀었다. 신임 형사는 류 형사의 손등을 힘껏 꼬집었다.

류 형사가 비명을 질렀다. 신임 형사가 여전히 의심에 찬 눈으로 물었다.

"아파요?"

"당연히 아프지, 이 자식아!"

류 형사가 손등을 문지르며 울상을 지었다. 신임 형사는 계속 불안한 표정으로 류 형사를 관찰했다.

"뭐야, 왜 그래?"

류 형사가 반쯤은 화를 내며, 반쯤은 걱정하며 물었다.

"어디 안 좋아? 의사 불러?"

신임 형사는 류 형사를 계속 관찰했다. 한동안 지켜보아도 류 형사의 어깨 위로 죽은 사람의 얼굴이 솟아나지 않는다는 사실을 확인하고 신임 형사는 자신이 본 것을 류 형사에게 이야기했다.

"환각은 네가 보는데 왜 날 꼬집어?"

신임 형사의 이야기를 듣고 나서 륜 형사가 항의했다.

"아, 미안해요……."

신임 형사가 성의 없이 대답했다. 그리고 말을 이었다.

"그 건물 안에 뭐 없었어요?"

"없었어."

륜 형사가 고개를 저었다. 건물은 오래된 창고였으며 현재는 비어 있었다. 신임 형사가 의식을 잃고 입원해 있는 동안 경찰이 건물 전체를 수색했으나 아무것도 찾지 못했다.

"사실 수색할 것도 별로 없었어."

륜 형사가 실망스럽게 중얼거렸다.

"비어 있었거든."

"2층엔 뭐 없었어요?"

신임 형사가 물었다.

"2층이 어딨어. 거기 그냥 단층이야."

륜 형사가 대답했다. 신임 형사가 끙, 하고 신음을 내며 베개 위에 머리를 누이고 천장을 쳐다보았다.

"지금 그 주변도 수색하고 있어. 뭐가 있으면 나올

거야."

류 형사가 위로했다. 신임 형사는 계속 천장을 쳐
다보다가 중얼거렸다.

"그 자식 형은 죽은 것 같아요."

"왜, 귀신 얼굴이 보였어?"

류 형사가 물었다. 신임 형사는 대답하지 않고 천
장만 바라보았다.

"그 주변 건물들 다 뒤지고 있으니까 좀 기다려봐."

류 형사가 위로했다.

불법 약물 제조 시설은 창고 건물에서 대각선으로
길을 건넌 곳에 있는 건물의 2층에서 발견되었다. 창
고 건물을 수색하던 경찰관이 길 건너 앞쪽 건물 2층
창문에서 뭔가 강하게 빛나는 것을 보았다. 그러나
대각선 앞에 있는 건물은 입구가 잠겨 있었다. 경찰
은 건물 소유주에게 연락했고 소유주는 마음대로 하
라고 말한 뒤에 전화를 끊었으며, 그렇기에 경찰은
출입문을 부수고 2층으로 올라갔다. 그곳에는 허가
받지 않고 약물을 제조한 것으로 보이는 임시 실험실
이 차려져 있었다.

신임 형사가 어째서 환각을 보고 정신을 잃었는지

는 설명할 수 없었다. 감식반 수사관들은 창고 건물 안에 아마도 유독물질이 남아 있었기 때문일 것이라고 설명했다. 설명은 다분히 불명확했고 신임 형사는 그다지 믿지 않았다.

신임 형사는 몇 가지 검사를 더 받은 뒤 드디어 퇴원해도 좋다는 의사의 허락이 떨어지자마자 수색에 참여하겠다고 나섰다. 류 형사는 말려보려 했으나 자기 말은 듣지 않을 것을 이미 알고 있었다.

"그 동네 이상하다고요."

신임 형사가 가는 길에 논평했다. 류 형사는 굳이 반박하지 않았다.

"나 쏘지 말고 꼬집지 마라."

류 형사가 당부했다.

태의 형은 빈 창고 건물 안에서 체포되었다. 창고 안은 이미 수색이 끝났으나 신임 형사가 한 번 더 둘러보고 싶다고 해서 류 형사와 함께 들어갔다. 형사들은 창고 구석에서 움직이는 사람의 형상을 보았고 쫓아가서 붙잡았다. 류 형사가 신임 형사에게 체포원칙 고지를 양보했고 신임 형사가 태의 형에게 욱을 살해한 혐의로 체포한다는 사실과 묵비권 등의 권리를 고지했다. 한은 아무도 죽이지 않았다고 부정했다.

형사들은 한을 경찰차에 태웠다.

"안 죽었네."

한을 태운 경찰차가 경찰서를 향해 멀어져 가는 모습을 보면서 류 형사가 말했다.

─안 죽었다니까!

신임 형사는 문득 환각 속의 목소리를 떠올리고 몸서리를 쳤다.

"왜 그래?"

류 형사가 걱정스럽게 물었다.

"아니에요, 아무것도."

신임 형사가 얼버무렸다.

15

초월이란 무엇인가. 인간은 고통을 극복함으로써 대체 무엇을 얻으려 하는가.

엽은 '기도회'의 참가자 중 한 명이었다. 이후에 '기도회 사건'으로 언론보도에 오르내리게 된 바로 그 기도회였다. 물론 엽이 참가했을 당시에는 사망자가 발생한 형사사건에 연루되는 것이 목적은 아니었다.

엽은 그저 그들이 주장하는 "더욱 집중적이고 강렬한 초월의 경험"이 무엇인지 알고 싶었을 뿐이었다. 말하자면 일종의 '체험단 신청' 같은 느낌으로 기도회에 참가 신청을 한 것이다. 그리고 엽은 기도회 일정을 끝까지 마치지 못하고 중간에 쫓겨났다. 이유는 기도회의 행사와 일정 하나하나에 세세하게 의문을 제기했기 때문이었다.

'기도회'는 숲속의 호숫가에 있는 조그만 목조건물에서 진행되었다. 주변의 자연경관은 매우 아름다웠으며 특히 호수는 맑은 날이면 푸른 하늘이 수면에 비쳐 숨 막힐 정도로 아름다웠다. 숲은 깊고 길었고 주변에는 사람이 살지 않았으며 가장 가까운 마을로 가려면 울퉁불퉁한 비포장도로를 한참이나 달려 나가야 했다. 아름답지만 고립된 곳이었다. 현지 지리와 지형에 익숙하지 않은 참가자들이 도중에 그만두고 나가려는 경우 외부인에게 도움을 청할 방법은 없다고 보아도 무방했다. 엽은 이 사실을 잘 이해하고 있었으며 처음 도착했을 때부터 잘 기억해 두었다.

건물은 작았고 참가자는 엽을 포함하여 스무 명이 채 되지 않았다. 그 인원 중에서 '기도회'를 진행하는 사람들을 제외하면 총 참가자는 열여섯 명이었다. 이

열여섯 명은 두 명씩 짝을 지어 일주일간의 '기도회' 일정 내내 함께 지내게 되었다. 그중 절반인 여덟 명은 '교단'에 들어온 지 오래되어 어떤 식으로든 교단 내에서 직위를 받은 사람들이었고 나머지 여덟 명이 이들에게 이끌려 이른바 '초월'을 체험하기 위해 온 진짜 참가자들이었다.

일주일간의 일정은 상당히 격한 것이었다. 식사는 하루에 두 번, 수면은 네 시간 이내로 제한되며 첫날은 강연과 기도와 명상으로 몸과 마음의 준비를 한 뒤 이틀째부터 고통 체험에 돌입한다고 '기도회'의 지도자가 말했다. 그리고 다른 지도자와 조수 한 명이 돌아다니며 방의 문을 모두 잠갔다.

참가자들이 긴장하는 모습을 엽은 흥미롭게 관찰했다. 그러나 이후의 하루는 비교적 지루하게 흘러갔다. 고통은 위험신호이며 우리 몸이 세상과 의사소통하는 방식이라고 강연에서 지도자는 말했다. 그러므로 고통을 차단하는 것은 인간의 신체가 위험을 자각하지 못하게 하기 때문에 오히려 매우 위험할 수 있다. 고통은 받아들이고 해석해야 하는 것이다. 그리고 고통을 받아들이면 인간은 선택의 기로에 서게 된다. 고통이 위험신호라면 우리 몸은 고통의 신호를 보냄으로써 행동을 요구하기 때문이다. 고통을 느낀다면 인간은 어떠한 행동을 취해야 하는가?

여기까지 엽은 강의를 매우 진지하고 흥미롭게 경청했다. 그러나 이후 두 시간 동안 지도자는 자신이 던진 질문에 명확한 대답을 내놓지 않았다. 그저 같은 내용을 표현만 바꿔서 되풀이할 뿐이었다. 요점은 고통을 받아들여야 한다는 것이었다.

그리고 강의는 중단되었다. 다른 지도자와 조수까지 모두 강단 위에 올라와 기도문을 암송했다. 참가자들은 복창했다. 비슷한 리듬의 비슷한 단어들을 수없이 되풀이해 복창하면서 다시 두 시간이 지나갔다. 그런 뒤에 강의가 다시 계속되었다. 내용은 고통을 받아들여야 한다는 것이었다. 문은 여전히 잠겨 있었고 참가자들에게 휴식은 주어지지 않았으며 화장실에 가야 할 때는 짝을 이룬 책임자가 따라갔다. 그리고 기도문, 그리고 강의가 이어졌다.

"질문이 있습니다."

엽이 마침내 더 참지 못하고 손을 들었다.

"고통을 받아들인 뒤에는 어떻게 해야 합니까?"

"좋은 질문입니다."

지도자가 신비로운 미소를 띠고 대답했다.

"고통을 받아들이고 나면 새로운 문이 열릴 것입니다. 그 문 안에서 여러분은 자신만의 여정을 따라 초월을 향해 가게 될 것입니다."

"그게 정확히 무슨 뜻입니까?"

엽이 다시 질문했다.

"아까 강의에서 고통을 느끼면 인간은 선택의 기로에 서게 된다고 하셨는데, 그러면 인간은 정확히 어떤 선택을 해야 합니까?"

"그것은 이후 일정에서 고통을 직접 체험하고 받아들이면서 결정하시면 됩니다."

지도자가 신비로운 미소를 잃지 않고 대답했다.

"직접 체험해 보기 전에는 아무것도 말씀드릴 수 없습니다. 지금 단계에서 말씀드릴 수 있는 것은 마음을 열고 고통을 받아들여야만 한다는 것입니다."

엽은 인간의 선택에 대해 더 물어보고 싶었으나 지도자의 신비로운 미소를 보고 정확한 대답을 들을 수 없으리라 짐작하여 포기했다. 고통을 직접 체험하면 알 수 있다고 하니 엽은 그 단계에 이를 때까지 좀 더 기다려보기로 결정했다.

이틀째에 고통이 시작되었으나 엽은 여전히 인간이 무엇을 어떻게 선택해야 한다는 것인지 이해할 수 없었다. 지도자는 고통이 가해지는 순서의 중요성을 무척 강조했다. 그것은 오래전 '교주'가 처음 인간의 고통을 탐색하기 시작했을 때 깨달음을 얻었던 순서라고 했다. '교단'에서는 이 순서에 따라 고통의 단계를 정하고 하나의 단계에서 다음 단계로 넘어가기까지 몇 개월에서 최대 몇 년까지 시간을 두고 정신을 발전시키지만, '기도회'에서는 이 단계를 압축하여 참가자들에게 일주일이라는 빠른 시간 안에 초월과 깨달음을 경험할 수 있게 해준다는 것이었다.

지도자가 그토록 강조하는 고통의 단계와 깨달음의 순서는 엽이 알고 있는 것과 상당히 달랐다. 무엇보다도 엽이 기억하는 한 '교주'는 애초에 지도자가 지금 설명하는 것과 같은 명확한 의도를 가지고 상세하게 단계를 설정하여 '깨달음의 계단'을 오르려 했던 게 아니었다. 당시에 '교주'는 인간의 몸에 익숙하지 않았고 고통이 무엇인지 이해하지 못했으므로 주변 정황과 닥치는 상태에 따라 되는 대로 탐색했을 뿐이었다. 거기에는 초월도 깨달음도 없었다. 그저 인간의 신체에 대한 이해가 있을 뿐이었다. 그것은 물리적인 신체를 갖는다는 것은 욕구의 발생과 그것의 한시적인 충족이 반복되는 생존의 투쟁이며 그 모든 과정 자체가 또한 고통이라는 쓸쓸한 결론이었다.

이틀째는 달리기로 시작했다. 전날 밤늦게까지 강연과 기도가 이어졌고 새벽 일찍 난폭하게 강제 기상했기 때문에 참가자들은 이틀째인데도 수면 부족으로 벌써 지쳐 있었다. 참가자들은 식사 없이 호숫가를 계속해서 달렸고 엽이 예상했듯이 지도자들은 물도 휴식도 제공하지 않았다.

'물 없이 3일, 은신처와 휴식 없이 세 시간.'

엽은 달리면서 인간 신체의 한계에 대해 생각했다. 물 없이 3일이란 어느 정도의 신체 움직임을 전제한 3일인가. 그리고 이 지도자들은 언제까지 수분 제공을 거부할 것인가.

지도자들은 해가 뜨고 참가자들이 대부분 지쳐서 달린다기보다 느릿느릿 억지로 걷고 있을 때쯤 운동을 중지시켰다. 엽의 우려와는 달리 참가자들은 물병을 받았다. 물을 받자마자 마구 들이켠 한 참가자가 토하기 시작했다. 지도자들은 아무 조치도 취하지 않고 호숫가에 쓰러져서 토하는 참가자를 온화한 얼굴로 지켜보고 있었다.

"실내로 옮겨서 쉬게 해야 하지 않습니까?"

엽이 질문했다. 지도자가 대답했다.

"고통을 받아들이는 법을 배워야 합니다. 통제하려 해서는 안 됩니다. 고통이 있다면 있는 그대로 감싸 안아야 합니다."

고통을 감싸 안는다는 것이 정확히 어떠한 행동인지 엽은 의아해했다. 참가자는 마셨던 물을 모두 토한 뒤에 자신의 상체를 감싸 안고 호숫가에 웅크리고 있었다. 저렇게 하라는 걸까? 그러나 엽이 다시 질문하기 전에 지도자가 말했다.

"이제 모두 강연실로 돌아가세요. 다음 순서를 진행해야 합니다."

다른 지도자와 조수가 앞장서고 참가자들이 모두 목조건물로 향했다. 토하고 나서 쓰러진 참가자는 책임자와 함께 호숫가에 남겨졌다. 쓰러진 참가자는 책임자가 돌볼 것이라고 지도자가 말했으므로 엽도 다른 참가자들과 함께 건물로 돌아왔다.

강연장 안에 모두 다시 자리를 잡고 나서도 호숫가에 쓰러졌던 참가자는 돌아오지 않았다. 엽이 다시 질문했다.

"몸이 안 좋아졌던 참가자는 어떻게 되었습니까? 다음 순서에 함께 참여하지 않습니까?"

지도자가 엽의 책임자에게 눈짓했다. 엽의 책임자

가 일어섰다.

"일어서십시오."

책임자가 엽에게 말했다. 엽은 일어섰다.

책임자가 엽의 얼굴을 때렸다. 엽은 중심을 잃고 휘청거리다가 의자 위로 쓰러지며 의자와 함께 넘어졌다.

구타가 시작되었다. 책임자들은 모두 일어서서 자신이 담당한 신입 참가자들을 때렸다. 엽은 도로 일어서려다가 의자에 발이 걸려 다시 넘어졌다. 책임자가 다가와서 엽을 발로 차기 시작했다.

강연장 안은 아수라장이 되었다. 참가자들은 구타를 피하려다 넘어져서 서로 얽혀 뒹굴었다. 엽은 양팔로 머리를 감싸고 웅크린 채로 주먹질과 발길질을 피하려 애쓰면서 이런 방식은 대단히 잘못되었다고 생각했다. '교단'은 구원과 초월을 주창하는 단체였다. '교주'는 이런 집단 난동을 수련의 단계나 깨달음의 방식으로 인정한 적이 없었다.

참가자들 중 한 명이 일어나서 문을 향해 달려가기 시작했다. 엽도 쓰러진 의자 사이로 몸을 일으켜 문을 향해 달려가는 참가자 뒤를 따라 달렸다.

그리고 엽은 불에 타는 듯한 감각과 온몸의 근육을

일시에 비틀어 찢는 것 같은 고통을 느끼며 쓰러졌다.

전기충격이 점차 사라지고 엽이 다시 정신을 차렸을 때 엽의 책임자가 눈앞에 서 있었다. 책임자는 쓰러진 엽 위로 몸을 굽히고 주머니에서 칼을 꺼냈다.

"내일까지 아껴두려고 했는데 할 수 없지."

책임자가 엽에게 속삭였다. 그리고 엽의 상의를 걷어 올리고 드러난 피부를 칼로 베었다.

마침내 길고 폭력적인 하루의 일정이 끝나고 참가자들에게 수면이 허락되었을 때, 엽은 2층의 공동침실에서 자신에게 배정된 침낭에 누워 복부의 창상을 만지며 선택에 대해 숙고했다. 칼날이 벤 상처는 깊지 않았으나 길었고 베인 곳을 따라 주변의 피부가 볼록하게 부어 있었다. 테이저가 전기 화상을 남긴 등 한가운데와 칼에 벤 상처가 남은 배가 쓰리고 따가웠다.

엽의 신체는 위협에 대하여 생물학적으로 훌륭하게 반응했다. 길게 생각하지 않고 누군가 문을 향해 달리기 시작하자 따라서 달린 행동에 대해, 도주와 탈출과 생존을 최우선으로 삼은 자신의 신체에 대해 엽은 일단 만족했다.

그러나 고통을 느끼면 인간은 선택의 기로에 처한

다던 지도자의 강연은 틀렸다. 엽은 그 순간 자신에게 선택지가 있다고 느끼지 않았다. 오히려 그 반대였다. 아무 선택지도 결정권도 없이 폭력과 신체적 위협을 감내해야 했기 때문에 엽은, 더 정확히는 엽의 신체는 그 상황에서 무조건 탈출해야 한다고 결정했다. 그것은 절박하고 비이성적인 결정이었으며 초월이나 깨달음에 전혀 가깝지 않았다. 이름을 붙여 정의해야 한다면 그 감각은 퇴보나 타락에 더 가까웠다. 빠르다는 것만은 장점이지만 반면에 자기 자신도 예측 불가능하며, 눈앞을 보지 않고 발밑만을 감각하며 무조건적으로 움직이는 상태. 엽은 그런 상태가 마음에 들지 않았다. 앞뒤를 살필 여유가 있었더라면, 지도자가 말한 선택지가 정말 있었더라면 엽은 다른 참가자를 따라서 뛰어가기 전에 책임자들 중 한 명이 테이저를 꺼내 쫓아가는 모습을 보았을지도 모른다. 전기충격의 가능성을 감수하고 탈출을 시도하는 것과 웅크린 채로 폭행을 감내하는 것 중에서 신체적 피해가 더 적고 장기적으로 더 유리해 보이는 선택지를 고를 수 있었을지도 모른다. 선택의 여지는 없었다. 고통은 그냥 육체적인 감각에 그치는 것이 아니었다. 고통이 보내는 위험신호에는 감정도 반응했다.

두려움─절박한 두려움, 공포. 그런 강렬한 감정들은 이성을 마비시켰고 그 결과 고통을 있는 그대로 탐색하는 데 심각하게 방해가 되었다. 지도자들의 의도대로 참가자들이 고통을 받아들이려면 지도자들은 참가자에게 공포를 유발시켜서는 안 되었다.

엽은 이런 사항들을 머릿속으로 정리하면서 날이 밝으면 지도부에 전달해야겠다고 결정했다. 누군가 엽의 다리를 건드렸다.

"야."

엽은 상황을 이해할 수 없었으므로 반응하지 않았다. 누군가 엽의 다리를 찼다.

"너 나가."

엽은 다리를 문지르며 몸을 일으켰다.

"나가라고. 너하고는 더 이상 1초도 같이 못 있겠어."

화난 사람이 엽의 잠옷 셔츠 중간쯤을 움켜잡고 끌어올렸다. 아마도 멱살을 잡으려 했으나 어두워서 의도대로 되지 않은 것 같았다.

"너 때문에 전기충격 당하고 칼에 베이고……."

화난 사람은 불평하면서 엽을 문 쪽으로 끌고 가려 했다. 방에 있던 다른 참가자들도 침낭에서 몸을 일으켰다.

"네가 자꾸 이상한 소리 하면서 딴죽을 거니까 우리까지 맞았잖아! 너만 아니었으면……."

엽은 설명하려 했다. 구타와 전기충격과 다른 폭력 행위는 모두 '기도회'의 일부였으며 고통의 과정이었다. 고통을 당하게 되리라는 사실은 '기도회'에 참가 신청을 하면서 본인도 이미 알고 있었을 것이었다. 엽의 질문 때문에 고통이 가중된 것은 아니었다. 불만을 표한다면 고통의 순서와 과정을 이해할 수 없는 방식으로 배치한 지도부에 불평해야 할 일이었다.

화난 사람은 듣지 않았다. 지도부에 민원을 넣는 것보다 지금 당장 눈앞에 있으며 자신에게 아무런 권위도 갖지 않는 엽을 탓하는 것이 쉬웠으므로 화난 사람은 지도부의 폭행으로 인한 정서적, 감정적 외상을 엽을 공격하는 것으로 보상받으려 했다. 엽은 이 점을 쉽게 이해했다. 반면 화난 사람을 진정시키는 작업은 쉽지 않았다.

다른 참가자들이 화난 사람을 말리려고 시도했다. 화난 사람은 엽의 셔츠를 움켜쥔 채 계속해서 큰 소리로 엽을 비난하며 말리는 다른 참가자들과 다투기 시작했다.

갑자기 공동침실이 환하게 밝아졌다.

"무슨 일입니까?"

지도자의 조수가 방문을 열어 불을 켜고 안을 들여다보았다. 화난 사람과 다투던 참가자들이 일제히 입을 다물었다.

"이 자식 내보내 주세요."

화난 사람이 지도자의 조수에게 요청했다.

"대모님 대부님한테 계속 따지고 들면서 건방지게 굴고……."

화난 사람은 엽을 비난하면서 지도자의 조수에게 향했던 시선을 다시 엽에게 돌렸다. 그리고 셔츠가 말려 올라가서 드러난 엽의 상체를 보고 도중에 말을 멈추었다. 지도자의 조수도, 다른 참가자들도 엽의 상체를 뒤덮은 흉터를 보고 모두 표정이 굳어졌다.

화난 사람이 엽의 셔츠를 움켜쥐었던 손을 놓았다. 엽은 셔츠를 내리고 옷매무새를 바로잡았다.

"내일 대모님께 말씀드리겠습니다."

지도자의 조수가 마침내 말했다.

"모두 자리로 돌아가서 주무십시오."

지도자의 조수가 명령했다. 엽은 지시대로 자기 침낭으로 돌아갔다. 화난 사람도 더 이상 화를 내지 않고 반쯤은 충격을 받고 반쯤은 두려워하는 표정으로 엽을 흘끗흘끗 보면서 침낭으로 돌아갔다.

지도자의 조수가 불을 껐다. 방 안이 다시 어둠에 잠겼다.

침낭에 누워 새로 생긴 창상을 손가락으로 만지면서 엽은 흉터에 대해 생각했다.

인간으로 살면서 엽은 다른 인간이 자신의 흉터를 보았을 때의 이러한 반응을 여러 번 경험했다. 충격, 두려움, 호기심. 어떤 사람들은 엽의 흉터 때문에 엽에게서 멀어지려 했고 어떤 사람들은 흉터 때문에 엽에게 흥미를 느꼈다. 흉터가 고통을 극복했다는 징표이기 때문인지, 흉터가 지시하는 고통의 경험이 그 자체로 일종의 가치를 지니는지, 혹은 단순히 색다른 형태를 띠게 된 피부와 신체에 대한 반응인지 엽은 상세히 알아보고 싶었으나 매번 정확한 답을 얻는 데 실패했다. '기도회'가 지금과 같은 방식으로 계속 진행된다면 참가자들은 필연적으로 여러 개의 흉터를 얻게 될 것이다. 그렇다면 흉터의 문제를 조금 더 탐구해 봐야겠다고 엽은 결심했다.

그러나 엽은 흉터의 문제를 탐구할 기회를 얻지 못했다. 다음 날 엽은 '기도회'에서 쫓겨났다. 지도자는 참가자들에게 엽이 다른 사람들과 똑같은 신입 참가

자일 뿐이며 참가자들을 감시하기 위해서 상층 지도부에서 심은 인물이 아니라는 사실을 몇 번이나 힘주어 되풀이해 설명했다. 그리고 지도자는 엽에게, 이번 기도회에서 중도 퇴출된 사실이 기록에 남았으니 만약 다음번에 혹은 다른 기도회에서도 진행을 방해하는 행동을 계속하면 교단 차원에서 징계가 있을 것이라고 모두가 지켜보는 앞에서 으름장을 놓았다.

엽의 책임자와 지도자의 조수가 엽이 짐을 챙기는 모습을 지켜보았다. 차가 있는 곳까지 걸어가는 동안 엽의 책임자와 지도자의 조수가 동행했다. 그리고 엽의 책임자가 엽을 차에 태워 마을의 기차역에 내려주었다. 그런 뒤에 엽의 책임자는 떠났다. 엽은 '기도회'의 단계와 과정에 대해 더 조사해야겠다고 생각하며 기차에 올랐다.

약을 제조하는 작업은 요리와 비슷하다. 그들에게는 요리법과 재료, 그러니까 약의 주요성분과 각 성분의 함량이 필요했다. 그리고 약을 찍어낼 3D프린터가 필요했다.

프린터는 손쉽게 구할 수 있었다. 요리법과 재료는 조금 다른 문제였다.

정상적인 상황에서 약의 유효성분을 알아내는 가장 간단한 방법은 포장을 들여다보는 것이다. 유효성분만 합성하고 싶으면 약의 특허를 조사해도 된다. 그들은 양쪽 다 할 수 없었다. 아직 임상시험도 끝나지 않은 후보물질에 포장이 있을 리 없다. 제약회사는 특허 출원도 하지 않았다. 그러므로 그들은 눈앞에 있는 이 액체가 무엇인지—유효성분과 용매, 그리고 만약 약물이 몸에 퍼지는 속도를 조절하는 버퍼나 방부제 등의 첨가물이 사용되었다면 그 또한 알아내야 했다.

세상의 모든 작업에는 그 작업을 가장 빠르고 정확하게 해주는 기계가 있다. 신약후보물질의 정확한 성분 구성을 알려주는 기기는 실험실에서 빠져나와 교단의 손으로 넘어왔다. 기기에 저장된 성분대로 원재료를 넣어주기만 하면 그 성분과 함량을 정확히 똑같게 합성해 주는 기계도 있었다. 그들은 그런 기계를 손에 넣기만 하면 됐다. 기계는 돈과 의지만 있으면 얼마든지 구할 수 있었다.

약의 설계도는 인터넷에서 받을 수 있었고, 약간의 관련 지식을 가지고 있다면 함량이나 분해 속도 등을 마음대로 설정할 수 있었다. 그리고 설계도를 입력하면 나머지는 3D 프린터가 알아서 찍어내 주었다. 과자를 굽는 것보다 약을 찍어내는 편이 쉽고 빠르다.

그들이 고려하지 않은 것은 온도였다. 약의 유효성분은 실온에서 빠른 속도로 분해되었다. 완벽하고 안전하게 고통을 막아내기 위해 개발되었던 액체는 상온에 방치되어 뭔가 다른 물질—고통과 죽음을 가져다주는 물질로 변했다.

그들은 너무 늦게 알았다. 그리고 사실 그들은 알게 된 뒤에도 별로 개의치 않았다. 엄밀히 따지면 고통과 죽음은, 그것이 타인에게 강요되는 경우, 그들의 의도에 대체로 부합했다.

본부로 돌아온 뒤에 엽은 교단의 다른 지부들과 여러 지부에서 진행하는 다른 행사들을 조사했다. 호숫가에 있는 작은 지부는 이전에도 참가자들에게 환각제를 나눠주었다는 소문이 도는 등 평판이 좋지 않다는 사실을 엽은 알게 되었다. 그러나 고통의 체험, 승화, 초월 등을 기치로 내건 기도회는 다른 지부에서도 일반적으로 운영하고 있었으므로 엽은 이 독특한 '기도회'를 당장 중단시키지는 않기로 결정했다.

사건이 교단 내에 알려지고 언론에 보도되었을 때

엽은 그 결정이 실수였다는 사실을 깨달았다. 물리적이고 사회적인 고립, 몸의 피로, 수면 부족과 식사 부족, 구타와 화상, 창상까지는 엽도 이해할 수 있었다. 약물 사용과 그로 인한 사망자 발생은 예상하지 못했다.

교단이 본래 추구하는 고통은 죽음을 향한 고통이 아니었다. 엽이 교단을 만든 이유는 인간을 관찰하기에 편리했기 때문이었다. 인간을 죽이기 위한 의도가 아니었다. 엽은 '기도회'를 중단시키지 않은 것에 대해, 지도자들을 막지 않은 것에 대해 도의적 책임감을 느꼈다. '도의적'이라는 단어조차 대단히 인간적이라고, 엽은 자신의 감정을 규정하면서 생각했다.

'기도회'의 지도자들이 인간의 법률에 의해 기소되어 유죄판결을 받고 감옥에 들어갔을 때 엽은 안도했다. 그러나 10년이 지난 뒤에 형기를 마치고 나온 그때 '기도회'의 지도자들은 다시 똑같은 방식으로 자신들만의 교단을 조직하고 그때와 똑같은 주먹구구식 폭력을 사용하여 내막을 모르는 사람들에게 가짜 구원을 판매하려 했다. 아무도 살고 있지 않아야 할 폐촌에 실험실이 생겼고, 금지된 약이 교단으로 흘러들어왔다.

그래서 엽은 결정했다.

가짜 지도자들은 제거되어야 했다.

그들이 직접 설계하고 기획한 과정에 맞추어, 그들이 강요했던 체험을 그대로 돌려주고 그들이 그토록 달콤하게 강조했던 초월에 이르게 해야만 했다. 그들이 전파하는 죽음과 구원에 관한 거짓된 노래의 후렴이 그들의 묘비명이 될 것이었다.

그리고 엽은 그 결정을 실행에 옮겼다.

16

경이 유치장 앞에 서 있었다. 태는 몸을 일으켰다. 그녀에게 다가갔다. 뭔가 말하고 싶었으나 뭐라고 말해야 할지 알 수 없었다.

경이 태를 바라보았다.

– 어째서?

경이 물었다.

– 어째서?

태는 질문을 이해하지 못했다.

– 무슨 뜻입니까?

경이 다시 물었다.

—어째서?

태는 쇠창살에 다가갔다. 창살 밖으로 손을 내밀고 싶었다. 경을 만지고 싶었다.

경이 한 걸음 물러섰다.

—어째서?

경이 다시 물었다. 태는 손을 밖으로 내밀지 않기 위해 쇠창살을 꽉 잡았다.

—어째서, 너의 삶에는 죽음밖에 없는 거야?

경이 물었다.

태가 창살 사이로 손을 내밀었다. 경이 다가왔다. 손을 잡았다.

경의 손을 잡고 나서 태는 자신이 경을 얼마나 그리워했는지 깨달았다. 그가 기억할 수 있는 한 평생 그는 고통이란 인간 보편의 경험이며 피할 수도 바꿀 수도 없는 삶의 본질이고 세계에 언제나 존재하는 단하나의 상수라 여기도록 훈련받았다. 그러므로 그는 모든 상황을 있는 그대로 받아들이고 자신이 대면해야 하는 괴로움을 피하려는 시도를 하지 않았다. 그러나 이제 그는 삶에서 아주 오랜만에 유일하게 경이 제공해 주었던 타인과의 깊고 강렬한 접촉을 경험했고 그러한 타인과의 접촉이 부재하는 상태가 고통이라는 사실을 알게 되었다. 타인은 그가 통제할 수 있는 대상이 아니었으므로 접촉은 그가 원한다고 해서 일어나는 사건이 아니었다. 특히나 경과의 접촉은 아마도 그에게 앞으로 다시는 일어나지 않을 것이었다. 그는 감옥으로 돌아갈 것이고 그곳에서 타인과의 의미 있는 접촉으로부터 완전히 차단된 채 평생을 보내야 할 것이었다. 꿈에서 깨어 태는 조금 울었다.

의사가 경찰서에 들어왔을 때 현이 기다리고 있었다.

"안녕하세요."

의사가 들어오는 것을 보고 현이 일어섰다.

"아, 안녕하세요."

의사가 조금 경계하는 표정으로 인사를 받았다. 현이 말했다.

"뭣 좀 여쭤보고 싶은데 호텔에 안 계셔서 여기로 왔어요."

"아, 예."

의사가 불분명하게 대답했다. 현은 조금 기다렸으나 의사는 더 이상 아무 말도 하지 않았다. 그래서 현이 물었다.

"수사 현장 다녀오셨나 봐요?"

"네……."

의사가 여전히 경계하는 표정으로 불명확하게 대답했다. 현이 다시 말했다.

"선생님은 이 사건 전체를 연구하시죠? 저 사람하고 인터뷰도 계속하고 계시고요?"

현이 태의 유치장 쪽으로 고갯짓을 했다.

"그래서 말씀인데요, 뭣 좀 여쭤봐도 될까요?"

"제 환자에 대한 건 말씀드릴 수 없습니다. 의료윤리에도 어긋나고, 잘못하면 저 면허 박탈당해요."

의사가 조심스럽게 거절했다.

"저 사람이 앞으로도 범죄를 저지를 가능성이 있는지 정도도 말씀해 주실 수 없나요?"

현이 물었다. 의사가 조금 웃었다.

"감옥에 있으니 앞으로는 범죄를 저지를 수 없겠죠. 교도소는 그런 목적으로 존재하니까요."

"아뇨, 제 말씀은, 범죄적인 성향이요."

현이 고개를 저었다.

"범죄적인 성향이 아직도 있다고 생각하시나요?"

"조금 전에 설명드렸듯이, 그런 건 말씀드릴 수 없습니다."

의사가 정중하게 대답했다. 현이 초조하게 다시 물었다.

"그럼 이것만 말씀해 주세요. 저 사람이 경한테 어떤 식으로든 영향력을 미칠 수 있을까요?"

"경 씨한테요?"

의사가 흥미롭다는 표정으로 현을 들여다보았다. 그러나 다음 순간 의사는 다시 그 부드럽고 정중하지만 단호한 태도로 돌아왔다.

"계속 말씀드리지만, 환자에 대한 얘기를 본인 허락 없이 다른 사람과 논의할 수 없습니다. 더군다나 경 씨 관계자하고는 더더욱 안 됩니다. 양해해 주시기 바랍니다."

"그럼 저 사람 형은요?"

현은 물러서지 않았다.

"저 사람 형도 지금 이 상황에 연루됐다고 생각하세요?"

"그건 제가 몰라서 뭐라고 말씀드릴 수가 없습니다."

의사가 대답했다.

"수사 현장에 다녀오셨잖아요?"

현이 반박했다. 의사가 부드럽게 말했다.

"수사에 대해서는 형사님들한테 직접 물어보십시

오. 한 씨를 체포했으니까 이제 곧 올 겁니다."

그리고 의사는 현에게 인사하고 가버렸다.

현이 의사에게 태의 형에 대해 좀 더 물어보려고 뒤따라가려 할 때 누군가 현의 어깨를 건드렸다. 현이 돌아보았다. 경이 서 있었다.

현은 잠시 굳어졌다. 9년 반 동안 현은 경의 소식을 듣지 못했다. 9년 반 동안 현은 경을 기다렸다. 9년 반 만에 만났을 때 경은 현과 같은 엘리베이터 안에 타려고도 하지 않았다. 그리고 9년 반 만에 만났을 때 경은 남자와 잤다. 이제 경은 현의 바로 뒤에 서 있었다. 현을 똑바로 쳐다보고 있었다. 현은 어떻게 반응해야 할지 몰랐다.

경이 물었다.

"왜 전화 안 받아?"

"전화? 나한테 전화했어? 난 못 받았는데?"

현이 어색하게 말했다. 경의 얼굴을 쳐다보지 않으려고, 시선을 피하려고 현은 가방 속을 뒤지기 시작했다.

"의사 선생님한테 뭣 좀 물어보려고……."

현의 말을 끊고 경이 재촉했다.

"토네이도 온대. 지금 비행기 떠야 해. 당장."

현이 가방 속에서 마침내 전화기를 찾아냈다. 꺼내서 들여다보았다. 화면에는 부재중 통화 기록이 없었다.

"그 사람 형, 체포했대."

현이 전화기를 다시 가방 속에 넣으며, 가방 안을 향해 말했다.

"형사들 이제 올 거래."

현을 재촉하던 경의 표정이 눈에 띄게 변했다.

잠시 망설이다가 현이 물었다.

"보고 갈래?"

경은 대답하지 못했다.

현이 가방 안에 넣었던 전화기를 꺼냈다. 화면을 누르고 전화기를 귀에 댔다. 기다렸다. 잠시 기다리다가 현은 전화기를 귀에서 떼고 화면을 들여다보았다. 다시 화면을 눌렀다.

"전화 오니?"

현이 경에게 물었다.

"응?"

경이 화들짝 놀랐다. 현이 다시 물었다.

"전화 오냐고."

경이 전화기를 꺼냈다. 화면을 보았다.

"안 오는데."

현이 경의 전화기 화면을 흘끗 넘겨다보았다. 그리고 현은 자기 전화기의 화면을 손가락으로 누르더니 가방 속에 집어넣었다.

"우리 오늘 못 가겠다."

그리고 현은 갑자기 손을 내밀어 경의 손을 잡았다. 현은 자신의 손안에서 경의 손이 굳어지는 것을 느꼈다. 굳어졌던 경의 손은 부드러워졌다.

경이 현의 손을 힘주어 마주 잡았다. 경은 고개를 돌려 현의 어깨에 이마를 기댔다.

현은 경을 향해 몸을 돌렸다. 그리고 9년 반 만에 아내를 품에 안았다. 현은 경의 머리카락에, 이마에 입 맞추었다. 경은 현의 품에 얼굴을 묻고 아무 말도 하지 않았다.

태는 유치장 안에서 경을 바라보고 있었다. 경을 향해 손을 내밀고 싶었다. 꿈속에서 했듯이 경이 다가와 손을 잡아주기를 원했다. 태는 꿈속에서 했듯이 창살을 꽉 움켜쥐었다.

경은 한 번도 태 쪽을 돌아보지 않았다.

경찰서의 문이 열렸다. 태의 형이 들어왔다. 옆과

뒤에서 형사들이 그의 어깨와 수갑 찬 손을 붙들고 함께 들어왔다.

형사들이 태의 형을 데리고 취조실로 가기 위해 유치장 앞을 지나갈 때 태는 형과 눈이 마주쳤다. 태가 외쳤다.

"형이 죽였어?"

한은 대답하지 않았다.

"형이 죽였냐고!"

경찰에게 이끌려 취조실로 들어가는 한의 뒷모습을 향해 태가 외쳤다. 한은 대답하지 않고 그대로 취조실 안으로 사라졌다.

한의 뒷모습이 취조실 문 안으로 사라진 뒤 태는 쇠창살에 이마를 댔다.

멀리서 경보음이 들려왔다. 태는 놀라서 고개를 들었다.

─기후 경보가 발령되었습니다.

녹음된 목소리가 천장에서 공지했다.

─실내에 계신 분들에게 알립니다. 기후 경보 해제 시까지 당 건물의 출입을 금지합니다. 건물의 출입문과 창문을 봉쇄합니다. 실내에 계신 분들에게 알립니다. 출입문과 창문을 봉쇄합니다. 출입문과 창문에서

떨어져 주시기 바랍니다.

태는 경이 현의 손을 잡고 자신을 향해 다가오는 것을 보았다. 그는 쇠창살을 붙잡은 채로 경을 바라보았다.

－외부에 계신 분들은 신속히 가까운 대피시설 안으로 대피해 주시기 바랍니다. 기후 경보가 발령되었습니다. 외부 출입을 금지합니다. 출입문과 창문을 봉쇄합니다.

다시 한번 경보음이 울렸다. 출입문이 자동으로 잠기는 소리가 경찰서 안에 울렸다. 창문에도 가림막이 자동으로 내려오기 시작했다. 경찰서 안이 한층 어두워졌다.

경이 현의 손을 잡은 채 유치장 앞을 지나갔다. 경은 태를 바라보지 않았다. 바닥을 보며 걸었다.

태는 쇠창살을 힘껏 움켜쥐었다. 경을 부르고 싶었으나 그는 부르지 못했다.

한은 살인 혐의를 부인했다. 그는 자신도 피해자이며, 정신을 잃고 불법 실험실에 강제로 끌려가서 갇혀 있다가 풀려나고 보니 경찰이 사방에서 수색하고 있어서 겁이 나 우선 눈에 보이는 건너편 창고 안으로 도망쳤을 뿐이라고 주장했다.

변호사는 태의 형을 버렸다. 전화기와 모바일 기기가 작동하지 않았으므로 한은 경찰서 안의 유선전화를 사용해 변호사에게 전화했으나 받지 않았다. 한은 변호사의 사무실 전화번호를 잘 기억하지 못했다. 간신히 변호사의 사무실 유선전화에 연결되어 통화에 성공했지만 변호사는 "계속해서 살인사건에 연루되는 조직을 더 이상 법적으로 대리할 수 없다"고 말하고 전화를 끊었다. 토네이도로 인해 이동이 불가능해진 국선변호인은 언제 도착할지 알 수 없었다. 신문은 중단되었고 한은 취조실에 혼자 그냥 계속 앉아 있다가 밤이 되었기 때문에 식사와 수면을 위해 유치장으로 옮겨졌다. 그리고 한은 죽었다.

5부

깨달음

시상하부

17

경은 부모가 회사라는 환경을 통해 구축한 고통스
럽고 익숙한 세상의 바깥에서, 자신은 '진짜 현실'을
살아낼 수 없을 것이라 언제나 믿어왔다. 그것은 경
의 부모가 끊임없이 주입한 믿음이기도 했다. 경은
너무 나약했고 너무 민감했고 너무 망가졌고 그러므
로 비정상이었으며 그래서 정상적인 세상을 견뎌낼
수 없을 것이라고 경의 부모는 언제나 암묵적으로 혹
은 명시적으로 경에게 주장했다. 그것은 경이 언제까
지나 자신의 삶을 살지 못하고 부모에게 의존하도록

하기 위한 계책이기도 했다. 경의 부모가 살해당했으므로 그 계책은 실패했다.

경은 회사와 현과 자신이 평생 알아왔던 조그만 환경을 떠나 조그만 방에서 살았다. 조그만 방에는 운에 따라 창문이 있기도 했고 없기도 했다. 경은 조그만 방에서 한동안 천장을 쳐다보며 지냈다. 무서워서 방 밖으로 나갈 수 없었다. 입은 옷과 당장 필요한 세면도구 외에는 항상 가방을 챙겨두었다. 언제든지 도망칠 수 있도록 가방을 신발 옆에 두었다.

무엇이 두려운지, 어째서 도망치는지는 경 자신도 알지 못했다. 물론 경이 세 들어 사는 조그만 방은 세상에서 가장 안전하다고 할 수 없었다. 옆방이나 윗방, 복도 건너편 방에서 고함이나 싸우는 소리가 자주 들려왔고 복도 건너편 방의 나이 든 남자가 계속 문을 두드리며 경의 방에 들어오고 싶어 했다. 경은 그런 사람들을 두려워한 것이 아니었다. 그런 사람들은 문을 잠그면 막을 수 있었다.

그래서 경은 천장을 바라보며 자신이 무엇을 두려워하는지 오랫동안 생각했다. 부모는 이미 죽었다. 이 사회가 자신을 쫓아올 리는 없었다. 이사회는 경의 실종을 환영할 것이었다. 변호사들이 찾아올 수는 있었지만, 변호사는 무서운 사람이 아니었다.

현이 찾아온다면…….

경은 현이 찾아오기를 기다렸다. 물론 경은 현에게 연락하지 않았다. 자신이 어디 있는지 알리지도 않았다. 그러므로 현이 난데없이 혼자서 경을 추적해 찾아올 가능성은 거의 없었다. 그럼에도 불구하고 경은 오랫동안 조그만 방에서 현을 기다렸다.

마침내 더 이상 조그만 방에서 문을 잠그고 있을 수 없는 때가 찾아왔다. 경은 배가 고팠다. 더 이상은 가진 돈이 없었다. 그래서 경은 여전히 두려워하며 문을 열고 방 밖으로 나가 일자리를 찾았다.

9년 반 동안 경은 주로 청소와 설거지를 했다. 커피나 음료를 만들기도 했고 음식을 나르기도 했다. 청소와 설거지 쪽이 생계에 가장 도움이 되었다. 경은 청소를 잘했다. 일을 할 때면 팔과 다리와 허리가 아팠고 세제 냄새 때문에 머리가 아팠다. 경은 아픔을 견디는 데 익숙했다. 아주 어렸을 때부터 아주 오랜 훈련을 통해서 경은 아픔을 잊거나 무시하지 않으면서도 아픈 자신의 몸을 다루는 법, 아픈 상태에서 일상생활을 이어가는 법을 잘 알고 있었다.

경은 젊었고 혼자서 생활하는 여성이었다. 어디서

나 경에게 접근하려는 사람들이 있었다. 그들은 경에게 여러 가지를 제안하거나 암묵적으로 약속했다. 큰 돈이나 좋은 일자리를 언급하는 사람도 있었다. 안정감, 정서적 충족감, 사랑, 미래를 말하는 사람도 있었다. 경은 반응하지 않았다. 적당히 체념하는 사람도 있었지만 경이 반응하지 않기 때문에 분개하거나 더 끈질기게 달라붙는 사람이 대부분이었다.

그들이 약속하는 애정과 신뢰와 안정감과 정서적 충족감을 경은 이미 가져보았고 스스로 버리고 나왔다. 그들이 위협하기 위해 들먹이는 고통과 폭력 또한 경은 가장 가까이서 자신을 사랑하고 보호했어야 하는 사람들에게서 구체적이고 현실적인 방식으로 충분히 겪었다. 경은 아무것도 원하지 않았고 그러므로 아무것도 두렵지 않았다.

그러면 경은 짐을 챙겨 그곳을 떠났다. 경은 절대로 같은 곳에서 반년 이상 일하지 않았다. 잠시 일하고 그만두고 다른 곳으로 가서 또 잠시 일하고 그만두는 데 경은 차차 익숙해졌다. 조그만 방에서 다른 조그만 방으로 가방 하나를 들고 옮겨 다녔다. 일하지 않을 때면 경은 천장을 쳐다보았다. 그러나 팔과 다리와 허리가 아팠으므로 경은 천장을 오랫동안 쳐다보지 못했다. 일하지 않을 때면 경은 주로 잤다. 자고 일어나면 경은 가장 먼저 현을 생각했다. 현을 생각하며 경은 음식을 먹고 문을 열고 문밖에 아무도 없는 것을 확인한 뒤 조그만 방에서 나와서 일하러 갔다. 청소나 설거지를 하고, 혹은 설거지한 뒤에 청소를 하고 경은 조그만 방으로 돌아왔다. 주위에 아무도 없는 것을 확인하고 경은 문을 열고 조그만 방으로 들어왔다. 그리고 음식을 먹은 뒤 누워서 천장을 쳐다보며 현을 생각했다. 그러다 경은 잠들었고 다음 날 현을 생각하며 일어났다. 더운 날이면 땀에 젖어 깨어났고 추운 날에는 이불 속에 웅크린 채로 눈을 떴다. 추위와 더위와 통증 속에 눈을 뜨면 경은 현을 생각했다. 그리고 현이 없는 하루를 더 살기 위해서 일어났다. 그것은 한 치의 숨 쉴 틈도 없는 단단하고 매서운 생활이었다.

그리고 경은 깨달았다.

다시는 돌아가지 않는다.

부모가 이룩한 세계로, 경을 가두었던 과거의 삶으로 다시는 돌아가지 않을 것이었다.

그 사실을 깨닫고 나서 경은 점차 두려워하지 않게 되었다.

두려움이 사라진 자리를 현실적인 욕구가 채웠다. 더운 계절에는 조금 덜 덥고 싶었고 추운 계절에는 조금 더 따뜻하고 싶었다. 계속 이동하는 데 소모되는 돈과 이동하는 삶을 유지하기 위해 포기해야 했던 기회들이 점점 더 아까워졌다. 그래서 경은 9년 만에 창문이 있는 방에 자신의 이름으로 거주 등록을 했다. 그리고 반년 뒤에 경은 경찰의 연락을 받았다. 수사에 협조하는 대신 한시적으로 태에게 접근할 권한을 요구했다는 사실을 경은 말하지 않았다.

"돌아오면 되잖아."

현이 경의 이야기를 듣고 말했다.

"덥지 않고 춥지 않게 살고 싶으면, 돌아오면 되잖아."

경은 고개를 저었다.

"그 회사하고 평생 다시는 관련되지 않을 거야."

경이 단호하게 말했다.

"나는 일해서 먹고살 거야."

경이 설명했다.

자신의 삶이 다른 곳에 있다는 사실을 경은 알고 있었다. 과거와 전혀 상관없는 곳에, 조그맣고 단단하고 춥고 덥지만 그러나 완전히 새롭고 완전히 다른 삶을 스스로 이루어낼 능력이 있다는 사실을 경은 확실하게 알고 있었다.

현은 경을 끌어당겼다. 자신의 품에 꼭 안았다.

"가지 마."

현이 말했다.

"가지 마……."

경은 현의 품 안에서 고개를 저었다. 현의 포옹에서 빠져나와 경은 현의 얼굴을 쳐다보았다.

그리고 경은 현에게 한 가지 제안을 했다.

현은 반대했다. 경은 설득했다.

부부는 늦은 시간까지 아주 오랫동안 대화를 나누었다.

경은 화장실에 다녀오는 길이었다. 복도의 자판기 앞에서 경은 의사와 마주쳤다. 가볍게 인사하고 경은 의사를 지나쳐서 복도 끝의 방으로 돌아가려 했다.

"커피 드시겠습니까?"

의사가 말을 걸었다. 경은 돌아보았다.

"아뇨, 감사합니다."

경이 대답했다. 그리고 다시 걸음을 옮기려 했다.

"제 환자에게 자살하라고 하셨습니까?"

의사가 말했다. 경이 걸음을 멈추었다.

"당신은 어째서 자살하려고 했습니까?"

의사가 물었다.

"고통스러웠기 때문입니까? 아니면 고통에서 의미를 찾을 수 없었기 때문입니까?"

경은 곧바로 대답하지 못했다. 의사는 경의 놀란 얼굴을 들여다보았다.

경이 마침내 대답했다.

"저하고 상담을 하시려는 건가요? 그러시면 이해관계 충돌 아닌가요?"

의사가 대답 대신 다시 물었다.

"당신은 고통에 의미가 있다고 생각합니까?"

경은 대답을 망설이며 의사를 쳐다보았다. 의사도 평온한 얼굴로 경을 마주 보았다.

경은 의사를 잘 알지 못했다. 12년 전 재판에서 보았고, 그 이후로는 이번이 12년 만에 처음이었다. 재판에서 의사는 태의 의사였으므로 경의 변호사를 제외하면 경 본인도, 경의 주변 사람들도 의사와 직접 접촉할 수 없었다. 그러나 어쨌든 의사가 태의 정신 상태에 대하여 옳고 그름을 분별할 수 있으며 명백히 재판을 받을 수 있는 상태라고 증언했기 때문에 태는 재판을 받았고 선고를 받았으며 그 결과 병원이 아니라 감옥에 수감되었다. 이 점에 대해서는 경도 경의 관계자들도 모두 다행스럽게 생각하고 있었다.

재판의 과정 내내 경은 의사가 왠지 무섭다고 생각했다. 부드러운 태도도, 조용하고 차분한 말씨도 어쩐지 그 뒤에 뭔가를 숨기고 있는 것처럼 보였다. 그러나 경은 의사를 직접 마주해야 할 일이 없었으므로 재판 당시에는 의사가 남긴 무서운 인상에 대해 깊이 생각하지 않았다.

그리고 이제 경은 12년 만에 아무도 없는 복도에서 홀로 의사를 마주 대하게 되었다. 경은 자신의 당황한 얼굴을 들여다보는 의사의 뒤쪽에서 뭔가 빛난다고 생각했다. 복도는 어둠침침했고 의사의 머리와 어깨 뒤에서 뭔가 동그란 불빛 같은 것이 흔들거리며 움직이고 있었다. 그 불빛은 의사의 정수리에서 어깨를 따라 내려왔다가 의사의 가슴 앞을 지나 반대편 팔과 어깨를 타고 올라갔다. 불빛은 내내 흔들거리고 있었으나 그것은 불안정하다기보다는 부드럽게 유혹하는 듯한 인상을 주었다. 경은 자신도 모르게 그 불빛을 홀린 듯이 바라보았다. 경은 그런 불빛을 이전에 본 적이 있었다. 분명히 어디선가, 슬프고 무섭고

269

그리운 곳에서…….

불빛이 의사의 머리 위로 올라갔다. 경은 불빛을 따라 시선을 움직이다가 의사의 눈을 마주 보았다. 의사는 경을 쳐다보고 있었다. 관찰하고 있었다.

경은 아주 오래전, 희미한 기억 속에서 창백한 회색 불꽃이 자신을 바라보던 것을 기억했다.

'네가 아프지 않았으면 좋겠다.'

의사를 둘러싼 불빛은 그때의 회색 불꽃처럼 다정하지 않았다.

의사가 자신에게 뭔가 시도하고 있다는 사실을 경은 확실하게 이해했다. 다만 그것이 무슨 시도인지 경은 정확히 파악할 수 없었다. 의사는 부드럽고 온화해 보였고 의사의 머리와 어깨를 휘감으며 움직이는 불빛은 유혹적으로 아름다워 보였다. 바로 그렇기 때문에 위험하다고 경은 생각했다.

"저한테 말 걸지 마세요."

경이 말했다. 그리고 천천히 뒤로 물러나서 의사와 불빛으로부터 멀어졌다.

경이 삶의 모든 경험을 통해 가장 날카롭게 발달시킨 감각은 타인의 공격성과 악의에 대한 감지능력과 자기방어의 본능이었다. 경은 비상식적인 상황을 애써 호의적으로 해석하지 않았다. 그런 태도는 다가올 고통을 대비하지 못하게 하여 자신을 스스로 무기력하게 만들 뿐이었다. 경은 상황을 이해할 수 없다는 사실을 빠르게 이해했고, 도망쳐야 한다고 그만큼 빠르게 결정했다.

"물어보실 게 있으면 제 변호사하고 얘기하세요."

그리고 경은 몸을 돌려 서둘러 복도 끝을 향해 걸어갔다. 복도 끝의 증인보호실에 들어와서 문을 닫고 안에서 잠갔다. 그런 다음 경은 현을 바라보았다. 현은 소파에 웅크리고 누워서 잠들어 있었다.

경은 현을 깨우고 싶었다. 방금 일어난 일에 대해 말하고 싶었다. 그러나 잠든 현을 쳐다보면서 경은 아침에 현이 일어날 때까지 기다리기로 했다. 아직 기후 경보가 해제되지 않았고, 의사와의 대화를 현에게 이야기한다 해도 어찌할 방법이 없었다. 그들은 떠날 수 없었고, 경은 변호사에게 전화할 수 없었다.

이런 생각을 하면서 경은 현의 발치에 앉아서 잠든 현을 오랫동안 쳐다보았다. 경은 현에게 입 맞추고 싶었다. 그러나 혹시라도 현을 깨울까 봐 경은 그저 조용히 사랑하는 사람의 잠든 모습을 바라보았다.

18

지하실 유치장 앞의 감시 카메라는 새벽의 3분 동안 작동을 멈추었다. 영상 속에서 화면은 3분간 멈추었고 그 3분이 지난 뒤에 태의 형은 유치장 바닥에 쓰러져 있었다. 눈에 띄는 상처는 없었으나 얼굴에는 엄청나게 괴로운 표정이 고정되어 있었고 입가에서 가느다랗게 피가 흘러나왔다. 토네이도로 인해 경찰서가 고립되었고 시체공시소에 연락하거나 검시관을 호출할 수 없었으므로 더 이상 자세한 분석은 할 수 없었다.

경찰서는 당연히 발칵 뒤집혔다. 형사들은 경찰서 안에 있는 모든 감시 카메라 영상을 돌려보며 경찰서 안에서 그 3분간 존재했던 모든 사람의 행적을 분석했다. 경과 현은 2층의 증인보호실에서 자고 있었다. 태는 변함없이 1층의 유치장 안에 있었다. 형사들은 1층의, 경찰서에서 임시로 만들어준 자기 책상 앞에 앉아서, 신임 형사는 엎드려 잠시 눈을 붙였고 류 형사는 커피를 마시며 이전 보고서를 다시 검토하고 있었다. 본래 경찰서 소속의 경찰들도 제각기 자리에 앉아서 졸거나 서류 작업을 하거나 대화를 하고 있었다.

유치장 앞을 지키던 당직 경찰은 잠깐 졸았다는 사실을 시인했다. 그러나 어쨌든 경찰은 유치장 앞 자기 자리를 제대로 지키고 앉아 있었다. 3분 사이에 당직 경찰의 눈을 피해 유치장 안에 숨어 들어가서 눈에 띄는 상처를 내지 않는 알 수 없는 방법으로 태의 형을 살해하고 다시 빠져나와 사라지는 것은 물리적으로 불가능했다.

감시 카메라 영상을 되풀이해 돌려보고 있는 류 형사에게 경이 다가와서 물었다.

"의사는요?"

류 형사는 얼른 알아듣지 못했다. 잠을 제대로 못 자서 충혈된 눈으로 경을 바라보았다.

"정신과 의사 선생님요."

류 형사의 얼굴에 활기와 함께 긴장의 빛이 돌았다. 류 형사는 감시 카메라 영상을 다시 돌려서 정신과 의사의 모습을 집중적으로 찾기 시작했다.

그리고 건물이 어둠에 잠겼다. 건물 안의 전기가 차단되고 모든 전자기기가 일제히 꺼졌다.

큰 바람이 불어왔다. 건물이 흔들릴 정도의 대선풍(大旋風)이었다. 벽과 천장이 진동하면서 불안한 소리를 냈다. 어둠에 휩싸인 천장에서 먼지와 부스러기가 떨어져 사람들의 머리와 얼굴을 스쳤다.

"엎드려!"

누군가 외쳤다. 사람들은 머리를 감싸며 바닥에 엎드렸고, 책상 가까이에 있는 사람들은 책상 아래로 숨었다. 바람이 경찰서 건물을 휘감아 올라가며 건축 구조물을 비틀었다. 차단 설비로 막힌 문틀이 휘어지고 창문 가림막이 흔들려 가림막 안쪽의 창유리가 깨졌다.

바람이 지나간 뒤에 사람들이 하나둘씩 일어났다. 깨지지 않은 전등에 불이 들어왔다. 전자기기들이 다시 작동하기 시작했다. 여기저기서 전화기의 알림음과 벨소리가 들려왔다.

"지나갔나 봐."

현이 말했다. 경이 대답 대신 현의 손을 힘주어 잡았다.

"여기서 나가자."

경이 말했다.

19

류 형사가 검시관에게 전화했다. 검시관을 기다리는 동안 형사들은 다시 감시 카메라 영상을 돌려 보았다. 영상 속에서 정신과 의사는 1층 대기실에 앉아 있다가 태의 유치장으로 갔다. 열쇠 없이 태의 유치장을 열고 안으로 들어갔다. 태는 유치장의 간이침대에 누워 있었다. 의사는 태의 옆에 앉았다. 태가 일어났다. 의사는 태에게 뭔가 말했다. 그리고 의사는 일어섰다. 태가 다시 누웠다. 의사가 유치장에서 나왔다.

그것이 끝이었다. 의사는 사라졌다. 이후 의사의 모습은 더 이상 어느 카메라의 어떤 영상에서도 찾을 수 없었다.

20

엽이 한에게 물었다.
"당신이 교주입니까?"
한이 피식 웃었다.
"누가 그래?"

"죽은 남자가 그렇게 말했습니다."

엽이 대답했다. 그리고 다시 물었다.

"당신이 교주입니까?"

"그걸 왜 알고 싶은데?"

한이 여전히 얼굴에 냉소적인 웃음을 띠고 물었다.

"넌 누구야?"

"시간이 별로 없습니다."

엽이 조용히 재촉했다.

"당신이 교주입니까?"

이 질문에 다르게 대답했다면 한은 죽지 않았을 것
이다.

"그래."

한이 긍정했다.

"내가 교주다. 넌 누군데?"

한이 으르렁거렸다.

"너 대체 정체가 뭐야? 진짜 의사 아니지?"

"사람을 죽이는 이유가 뭡니까?"

엽이 대답 대신 물었다.

"내가 죽이지 않았어."

한이 반박했다. 엽이 다시 물었다.

"교인이 죽으면 교주에게는 손해 아닙니까?"

"교단이 무슨 가게인 줄 알아!"

한이 소리 질렀다.

"난 그 사람들 상대로 교리 팔이 장사를 하는 게 아
냐. 고통은 신성한 거야. 그걸 받아들일 수 있으면 살
아남는 거고 받아들일 수 없으면 교단에 도움이 안
되니까 없는 편이 나아."

"교단에 도움이 안 되면 그냥 보내주면 안 됩니까?"

엽이 물었다.

"그런 사람들은 교단이 아니라 다른 곳이라도, 뭔
가 더 좋은 방식으로 삶의 의미를 발견할 수도 있지
않습니까?"

"안 돼."

한이 고개를 저었다.

"교단의 비밀을 아는 이상 그냥 내보낼 수는 없어.
바깥세상에 비밀을 퍼뜨리게 내버려 둬선 안 돼."

"교단의 비밀이라면, 약입니까?"

엽이 물었다.

"당신의 어머니가 최초에 밀반출한 정보로 만든 약
말입니다. 제조 작업에 당신도 관여했습니까?"

한이 엽을 쳐다보았다.

"넌 그런 걸 어떻게 아는 거야?"

한이 물었다.

"누가 가르쳐줬어?"

엽이 대답 대신 물었다.

"누가 제조했습니까?"

한이 입을 굳게 다물었다. 엽은 차갑게 굳어진 한의 얼굴을 잠시 바라보았다.

"당신의 어머니에 대해서는 진심으로 유감스럽게 생각합니다."

엽이 부드럽게 말했다. 한의 표정은 변하지 않았다.

"당신의 어머니는 당신을 위해서 그 약 정보를 훔쳤습니다. 알고 있습니까?"

엽이 물었다. 한은 대답하지 않았다. 냉소적으로 웃을 뿐이었다.

"내가 선박을 가동시키지 않았다면 토네이도가 발생하지 않았을 것이고, 토네이도가 없었다면 당신의 어머니는 약에 대한 정보를 훔치지 못했을 겁니다. 그랬다면 당신의 어머니는 자신이 훔친 정보로 제조한 약을 먹고 사망하지 않았겠죠."

엽이 중얼거렸다. 한은 이해하지 못했다. 의아한 표정으로 엽을 바라보았다.

"토네이도가 무슨 상관이야?"

한이 말했다.

"어머니는 무능했어. 약을 훔친 건 어머니가 교단을 위해 할 수 있는 최소한이었어."

"당신은 어째서 약을 먹지 않습니까?"

엽이 물었다. 이것이 가장 중요한 질문이었다.

"고통이 그토록 신성하다면 어째서 당신은 고통받지 않습니까?"

"나는 이미 고통을 넘어섰다."

한이 자신만만하게 진술했다.

"나는 초월에 도달했다. 그러므로 나는 다른 사람들에게 초월을 전파해야 한다."

"다른 사람들이 원하지 않더라도 말입니까?"

엽이 반박했다.

"다른 사람들이 고통받거나 죽더라도 말입니까?"

"고통은 신성한 것이다. 충분히 준비된 사람이라면 기꺼이 고통을 받아들일 것이다."

한이 진지하게 대답했다.

"충분히 강하다면 고통을 받아들이고 살아남아 초월에 도달할 것이다."

"강하지 않다면요?"

엽이 조용히 물었다. 한이 미소 지었다.

"죽은 자는 이미 구원받았다."

"대체 어째서 사람이 그렇게까지 강해져야 합니까?"

엽이 고개를 흔들었다.

"대체 어째서, 없는 고통을 일부러 만들어내고 견뎌내고 극복해야 합니까?"

"넌 이해하지 못하는군."

한이 차갑게 대답했다.

"넌 구원을 알지 못해."

"아마 그런 것 같습니다."

엽이 수긍했다. 그리고 말했다.

"기후 경보가 발령되었습니다. 시간이 얼마 없습니다. 가야 합니다."

"가다니, 어디로?"

한이 물었다. 엽이 대답했다.

"구원을 향해서입니다."

21

태는 의사가 유치장 안에 들어왔을 때 자신은 잠들어 있었으며 그러므로 상황이 전혀 기억나지 않는다고 말했다. 실제로 감시 카메라에 찍힌 영상 안에서 태는 누웠다가 일어나 앉았다가 다시 눕는 동안 내내 눈을 감고 있었다. 형사들이 몇 번이나 되풀이해 질문했으나 태는 같은 대답을 반복했다.

그 대답은 일부만 사실이고 일부는 거짓이었다. 태는 의사가 들어왔을 당시에 정말로 잠들어 있었다. 그러므로 태는 의사와의 대화가 꿈이라고 생각했다. 그러나 태는 그 꿈에서 의사가 했던 말을 정확히 기억하고 있었다.

─당신의 형을 죽여야 했던 것은 매우 유감스럽게 생각합니다.

의사가 말했다.

태는 아무것도 느끼지 않았다. 형이 죽었다는 사실을 태는 꿈속에서 흔히 그렇듯 의사가 말하기 전부터 아무 설명이나 증거 없이 그냥 알고 있었다. 그리고 명확하게 알면서도 태는 형의 죽음에 대해 감정적으로 무덤덤했다.

"형이 죽었나요?"

태가 물었다. 그 의문문에는 목적어가 누락되어 있었다. 이 또한 꿈속에서 흔히 그렇듯이 의사는 태가 처음에 살해된 두 명의 피해자와 이후에 살해된 욱에 대해 묻고 있다는 사실을 아무 설명 없이 저절로 이해했다. 그리고 마찬가지로 태도 아무 설명 없이도 의사가 자신의 질문을 이해했다는 사실을 이해했다.

　ー아니요. 내가 죽였습니다.

　의사가 대답했다.

　ー살인이나 고문은 교단의 목적이 아닙니다. 고통을 통하여 구원을 얻고 싶은 인간은 그 고통을 자신이 직접, 스스로 경험해야 합니다. 타인에게 이유 없이 고통을 가하는 것은 구원에 이르는 길이 아닙니다.

　의사가 설명했다. 태는 문득 깨달았다.

　"당신이 교주입니까?"

　의사는 조금 곤란한 듯 미소 지었다.

　ー나는 그 호칭을 좋아하지 않습니다만, 그렇게 말하는 편이 이해하기 쉽다면 어쩔 수 없죠.

　그래서 태는 질문했다.

　"내 고통의 의미는 무엇입니까?"

　태는 간절하게 물었다.

　"어째서 나입니까? 어째서 내가 이 모든 일을 겪어야 했습니까?"

　ー고통에 의미 같은 건 없습니다.

　의사가 말했다.

－당신이 이 모든 일을 겪게 된 이유는 당신의 아버지가 가족을 증오하고 경멸했기 때문입니다.

"아버지가 무슨 상관입니까?"

태가 소리쳤다.

"아버지가 나를 교단에 보낸 게 아니지 않습니까? 아버지에 대해서는 생각해 본 적도 없습니다."

의사가 차분히 설명했다.

－당신의 어머니는 어린아이 둘을 데리고 살아남아야 했습니다. 당신의 어머니는 합리적인 사람이라서 교단을 신뢰하지 않았고 당신은 지나치게 어렸습니다. 그러므로 당신의 형은 혼자서 주어진 환경에서 생존하기 위해 교단에 무조건적으로 충성한다는 사실을 증명하려 애썼습니다.

의사가 태를 조금 안쓰럽다는 듯이 바라보았다.

－당신이 지금 이곳에서 이러한 상황에 처해 있는 이유는 그것입니다. 당신의 형은 교단을 떠나지 않고 교단의 중심부에 남아 있으면서 교단의 신뢰를 얻을 만한 행동을 해야만 했습니다. 그 결과 당신이 선택된 것입니다.

태는 분노했다. 의사의 설명을 곧바로 이해할 수 있었기 때문에 더욱 분노했다.

"당신은 어째서 교단을 만들었습니까?"

태가 물었다.

"어째서 모든 사람에게 이런 고통을 가져다주었습니까?"

―인간에게 고통을 가하려는 목적이 아니었습니다. 사실은 그 반대였어요.

의사가 또다시 조금 곤란하다는 표정을 지었다. 이번에는 웃지 않았다.

―지구의 인간은 우리와는 다른 신경 체계를 가지고 있습니다. 나는 늘 그것이 궁금했습니다. 고통을 느낀다는 것이 어떤 경험인지 알고 싶었습니다. 태어나는 순간부터 살아 있는 내내 삶의 일부로서 고통을 느끼고 삶의 끝으로 갈수록 고통이 심해지고, 결국 고통 속에 죽음을 맞이한다는 것이 어떠한 존재 방식인지, 무엇을 바라고 어떤 이유에서 그 고통을 견디는지 알고 싶었습니다.

"그래서 알아냈습니까?"

태가 물었다. 의사는 태의 어조에 비아냥이 섞여 있는 것을 이해했으나 반응하지 않았다. 대신 의사는 고개를 끄덕였다.

―인간은 고통에 의미를 부여하여 삶을 견딥니다.

고통에 초월적인 의미는 없으며 고통은 구원이 될 수 없습니다. 그러나 인간은 무의미한 고통을 견디지 못합니다. 그러므로 생존의 상태를 유지하기 위해서, 삶을 이어나가기 위해서 인간은 의미와 구원을 만들어낸 것입니다.

태는 분노했다.

"의미도 구원도 없다면 어째서 교단을 만들어 사람들을 속였습니까?"

—나는 속이지 않았습니다.

의사가 조용히 대답했다.

—사람들이 스스로 원했기 때문에 나에게 찾아와 구원을 바라고 의미를 부여하고 체계를 구축했습니다. 나는 실험을 계속했을 뿐입니다.

태는 눈을 감았다. 자신이 견뎌온 그 모든 순간들, 살이 갈라지고 피를 흘리는 신체의 통증부터 두려움과 공포와 고독과 후회로 마음이 찢어지던 시간들에 아무 의미가 없다는 사실을, 그는 꿈속에서 모든 것을 순간적으로 이해하는 방식으로 그렇게 이해했다. 그러나 동시에 그는 자신이 이해한다는 사실을 받아들이기 힘들었다. 자신이 겪은 모든 일이 어떤 원대한 목적을 향하여 명확하게 진행되는 끊임없는 움직

임이 아니라 분절되고 파편화된 무의미한 시간과 착
각에 기반한 잘못된 선택들의 총합이라는 사실을 이
해하는 것과 받아들이는 것과 감당하는 것은 각각 다
른 전혀 별개의 사안이었다. 그 사이사이에는 커다란
간극들이 입을 벌리고 있었다.

"그러면 어째서 죽였습니까?"

태가 물었다.

"실험용 동물이기 때문에, 마음에 들지 않으면 죽
이는 겁니까?"

의사의 표정이 진지하게 변했다. 의사가 무겁게 대
답했다.

─다른 존재의 생명을 빼앗는 것은 악입니다. 나는
인간이 겪는 고통에 대해 인간과 같은 방식으로 알지
는 못합니다. 그러나 최소한 선과 악에 대해서는 알
고 있습니다.

"그러면 왜 죽였습니까? 인간 따위는 죽여도 당신
의 기준에서 악이 아닙니까?"

태가 다시 소리쳤다. 의사가 굳은 표정으로 말했다.

─나와 다른 존재라 해서 생명을 가볍게 여기지 않
습니다. 앞서 말했듯이 나의 실험은 고문과 살인을
포함하지 않았습니다. 나는 인간의 고통에 대해 알고

싶었을 뿐입니다. 인간이 다른 인간에게 고통을 가하는 광경을 구경하며 즐기려 했던 것이 아닙니다.

태는 분노했다. 의사의 말을 이해했기 때문에 더욱 분노했다. 태가 다시 소리치려 했으나 의사가 말을 이었다.

ー나는 그들이 교단의 이름으로 타인에게 고통을 가하고 그 고통의 의미를 빼앗아 자신들의 권력으로 삼으려 했기 때문에 죽였습니다. 그들은 타인에게 견딜 수 없는 고통을 가하여 죽게 만들었습니다. 그리고 그 때문에 그들은 인간 사회에서 상당히 중한 것으로 여겨지는 처벌까지 받았습니다. 그런데도 그들은 감옥에서 나와서 똑같은 짓을 또다시 시작하려 했습니다. 그들은 그런 방식으로 사람을 모아서 자신들이 그 사람들의 고통 위에 서려 했습니다.

의사가 잠시 말을 끊고 태를 바라보았다. 태는 소리치지 않았다. 의사가 말을 이었다.

ー당신의 형도 마찬가지입니다. 당신의 형은 당신을 이용해서 살인을 저지르고 교단 안에서 신뢰와 지위와 권력을 얻으려 했습니다. 당신이 사형당해 순교자로 이름을 남기는 것이 당신의 형이 바란 일이었습니다. 그러나 그것이 실패하자 당신의 형도 사람들을 모아 고통을 주고 그 위에 올라서서 남의 고통을 자신의 권력으로 삼으려 했습니다. 그냥 내버려 두었다면 당신의 형으로 인해 누군가 계속해서 더욱 고통받고 누군가 또 죽었을 겁니다.

태는 의사의 말을 이해했다. 태는 자신의 형이 어떤 사람인지 알고 있었다. 감옥 안에서 12년간 애써 대면하지 않으려 했던 의심—형이 자신을 이용했을 뿐이라는 절망감을 의사가 명확한 언어로 표현하고 밝혀 주었다. 그러므로 태의 분노는 이제 허탈함으로 바뀌었다.

"교단을 해체하는 편이 낫지 않습니까?"

태가 중얼거렸다.

"당신은 여전히 인간의 고통을 알지 못하고 인간들은 서로 고통을 주면서 밟고 올라서려 한다면 교단 따위 없는 편이 낫지 않겠습니까?"

─내가 여전히 인간의 고통을 알지 못한다고 언제 말했습니까?

의사가 물었다. 그리고 의사는 소매를 걷어 올렸다. 의사의 팔에는 다양한 형태와 크기의 굵은 흉터들이 얽혀 있었다.

─몸을 가진 존재는 고통을 느낄 수밖에 없습니다.

나는 지구에서 그것을 배웠습니다.

태는 아무 말도 하지 못했다. 자신과 비슷한 흉터를 가진 의사에게 그는 돌연히 동질감을 느꼈다. 교주가 자신과 같은 흉터를 가지고 있다는 사실을 눈으로 확인하고 태는 결국 자신이 잘못된 길을 간 것은 아니었다는 안도감도 함께 느꼈다. 그리고 자신이 그러한 안도감을 느낄 정도로 아직까지 교단에 물들어 있다는 사실이 지긋지긋하다고 태는 생각했다.

의사가 소매를 내렸다.

— 그리고 교단이 계속 있는 편이, 다음번 지구에 돌아왔을 때 나에게 유리합니다.

의사가 말했다. 그리고 일어섰다.

— 이제 나는 가야 합니다. 나의 실험으로 인해 인간이 여러 명 사망했다는 사실을 상부에 있는 그대로 보고했습니다. 그러므로 앞으로 나는 한동안 돌아오지 못할지도 모르겠습니다.

의사는 살짝 웃었다.

— 하지만 언젠가 돌아올 겁니다.

"당신의 진짜 모습을 보여줄 수 있습니까?"

태가 물었다.

— 견딜 수 있겠습니까?

의사가 되물었다. 태는 고개를 끄덕였다.

태의 눈앞에서 의사가 천천히 변하기 시작했다. 의사 가운과 그 아래 입고 있던 고동색 셔츠와 짙은 남색 바지가 무너져 내렸다. 옅은 색 고수머리와 희고 밝은 피부가 녹아내렸다. 인간의 외양이 모두 녹아 사라지고 난 뒤에 남은 것은 형체를 식별할 수 없는, 여러 색이 뒤섞인 빛과 어둠의 덩어리였다.

태는 의사-교주-외계인을 바라보았다.

-견딜 수 있겠습니까?

태는 그 질문을 비로소 이해했다. 견딜 수는 있었다. 그러나 어려웠다.

밝고 짙은 색이면서 동시에 희고 투명한, 형체라고도 어둠이라고도 할 수 없는 외계 존재를 바라보면서 태는 인간이 느낄 수 있는 모든 감정을 수천 배로 증폭시켜 한꺼번에 쏟아부은 듯한 격동 속에 무방비하게 내던져졌다. 태는 외계 존재를 마주할 준비가 전혀 되어 있지 않았다. 그것은 기쁨이고 분노이고 슬픔이었으며 고통인 동시에 황홀경이었고 매혹적인 이끌림이면서 동시에 무한한 두려움이었으며 비명을 지르며 도망치고 싶게 만드는 절대적인 공포였다. 그렇기 때문에 그것은 고통이었다. 물리적으로 감각하는 모든 정보를 신체가 어떻게 해석해야 할지 알지 못할 때 마음은 그것을 고통이라 정의했다. 그러므로 기쁨도, 환희도, 초월도, 아마 구원조차도, 인간이 이해하고 해석하고 받아들일 수 없을 때는 모두 고통이었다.

 ─또 만나겠죠.

 의사─교주─빛나는 것─외계 존재가 말했다.

 그리고 엽은 떠났다.

22

 태는 울었다. 경찰들은 태가 형의 죽음을 슬퍼한다고 생각하고 그를 내버려 두었다. 그러나 태가 눈물을 흘린 이유는 형 때문이 아니었다.

 태는 외계 존재─교주─의사가 떠났기 때문에 울었다. 자신에게 평생 의미와 삶의 목적을 주었던 존재를 드디어 만났으나 그 존재는 떠났고 태는 남았다. 그러므로 태는 울었다. 자신이 그 존재에게 의존하여 여전히 의미를 찾고 있었기 때문에 태는 울었다. 자신이 인간이라서, 인간이라는 사실에서 어떻게 해도 벗어날 수 없기 때문에 태는 절망하여 울었다.

6부

삶

온몸으로

23

집에 도착할 때까지 경은 한마디도 하지 않았다. 현은 경의 침묵을 방해하지 않았다. 현은 경의 제안에 대해 생각했다. 경의 남자에 대해 생각했다. 경이 떠나 있었던 모든 시간에 대해 생각했다.

아무리 시간이 흘러도 자신이 경을 완전히 이해할 수는 없을 것이라고 현은 생각했다. 물론 결혼한 부부나 연애 중인 사람들도 모두 그러할 것이다. 현은 10년에 가까운 이별에 대해, 그동안 현과 경 두 사람에게 일어난 변화에 대해, 그 변화가 두 사람 사이에 만들어놓은 거리에 대해 생각했다. 9년 반 동안 현의 곁에는 경이 없었다. 9년 반 동안 현은 회사에서 경의 자리를 대신했다. 그래서 현은 경이 겪었던 어린 시절과 성장과정이 자신의 경험과 전혀 다르다는 게 어떠한 의미인지 진실로 이해하기 시작했다.

다만 경이 태에게 이끌리는 이유, 그러한 이끌림 속에서 경이 찾아내고자 하는 어떤 것을 자신은 절대로 이해할 수도 제공할 수도 없을 것이라고 현은 생각했다. '자유로운 혼외 관계.' 현은 혼전계약서를 떠올렸다. 계약서는 아직도 유효했다. 그런 '자유'가 유효하다면 자신이 경을 위해, 경과 함께 목숨 걸었던 생활은 무엇이었던가, 현은 생각했다. 어차피 처음부터 떠날 자유가 주어졌다면 두 사람의 관계는 무슨 의미가 있는가. 9년 반의 너무 길었던 기다림은 대체 무슨 의미였던가. 현은 슬퍼했다.

집에 도착하여 짐을 풀고 몸을 씻고 밤이 되어 현은 침대에 혼자 누웠다. 경은 오지 않았다. 현은 조금 울고 싶었다.

문을 부드럽게 두들기는 소리가 났다. 현은 깜짝 놀랐다. 침대에서 벌떡 일어났다.

방문이 살짝 열렸다.

"들어가도 돼?"

경이 문밖에 서서 물었다. 현은 돌아보았다. 고개를 끄덕였다.

경이 침대로 다가왔다.

"옆에 누워도 돼?"

경이 물었다. 현은 말없이 이불을 젖혔다. 경은 현이 열어준 품 속으로 들어오지 않았다. 대신 현의 등 뒤에 누워 현의 어깨에 이마를 댔다.

"언니."

"있잖아."

둘이 동시에 말했다. 그리고 둘이 동시에 양보했다.

"너 먼저 말해."

"언니 먼저 말해."

현은 기다렸다. 그녀는 무서웠다.

경은 현의 등 뒤에서 현의 목덜미에 얼굴을 대고 현의 어깨를 손으로 감쌌다.

"나 진심이야."

경이 말했다.

"알아."

현이 자신의 어깨를 감싼 경의 손을 잡았다.

경이 현의 목덜미에 얼굴을 조금 더 가까이 붙였다.

"나 정말로 언니의 아이를 갖고 싶어."

경이 속삭였다.

"알아."

현이 대답했다.

체세포로 정자나 난자를 만드는 기술은 이미 검증되었다. 현이 동의한다면 시술을 해볼 수 있었다. 비용은 회사 경영권을 팔아 받게 될 돈으로 감당하면 된다. 현실적으로 매우 가능한 일이었다.

경이 계속해서 속삭였다.

"내 몸 상태가 어떨지는 장담할 수 없지만 배란이 잘 안되면 나도 체세포로 난자 만들면 되니까, 어차피 체외수정할 테니까 어느 쪽이든 차이는 없을 거고……"

현은 말없이 경의 손을 어루만졌다. 경은 현의 대답을 기다리다가 다시 말했다.

"언니가 싫으면 안 해도 돼, 그치만 나는 진짜로 언니 아이를 갖고 싶어, 언니 아이를 낳아서 정말로 잘 키우고 싶어, 다정하고 따뜻하게……"

현이 돌아누웠다. 경의 얼굴을 들여다보았다. 경이 불안한 목소리로 빠르게 물었다.

"싫어? 화났어? 내가 너무 앞서 나간 거야? 그냥 나

혼자 생각한 건데, 아직 병원에 가본 것도 아니고 아무것도 안 했으니까, 그냥 혼자 생각만 해봤어, 언니가 싫으면……"

"아플 텐데."

현이 경의 말을 중간에 끊었다.

"입덧은 어떡하려고? 임신 중에 위통이나 편두통 앓게 되면? 몸에 무리가 갈 텐데 괜찮겠어?"

"진통제 먹으면 되잖아."

경이 조금 웃었다.

"NSTRA는 임산부가 먹어도 절대적으로 안전해, 알잖아?"

현은 웃지 않았다.

"잘 생각해 봐."

현이 천천히 말했다.

"생각했어. 9년이나."

경이 대답했다.

현은 경을 끌어당겨 품에 안았다.

"좀 더 생각해 보고 얘기하자."

"내일 병원 가보면 안 돼?"

현의 품에 꼭 안긴 채 경이 물었다.

"병원에서 뭐라고 하는지 일단 들어보긴 했으면 좋

겠어. 같이 병원 가보면 안 돼?"

"그래, 그럼."

현이 망설이다가 대답했다.

"그런데 언니가 하려던 말은 뭐야?"

경이 물었다.

"응? 내가 뭐?"

"무슨 얘기 하려고 했잖아."

경이 물었다. 현은 떠오르는 대로 둘러댔다.

"아…… 변호사한테도 물어봐야 하지 않을까? 경영권 완전히 정리하려면."

"응."

경이 현의 품 속에서 몸을 꼬물거려 조금 더 편한 자세를 찾으며 대답했다.

현은 경에게 이혼을 원하는지 물어보려 했다. 그러나 경이 이미 대답했으므로 현은 다시 물어볼 필요가 없었다. 현은 경을 끌어당겨 힘주어 껴안고 경의 머리카락을, 등을, 손을 쓰다듬었다. 그리고 현은 생각했다. 이 사람은 내 것이다. 지금도, 그리고 앞으로도, 그 누구에게도 넘겨주지 않겠다. 이 사람은 내 것이니까.

현의 어깨를 감싸 안은 순간 경은 지나간 9년 반의

시간, 고독하고 단단하고 매서웠던 날들이 순식간에 녹아 사라졌음을 알았다. 그리고 경은 태에 대해 생각했다. 태의 흉터에 대해 생각했다.

흉터는 저절로 생기지 않는다. 흉터는 상처와 고통과 회복의 과정과 회복에 동반하는 망각과 그럼에도 불구하고 회복 뒤에 남는 감정과 기억을 대표했다. 경이 탐색했던 것, 탐색해서 되찾으려 한 것은 그 기억이었다. 신체에 새겨진 고통의 기억을 간직한 채, 상처 입은 흉터투성이 존재를 떠안고 죽는 순간까지 망가진 채로 살아간다는 것은 외로운 일이었다. 그러한 삶이 무엇인지, 어떤 것인지, 경험을 통해 이해하는 존재를 그녀는 찾고 있었다. 그것은 사랑도 성욕도 아니었다. 사랑이나 성욕보다 더 깊은 어떤 것이었다. 망가졌더라도 살아갈 수 있고 살아갈 자격이 있다는 사실, 망가진 채 살아가도 괜찮다는 승인을, 같은 경험을 가진 다른 존재를 통해 재확인하고자 하는 생의 가장 깊은 추동(推動)이었다.

탐색은 실패했다. 이제 경은 그 사실을 이해했다. 사람의 삶은 모두 다르고 고통의 경험도, 고통에 대한 대응도 각각 달랐다. 자신의 고통은 자신만의 것이었다. 비일상적인 삶의 경험과 강렬한 고통의 기억을 가지고 있다는 이유만으로 타인과 즉각적인 유대감을 맺는 것은 불가능했다. 고통과 고통의 탐색은 오히려 경을 타인으로부터 고립시켰다.

고통의 탐색에 매몰되면 결국 과거의 고통을 끊임없이 되돌아보아야 했다. 그러다 보면 어떻게든 벗어나려 했던 그 고통으로 돌아가 결국 다시 그 속에서 살아가야 했다. 그리고 그런 식으로 과거에 발목을 잡히면 앞으로 나아갈 수 없었다. 던져야 할 질문들을 모두 던지고 나면 같은 질문에 더 이상 머무르지 말아야 하는 순간이 찾아온다. 경은 그 사실 또한 확실히 깨달았다. 태가 상처 입은 방식은 그녀와 유사했으나 같지 않았다. 회복의 과정과 고통의 기억을 이해하는 그녀의 방식과 태의 방식은 하늘과 땅만큼 달랐다. 그러므로 더 이상 과거를 헤집기 위해 같은 질문을 되풀이하면서 시간을 낭비할 수는 없었다. 경은 현을 사랑했다. 그리고 현과 함께, 자신도 현도 행복하다고 느끼는 방향으로 나아가면서 남은 삶을 함께 살기를 원했다. 고통스럽지 않은 기억으로 삶을 채우고 흉터가 아닌 증거들로 앞에 남은 생을 함께 축복하고 기념하기를 원했다. 어떻게 해야 그렇게 살아갈 수 있는지 경은 알지 못했고 그렇게 할 수 있을

지 자신도 없었다. 그러나 시도는 해봐야만 했다. 현이 자신의 눈앞에 있었고 경은 현을 사랑했으므로 최대한 노력은 해봐야 했다.

경은 이 모든 것을 명확하고 적절한 언어로 현에게 설명할 자신이 없었다. 그러므로 경은 현의 품에 파고들어 현의 따뜻한 존재를 껴안았다. 힘주어 붙잡고 놓지 않았다. 앞으로도 놓지 않겠다고 경은 결심했다.

24

전화기가 진동했다. 류 형사는 전화를 받았다.

"예. 류입니다."

— 형사님. 안녕하세요. 오랜만입니다.

형사는 잠시 생각했다. 그리고 상대방이 자기소개를 하기 전에 전화기 저편의 목소리를 식별했다.

"현 씨! 오랜만입니다. 잘 지내셨어요?"

— 네. 여러 가지 일들이 있었지만 잘 지냈어요.

현이 말했다. 류 형사는 현의 목소리에서 조심스러운 우려의 기색을 읽어내고 곧바로 사무적인 태도를 되찾았다.

"어쩐 일이십니까? 무슨 일 있습니까? 경 씨는 잘 계십니까?"

ㅡ네, 잘 있어요. 아무 일도 없고요……. 그냥 수사가 어떻게 돼가는지 궁금해서 전화 드렸어요.

"수사는 여전히 진행 중입니다. 그래서 아시다시피 자세한 건 말씀드릴 수가 없어요."

류 형사가 설명했다. 현은 조금 실망한 것 같았다.

ㅡ그 의사, 정신과 의사 아직 못 찾으셨어요?

"말씀드렸듯이, 수사 중입니다."

류 형사가 짧고 불분명하게 대답했다.

전화기 저편에서 현이 망설였다. 류 형사는 조금 기다리다가 상냥하게 물었다.

"무슨 일 있습니까? 정말로 괜찮으세요?"

ㅡ정말로 괜찮아요.

현이 대답했다. 그리고 조금 더 망설이다가 말했다.

ㅡ사실은 경이 임신했어요.

류 형사는 이 문장을 단번에 이해하지 못했다. 류 형사가 대답하기 전에 현이 말을 이었다.

ㅡ여러 가지가 있었는데…… 좀 힘들었지만, 어쨌든 드디어 성공했어요. 그래서 혹시나, 혹시나 수사에 뭐라도 좀 진전이 있었을까 해서…….

현이 잠시 멈추고 단어를 골랐다. 류 형사가 정신을 차리고 황급히 말했다.

"축하드립니다."

─감사합니다.

현이 기쁨을 숨기지 못하고 대답했다. 그러나 현의 목소리가 곧 다시 조심스러워졌다.

─이제 이렇게 됐으니까, 앞으로 아무 일도 없었으면 해서요…… 좀 걱정되기도 하고…….

류 형사는 이해했다. 현이 마침내 진짜 하고 싶었던 질문을 내놓았다.

─혹시 그 의사가 찾아와서 경한테 해코지를 하거나 그러지는 않겠죠?

"피해자가 전부 교단 사람들이었으니까, 경 씨나 현 씨한테는 아무 일도 없을 겁니다."

류 형사가 안심시켰다.

"그 이후로는 피해자가 안 나오고 있기도 하고요……. 어쨌든 수사에 진전이 있으면 제가 알려드릴 수 있는 한도 내에서 말씀을 드리겠습니다."

─네…… 감사합니다.

현이 대답했다. 만족한 것 같지는 않다고 류 형사는 생각했다. 그러나 현은 상황 파악이 빠른 사람이었으므로 더 이상 질문하지 않았다.

전화를 끊고 나서 류 형사는 순 형사에게 말했다.

"경 씨가 임신했대."

"그래요?"

순 형사가 언제나 그렇듯이 무관심하게 대답했다.

"남자애래요? 여자애래요?"

류 형사는 순간 굳어졌다. 앞으로 이어질 수도 있는 성별 고정관념에 관한 불쾌한 대화를 방지하기 위해 자리를 피해야 할지 순 형사에게 한마디 해야 할지 고민하면서 이런 고민을 또 해야 한다는 사실에 짜증이 났다. 그러나 다음 순간 류 형사는 순 형사의 표정을 보고 순 형사가 농담을 하고 있다는 사실을 알았다.

"건방지게 나한테 성별이분법 들이대지 마라."

류 형사가 엄격한 표정으로 훈계했다. 순 형사는 웃었다. 류 형사가 잔소리했다.

"인간의 성별은 스펙트럼이야. 공부 좀 해."

"전 인간도 싫고 스펙트럼도 싫어요. 집에 가서 고양이하고 놀래요."

순 형사가 재빨리 가방과 겉옷을 챙겨 밖으로 나가면서 류 형사에게 외쳤다.

"내일 봐요!"

류 형사가 대답하기 전에 순 형사는 이미 가버렸다.

전화기가 다시 진동했다. 류 형사는 여전히 웃으면서 전화기를 꺼냈다. 배우자가 보낸 메시지를 확인했다.

－퇴근해요? 나 지금 나왔는데 집에 같이 갈까요?

류 형사는 메시지에 답을 보냈다.

－거기서 기다려요. 금방 갈게요.

'거기'는 류 형사와 배우자의 직장 사이 중간 지점을 의미했다. 류 형사도 류 형사의 배우자도 처음 결혼했을 무렵 일터에서 사람들의 시선이나 불필요한 구설을 피하기 위해 함께 퇴근할 때면 적당히 떨어진 중간 지점에서 만났다. 몇 년이나 그렇게 해오는 동안에 중간 지점에서 만나는 데 두 사람 모두 익숙해졌다. 류 형사는 가방과 겉옷을 챙겨 경찰서를 나왔다.

밖에는 가느다란 안개 같은 비가 내리고 있었다. 우산을 써서 가릴 수 있을 만큼 명확한 빗방울이 떨어지는 것은 아니었다. 그러나 대기 전체가 축축해서 옷과 얼굴에 물방울이 맺혔다. 류 형사는 물웅덩이를 피하며 습기에 젖은 거리를 걸어 길모퉁이를 돌아 약속장소 앞에 있는 횡단보도로 향했다. 횡단보도 앞에서 류 형사는 신호가 바뀌기를 기다리며 서 있었다.

전화기를 꺼냈다.

　―신호등 앞이에요.

　류 형사가 메시지를 보냈다.

　―난 벌써 와 있어요.

　류 형사의 배우자가 답했다. 류 형사는 미소 지었다.

　시야의 위쪽에서 뭔가 반짝였다. 류 형사는 고개를 들었다. 횡단보도 위에서 불빛이 움직이고 있었다. 황금색과 보라색과 주황색과 녹색과 창백한 하늘색과 여러 다른 색깔들이 뒤섞인 부드러운 빛의 덩어리가 축축한 공기 속에서 미끄러지듯이 일정하게 무늬를 그리며 돌아다녔다.

　'뭐야, 저게……?'

　류 형사가 그렇게 생각했을 때 불빛이 류 형사에게 말을 걸었다.

　―무자비한 이분법에 속하지 않는 몸을 가지고 있다는 것은 고통입니까?

　"뭐?"

　류 형사는 불빛이 자신에게 말하고 있다는 사실을 믿을 수 없었다. 창백하고 다채로운 황금색 불꽃이 다시 말했다.

　―규정할 수 없는 몸을 갖고 살아가는 삶은 어떤

의미입니까?

순 형사에게 연락해야 한다. 그것이 류 형사의 머릿속에 가장 먼저 떠오른 생각이었다. 저 새끼 잡아야 한다. 류 형사는 몹시 다급하게 생각했다. '저 새끼'가 정확히 누구이며 어째서 순 형사에게 연락해야 하고 왜 잡아야 하는지까지는 세세하게 분별할 여유가 없었다. 저 불꽃을, 혹은 불꽃을 조종하고 있는 인물을 잡아야만 했다.

― 당신은 당신의 몸입니까?

빛의 덩어리가 천천히 움직이면서 물었다.

― 인간의 몸은 인간 존재의 전부입니까?

"너 기다려."

류 형사가 불빛을 주시하면서 따라 움직이며 중얼거렸다.

"깊은 대화는 나랑 같이 서에 가서 하자."

불빛이 횡단보도의 건너편을 향해 미끄러지듯 흘러갔다. 류 형사는 공중에 떠 있는 불빛이 그 아래의 젖은 땅에 반사되지 않는 것을 보았다. 습기 찬 거리는 가로등의 불빛과 지나다니는 차와 교통수단의 불빛으로 반짝였으나 공중에 떠 있는 다채롭고 창백한 불덩어리는 마치 별개의 세상에 홀로 존재하는 것 같았고 그 아래에는 빛도 그림자도 반사되지 않았다. 류 형사는 손으로는 주머니를 더듬어 전화기를 꺼내면서 눈은 불빛을 놓치지 않고 불덩어리의 움직임을 추적하며 횡단보도를 건너기 시작했다.

자동차의 경적이 한꺼번에 울렸다. 류 형사는 깜짝 놀라서 멈추어 섰다.

"야, 이 미친 새끼야! 죽고 싶어?"

경적을 울리던 자동차 중 하나에서 운전자가 창문으로 고개를 내밀고 삿대질을 했다.

"술 처먹었으면 집에 가!"

다른 운전자도 고함을 질렀다.

류 형사는 멍하니 사방을 둘러보았다. 손에 든 전화기를 내려다보았다. 류 형사는 일을 마치고 퇴근했고, 배우자를 만나러 가는 길이었고, 횡단보도 앞에서 신호를 기다리며 서 있었다. 거기까지는 기억했다. 자신이 어째서 보행금지 신호를 무시하고 차들이 지나다니는 길거리 한가운데에 서 있는지 류 형사는 이해할 수 없었다.

"정신 차려요."

누군가 류 형사를 세게 끌어당겼다. 류 형사는 당기는 대로 끌려가서 횡단보도 건너편의 젖은 땅 위에 주저앉았다. 차들이 다시 흘러 다니기 시작했다.

"괜찮아요?"

류 형사를 끌어당긴 사람이 주저앉은 류 형사를 일으켜 세우며 물었다. 류 형사는 멍하니 상대방을 바라보았다.

"어디 아파요?"

류 형사를 끌어당긴 사람이 다시 물었다.

"아, 아니……."

류 형사가 마침내 더듬거리며 대답했다.

"괜찮아요. 고맙습니다."

"형사님 옷이 다 젖었네요."

류 형사를 끌어당긴 사람이 친절하게 말하며 곤란하다는 듯 웃었다.

류 형사는 모르는 사람의 얼굴을 들여다보았다. 자신이 형사라는 사실을 이 처음 보는 사람이 어째서 알고 있는지 의아해했다.

"또 뵙죠."

희고 부드러운 사람이 상냥하게 웃으며 인사했다. 그리고 어리둥절한 채 서 있는 류 형사를 남겨두고 행인들의 무리 속으로 사라져 버렸다.

손안에서 전화기가 진동했다. 류 형사는 깜짝 놀

라서 전화기를 젖은 땅바닥에 내동댕이칠 뻔했다. 류
형사는 화면을 들여다보았다. 전화를 받았다.

– 왜 안 와요?

류 형사의 배우자가 걱정스럽게 물었다.

– 무슨 일 생겼어요?

"아, 아니에요."

류 형사가 간신히 대답했다.

"미안해요. 금방 갈게요."

전화를 끊고 류 형사는 다시 주위를 둘러보았다.
거리는 안개비에 감싸여 축축했고 습한 땅은 가로등
과 건물에서 비쳐 나오는 불빛과 지나다니는 교통수
단의 여러 조명으로 번들거리고 있었다. 류 형사는
하늘을 쳐다보았다. 해가 져서 어둡고 검은 하늘에는
가끔 드론이 날아다닐 뿐 별달리 눈에 띄는 물체는
보이지 않았다.

류 형사는 한숨을 쉬었다. 누군가를 잡으려 했던
것 같았다. 뭔가 아주 중요한 것을 발견했고, 누군가
결정적인 인물을 잡으려 했다. 그러나 그 중요한 것
이 뭐였는지 명확히 떠올릴 수 없었다. 생각해 내려
고 애쓰면 애쓸수록 그 중요한 것은 기억과 망각의
가장자리에서 손에 잡히지 않고 아슬아슬하게 미끄

러지다가 마침내 망각의 심연으로 흘러 들어가 영원히 사라져 버렸다.

류 형사는 고개를 저었다. 자신은 형사였다. 잡아야 하는 놈들은 언젠가 꼭 잡을 것이었다.

그러나 지금은 자신을 기다리는 배우자를 만나러 가야 했다. 류의 인생에서 가장 중요한 존재가 류을 기다리고 있었다. 형사가 아닌 인간으로서의 생활, 휴식과 사랑과 안정과 감정적 교류와 정서적 충족감의 삶을 류은 배우자와 함께 몇 년에 걸쳐 주의 깊게 쌓아 올렸고 앞으로도 그렇게 공들여 가꾸어갈 것이었다. 류은 전화기를 주머니에 집어넣고 걸음을 재촉했다.

25

엽은 면회실에서 기다리고 있었다. 문이 열렸다. 태가 들어왔다. 엽은 일어서지 않았다. 고개만 움직여 가볍게 인사했다.

"앉아요."

엽이 자리를 권했다. 태가 앉았다.

"잘 지냈어요?"

엽이 물었다.

"책을 읽었습니다."

태가 대답 대신 말했다. 그리고 탁자 위에 놓인 책을 살짝 들어 보였다. 책 표지에는 '고통받는 몸'이라는 제목이 적혀 있었다. 표지 아래쪽에는 출판사 이름 대신 '초월과 구원'이라고 찍혀 있었다.

"그래요?"

엽이 반가워했다.

"어떻게 생각해요?"

엽이 물었다.

태는 대답하기 시작했다.

면담이 끝나고 엽이 일어섰을 때 태가 따라 일어나며 물었다.

"또 오실 겁니까?"

엽이 웃었다.

"상부의 허락을 받아야겠지만…… 아마 또 오겠죠."

그 이상의 대답은 바랄 수 없었다. 엽이 더 이상 올 수 없게 된다 해도 태는 공식적인 안내를 받을 수 없을 것이다. 그것이 태가 처한 입장이었다.

태가 고개를 숙여 인사했다. 엽 - 교주 - 의사 - 외

314

계 존재는 면회실을 나가 세상 바깥으로 사라졌다.

　독방으로 돌아가서 태는 경에 대해 생각했다. 꿈속
에서 쇠창살을 붙잡은 자신의 손을 감쌌던 그녀의 손
을 생각했다. 손목의 흉터를 생각했다. 현실에서 마지
막으로 보았을 때 자신을 향하지 않았던 그녀의 시선
을 생각했다.

　─어째서 너의 삶에는 죽음밖에 없는 거야?

　태는 대답하고 싶었다. 자신의 삶에 죽음만이 가득
한 건 아니라고, 자신의 삶을 구성하는 가장 근본적
인 바탕은 믿음─삶에 대한 믿음, 고통에 대한 믿음,
의미에 대한 믿음이라고, 인간의 삶을 구성하는 것은
고통이며 자신은 인간을 초월한 존재에게서 그 고통
의 의미를 찾았다고.

　그러나 경은 없었고 태에게 남은 것은 경의 몸에
흩어져 있던 수많은 흉터와 자신의 몸에 온 존재로
부딪혀 오던 질문들의 기억뿐이었다. 그 기억만으로
평생을 견뎌야 한다는 것을 태는 알고 있었다. 그것
또한 고통이라고 그는 이해했으며, 그러므로 그는 삶
의 다른 고통을 받아들이듯이 가장 큰 그 고통 또한
받아들였다.

그리고 태가 그 고통을 마침내 받아들일 수 있게 되었다고 스스로 확신했을 때 경이 찾아왔다.

태가 면회실에 들어섰을 때 경은 앉아 있었다. 교도관이 태의 수갑을 풀어주는 동안 경은 그대로 앉아 탁자에 양손을 얹은 채 태를 바라보았다. 태는 수갑이 풀린 뒤에도 앉지 않았다. 경을 쳐다보며 서 있었다.

"앉아."

마침내 경이 말했다. 태는 자리에 앉았다. 그리고 경은 더 이상 아무 말도 하지 않았다.

태는 묻고 싶었다. 어째서 갑자기 찾아왔는지, 어떻게 지냈는지, 그동안 무슨 일이 있었는지, 자신에 대해 한 번이라도 생각했는지. 그리고 태는 말하고 싶었다. 그리웠다고, 보고 싶었다고, 다시는 만나지 못하리라 생각했다고. 태는 탁자 위에 얹은 경의 손을 바라보았다. 손을 잡고 싶었다. 경에게 다가가 껴안고 싶었다. 입 맞추고 싶었다.

태는 아무 말도 하지 않았다. 탁자 위에 손을 얹은 채 경을 바라보며 앉아 있었다. 기다렸다.

경은 여전히 아무 말도 하지 않았다.

"무슨 일입니까?"

마침내 태가 물었다. 입 안이 말라서 목소리가 갈라졌고 의도한 것보다 어조가 거칠게 들렸다.

"네 형하고 죽은 남자하고 셋이서 같이 호숫가 집에 있었던 사람 기억해?"

경이 입을 열었다.

"우리 회사가 교단을 사주해서 살인을 저지른다고 주장하던 사람."

태는 대답하지 않았다.

"그 사람 재판 오늘 끝났어. 벌금형 나왔으니까 아마 우리가 자기를 탄압한다고 또 동영상 만들겠지."

경이 말하며 조금 웃었다. 태는 탁자를 내려다보며 아무 말도 하지 않았다.

"너의 교단이 남겨둔 쓰레기를 아직까지 내가 계속 치우고 있어."

"그 얘기를 하러 왔습니까?"

태가 시선을 들어 경을 바라보았다.

"교단을 비난하셔도 소용없습니다. 그 사람은 교단하고 관계없습니다."

"방금 '너의' 교단이라고 했는데, 그건 굳이 반박하지 않네?"

경이 논평했다. 태는 대답하지 않았다. 다시 탁자

를 내려다보았다.

경이 갑자기 말없이 일어섰다. 태는 당황하며 따라 일어섰다. 일어선 경의 모습을 보고 태는 입을 벌렸다. 뭔가 말하려다가 입을 다물었다가 다시 벌렸다.

"6개월 됐어. 정확히 말하면 23주."

경이 명확하게 솟아오른 배를 한 손으로 쓰다듬었다. 그리고 천천히 조심스럽게 다시 자리에 앉았다. 태는 뭔가 말하려다가 경을 따라서 다시 자리에 앉았다.

"제…… 아이입니까?"

마침내 태가 물었다.

"뭐?"

경이 어처구니없다는 표정으로 태를 쳐다보았다.

"내가 1년 반 전에 네 아이를 가져서 지금 임신 6개월이라고?"

말하다가 경은 웃기 시작했다. 태는 바닥을 내려다보았다. 경은 한동안 웃음을 그치지 못했다.

"남자들은 어떻게 생각하는 게 하나같이 그 모양이지?"

태는 고개를 숙인 채 대답하지 않았다.

"내 아내의 아이야."

경이 마침내 웃음을 그쳤으나 여전히 어깨를 조금

318

씩 들썩이며 말했다.

"내 아내의 체세포로 만든 정자하고, 내 난자하고 수정시켜서 만들었어."

"그걸 왜……."

태가 여전히 고개를 숙인 채로 말하다 말고 이를 악물었다. 천천히 입을 열어 숨을 들이쉬고 시선을 들었다. 경을 똑바로 바라보았다.

"그걸 보여주러 왔습니까?"

"응."

경이 여전히 미소를 띤 채로 대답했다.

"이유가 뭡니까?"

태가 낮게 으르렁거렸다. 경은 다시 조금 웃었다.

"네 아이는 아니지만, 아이를 가진 건 네 덕이니까."

태는 대답하지 않았다. 경이 천천히 말했다.

"네가 아니었으면 난 아내에게 돌아가지 않았을 거야. 애초에 너와 너의 교단이 아니었으면 아내를 만나지도 못했을 거고. 만나기는커녕 아내도 나도 서로 존재한다는 사실조차 아마 몰랐겠지. 그러니까 네가 아니었으면 나는 애초에 아내하고 결혼도 하지 않았을 거야. 네가 아니었으면 내 인생은 완전히 다르게 흘러갔을 거야."

"그래서 고맙다는 겁니까?"

태가 다시 낮은 소리로 물었다. 경은 고개를 한쪽으로 기울였다.

"그럴 리가."

경은 자신의 배를 내려다보았다. 그리고 한 손으로 배를 조심스럽게 쓰다듬었다.

"너는 내 삶의 어떤 부분을 아주 크게 부숴놨어. 물론 이미 망가져 있어서 차라리 부숴버리는 편이 더 나았을 것 같긴 하지만 나는 너한테 부탁한 적이 없어. 그러니까 너는 내 인생에 마음대로 들어와서 마음대로 부술 권리가 없었어."

경이 자신의 배를 내려다보며 천천히 말했다.

"하지만 네가 뭘 의도했든 결과는 네 의도대로 되지 않았어. 나는 애초에 너의 계산에 들어 있지 않았으니까, 너한테 나를 겨냥한 의도는 없었겠지. 그러니까 더더욱, 나는 네 의도대로 되지 않아. 그걸 말해주고 싶었어."

경이 완전한 결별을 고하기 위해 찾아왔다는 사실을 태는 비로소 깨달았다. 오래전 태가 저지른 행위와 그로 인한 결과가 남긴 두 사람의 삶 사이의 연결점이 사라졌다는 사실과, 경은 이제 그 연결점에 얽매이거나 돌아보지 않고 태가 남긴 잔해에서 벗어나 자신의 삶을 향해 이미 나아갔다는 사실을 알려주기 위해서 찾아온 것이다. 그러므로 이것이 끝이었다.

태는 경을 바라보았다. 당신을 그리워할 것이라고, 태는 말하지 않았다. 당신의 아이가 어떤 모습으로 어떻게 성장하는지 언제나 궁금해할 것이라고, 당신이 아내와 아이와 함께 행복하기를 바란다고, 나를 용서해 주기를 바란다고…… 아니, 용서하지 않아도 좋으니 나를 잊지 않기를 바란다고, 나를 잊지 않기 위해서 부디 용서하지 않기를 바란다고, 어떻게든 이것이 끝이 아니기를 바란다고, 태는 경을 바라보며 말하지 못했다.

"작가와 철학자의 얘기 알아?"

경이 조용히 물었다. 태가 대답 대신 고개를 저었다.

"형제애와 희생을 주장해서 유명해진 작가가 있었어. 그 작가는 모든 고통은 도덕률을 지키지 않기 때문에 생겨난다고 생각해서 도덕과 윤리를 지키고 신의 뜻대로 살아야 한다고, 남을 위해 희생하는 것이야말로 신의 뜻에 따른 최고로 고귀하고 도덕적인 행위라고 설파했어. 그래서 철학자가 그 작가한테 물었어. 네가 형제를 위해 희생해서 고귀하고 도덕적인 사람이 되면 너의 희생을 받아들인 그 형제는 대체 뭐가 되냐고. 애초에 아무도 희생할 필요가 없는 게 제일 좋지 않냐고."

경이 무표정하게 말했다. 태는 미소 짓는 경의 얼굴을 바라보았다. 이제 다시는 볼 수 없을 것이라 생각하며, 언제까지나 기억하기 위해서 열심히 바라보았다.

"너의 고통과 너의 희생을 이용하는 교단은 그럼 뭐가 되는지, 생각해 본 적 있어?"

태는 대답하지 않았다. 이전에 경이 던졌던 질문들을 생각했다. 그 질문들에 대답하던 때를 생각했다. 얼굴이 달아오르는 것을 숨기기 위해 태는 고개를 숙였다. 자신의 손목에 수갑을 채우던 경의 감촉을 생각했다. 태는 오른손으로 왼손목을 움켜쥐었다. 경의 손이, 경의 입술이 닿았던 여러 곳의 감촉을 생각했다.

"'너의' 교단에서 이런 얘기는 해주지 않겠지."

경이 '너의'를 강조해서 말했다. 태는 탁자 위로 손을 뻗어 경의 손을 잡지 않기 위해 온 힘을 다해 이를 악물고 양손을 꽉 쥐었다.

경이 천천히 일어섰다. 태는 서둘러 따라 일어섰다.

경은 작별 인사 없이 돌아섰다. 태는 면회실을 나

가는 경의 뒷모습을 말없이 바라보며 마음속으로 경을 붙잡았다.

경은 떠났다.

26

현은 차 옆에 서서 기다리고 있었다. 경이 나오자 현은 경에게 조수석 문을 열어주었다. 그리고 현은 차 앞을 돌아 운전석에 앉았다.

"어땠어?"

현이 시동을 걸며 물었다.

"끝났어."

경이 대답했다.

현은 자신의 어머니 집을 향해 출발했다. 차를 타고 가는 동안 경은 생각에 잠겨서 아무 말도 하지 않았다. 현도 굳이 말을 걸지 않았다.

경이 아무 이유 없이 현의 어머니에게 전화했을 때 현의 어머니는 조금 놀랐다. 아이에게 무슨 일이 생겼는지, 혹은 현에게 무슨 일이 생겼는지 물으며 현의 어머니는 약간 불안해했다. 경은 자신이 어째서 현의 어머니를 만나고 싶어 하는지 설명하지 않고 그저 방문해도 좋은지, 언제 방문하면 좋은지 물어본 뒤에 전화를 끊었다. 현의 가족과 함께 저녁 식사를 하고, 식기류를 정리해서 식기세척기에 넣고, 식탁을 치우고, 현이 과자와 음료를 가지고 자매들과 함께 거실의 영상기기 화면 앞에 자리 잡고 앉은 뒤에 경은 현의 어머니와 함께 옆방으로 갔다.

"앉아요."

현의 어머니가 자리를 권하며 말했다. 경은 그대로 서 있었다.

"무슨 일이에요?"

현의 어머니가 먼저 자리에 앉으며 조심스럽게 물었다.

"어머니는 아이를 어떻게 사랑하셨어요?"

경이 망설이다가 불쑥 물었다. 현의 어머니는 예상 외의 질문에 곧바로 대답하지 못했다.

"아이를 사랑할 수 없으면 어떻게 해요?"

경이 물었다.

"아이가 나를 사랑하지 않으면 어떻게 해요?"

그리고 경은 울기 시작했다.

현의 어머니는 당황했다. 선 채로 울고 있는 경의 손을 잡았다. 자리에 앉혔다. 경의 손을 잡아주고 등을 쓸어주었다. 그리고 경에게 화장지를 가져다주었다. 경은 화장지를 손에 든 채로 흐느꼈다.

"현이하고 무슨 일 있었어요?"

현의 어머니가 부드럽게 물었다. 경이 세차게 고개를 저었다.

"무서워서요."

경이 흐느낌 사이로 대답했다.

"너무 무서워서요……."

현의 어머니는 한 손으로 울고 있는 경의 어깨를 토닥이며 다른 한 손으로 전화기를 꺼냈다. 소리 없이 현을 불렀다. 현이 옆방으로 달려왔다.

"왜 그래?"

현이 울고 있는 경을 보고 놀라서 물었다.

"무슨 일 있어? 어디 아파?"

현의 어머니는 딸에게 앉으라고 손짓했다. 현이 경의 옆으로 다가가서 앉았다.

"왜 그래?"

현이 경의 손에서 화장지를 꺼내 얼굴을 닦아주었다. 그리고 현은 어머니에게 들리지 않게 경의 귓가에 얼굴을 가까이 대고 작은 소리로 물었다.

"아까 감옥에서 그 남자가 뭐라고 그랬어?"

"아니야……."

경이 훌쩍이며 말했다.

"아이를 잘 키울 수 없으면 어떻게 하지……."

경이 눈물 가득한 눈으로 현을 쳐다보았다.

"나는 아이를 위한다고 생각했는데 사실은 아이한 테 못 할 짓을 하면 어떡해……."

"그래서 우는 거야?"

현이 어처구니없다는 듯 물었다. 경이 세차게 고개를 끄덕였다.

"낳지도 않았는데 뭘 벌써부터 쓸데없이 걱정하냐."

현의 어머니가 경의 등 뒤에서 현을 향해 손을 저었다.

"정말로 많이 불안한가 본데 그런 식으로 말하지 마라."

"네가 잘 못 키우면 내가 이혼하고 아이 데려갈 테니까 걱정하지 마."

현이 경의 눈물 젖은 얼굴을 화장지 덩어리로 북북 문질러 닦으며 말했다.

"내가 당장 이혼하고 아이도 데려가고 돈도 다 가

져가고 전부 홀랑 다 뺏고 넌 길거리에 내다 버릴 테
니까 걱정하지 마."

"얘는 무슨 말을 그렇게 하니!"

현의 어머니가 딸에게 화를 냈다. 경이 고개를 들
고 현을 쳐다보았다.

"진짜야?"

경이 여전히 훌쩍거리며 물었다.

"내가 아이 잘 못 키우면 언니가 이혼하고 다 가져
가 줄 거야?"

"당연하지."

현이 달랬다.

"그러니까 걱정하지 마."

경이 현의 품에 파고들었다. 현은 경을 껴안고 등
을 쓰다듬었다. 현의 어머니가 어이없다는 얼굴로 두
사람을 바라보았다.

"진짜로 이혼하겠다는 얘기가 아니고 무슨 일 생기
면 내가 다 책임지겠다는 뜻이야."

현이 어머니에게 설명했다. 현의 어머니는 요즘 젊
은 애들은 도대체 이해할 수가 없다고 생각했으나 일
단 안심했다.

"아이를 잘 못 키울 것 같으면 우리 엄마한테 물어

보면 돼."

현이 경의 등을 부드럽게 쓰다듬으며 말했다.

"우리 엄마가 나 키울 때처럼 하면 될 거야."

경은 현의 품에 안긴 채로 고개를 끄덕였다. 현의 어머니는 마음을 놓았다. 두 사람을 방에 남겨두고 조용히 거실로 나갔다.

두 사람은 오랫동안 서로 껴안고 있었다.

"사랑해."

경이 현에게 말했다.

"나도 사랑해."

현이 경에게 말했다.

경은 몸을 일으켰다. 현에게 입 맞추었다. 현은 웃었다.

그리고 두 사람은 가족과 함께 평온한 저녁 시간을 보내기 위해 일어나서 거실로 나갔다.

작가의 말

    2018년 미국 새너제이(San Jose)에서 열린 SF 관련 행사에 참가했을 때 통증과 진통제에 관한 대담을 들었다. 미국 사회에서 커다란 문제가 되고 있는 중독성 강한 진통제에 관한 대담이었는데, 패널은 현직 의사, 간호사, 약사, 그리고 만성통증 환자, 이렇게 네 명으로 이루어져 있었다. 진단과 처방부터 약의 판매와 복용과 일상생활의 유지까지, 통증 치료를 모든 면에서 입체적으로 들여다보는 아주 유익한 대담이었다. 그리고 패널 네 명 모두, 마약성 진통제에 중독된 환자를 병원에서 관리하는 편이 낫다는 데 매우 강하게 동의해서 나는 깜짝 놀랐다. 설명은 이러했다.

미국은 1990년대 걸프전으로 인해 상이군인의 통증 치료 수요가 급격히 늘었다. 미국 정부는 참전용사에 대한 보상 차원에서 진통제를 처방받고 구매하기 쉽게 해주었다. 그리고 이 시기에 보험사들이 병원을 구입해서 민영화하는 경우가 늘어나면서 '고객 만족도'가 병원 운영의 중요한 요소가 되었다. 이 때문에 마약성 진통제 처방이 더 늘어났다. 약에 취한 고객은 만족하고 불평하지 않으니까 말이다.

시간이 지나면서 진통제 중독자가 대량으로 양산되었고 당황한 미국 정부는 서둘러 진통제 처방 자체를 규제하기 시작했다. 2018년 내가 그 대담을 들었을 때 미국 정부가 개별 병원에 비축할 수 있는 마약성 진통제 재고 자체를 제한해 버렸기 때문에 암 환자나 수술 환자 등 특정한 경우가 아니면 진통제 처방이나 입수가 매우 어렵다고 했다.

그런데 미국은 2018년 당시 아프간 전쟁을 진행하고 있었다. 2001년 9·11 테러 사건 이후 미국이 2002년 이라크 전쟁을 시작하면서 중동으로 파병된 병사들이 부상을 당한 채 귀국하여 만성통증을 가진 채 살아가야 하는 경우가 다시 크게 늘었다. 그런데 이제는 이런 병사들이 전처럼 진통제를 쉽게 구할 수 없게 되었다. 1990년대 걸프전 참전용사 중에서 10년, 20년씩 마약성 진통제에 의지하며 통증을 다스리고 일상을 유지하던 사람들도 미국 정부가 마약성 진통제를 규제하면서 진통제를 구할 수 없게 되었다. 참전용사가 아닌, 질병이나 사고로 인해 만성통증이 발생한 환자들은 말할 것도 없다. 패널로 참여한 만성통증 환자는 그래서 자신이 아는 동료 만성통증 환자들이 더 이상 진통제를 구할 수 없게 되자 길거리로 나가서 정말로 마약에 의존하거나, 범죄에 연루되거나, 길거리 마약을 투약하고 약물 과용으로 혼수상태에 빠지거나, 사망하거나, 아니면 집에서 혼자 마지막 남은 진통제 한 병을 들여다보다가 스스로 목숨을 끊는 경우가 크게 늘었다고 증언했다.

마약 규제가 만능이 아니라고, 의료인과 환자로 이루어진 패널 네 명 모두 강하게 말했다. 병원에서 전문가가 진통제를 관리하고 처방하고 처방에 따라 판매할 경우 일단 진통제의 성분과 환자의 복용량을 정확하고 투명하게 관리, 통제할 수 있다고 패널 네 명은 모두 입을 모아 강조했다. 통증과 관계없는 그냥 마약중독자인 경우에도 병원에서 관리, 통제하면서 치료하는 프로그램이 처벌보다 더 시급하다는 것이

패널에 참가한 미국 의료인들의 관점이었다. 처벌 중심으로만 접근하고 제도적인 치료 프로그램을 마련해 주지 않으면 마약중독자는 감옥에서 나오는 순간 다시 길거리에서, 인터넷에서, 뭐 어딜 가서든 약을 살 것이기 때문이다. 그리고 약을 하다가 언젠가는 죽을 것이기 때문이다.

나로서는 전부 처음 듣는 이야기였다. 막연히 무조건 마약은 나쁘다, 정도의 인식만 갖고 있었을 뿐이다. 미국 정부의 무지하고 무책임한 정책 때문에 아무 죄 없는 피해자가 이렇게 많이 양산되었으리라고는 상상도 하지 못했다. 전쟁이 사람의 몸에 그토록 길고 잔혹한 후유증을 남긴다는 사실도 처음 배웠다. 그래서 나는 고통과 진통제에 관한 이야기를 써보고 싶다고 생각했다.

그러나 나 자신은 나의 노력 덕분이 아니라 순전히 운이 좋아서 비교적 건강한 편에 속하는 비장애인이다. 그래서 나는 만성적인 통증이나 부상의 후유증을 감내해야 하는 삶에 대해 무지하다. 그렇다고 내가 알지도 못하는 고통이나 통증을 과장하거나 전시하는 글을 쓸 수는 없다. 그러다 보니 이야기의 내용이 추상적으로 흘러갈 수밖에 없었다. 대략 십여 년 전에 박사논문을 쓸 때 열심히 읽었던 고통과 죽음의 실존적 의미에 관한 여러 학술 자료들도 그 나름대로 크고 깊은 영향을 미쳤다.

그리고 나는 사이비종교에 대한 다큐멘터리나 탐사보도 프로그램 같은 걸 좀 지나치게 많이 보았다. 사이비종교 교주들은 대부분 자신이 재림예수나 신이라고 주장하며, 그렇기 때문에 자신이 지구의 종말과 죽은 뒤의 영적인 세계를 통제할 수 있고, 그러므로 자신에게 절대 복종하고 재산과 노동력과 존재의 모든 것을 바쳐야만 세상의 종말이 왔을 때 낙원으로 갈 수 있다고 거짓말한다. 겉보기에는 여러 가지 교리나 해석들을 내놓는데 요약해 보면 똑같이 저 세 가지로 압축된다. 이런 주장들은 터무니없지만, 사이비종교의 교주들은 추종자가 합리적으로 곰곰이 생각해보고 '나 이거 안 할래'라는 결론을 내릴 수 없게 하기 위해 여러 가지 꼼수를 사용한다. 대표적인 꼼수가 잠을 못 자게 하는 것이다. 밤을 새워서 기도나 노동 같은 걸 하게 하거나, 잠시 잠든 사람을 새벽에 깨워서 의미 없는 활동을 시키거나, 하여간 제대로 쉴 수 없게 한다. 여기에 더하여 시키는 활동을 제대로 하지 않으면 밥을 안 주기도 한다. 잠 못 자고 밥 못 먹으면 사람은 급격히 약해진다. 몸이 힘들면 사람의 판단력도 제대로 작동하지 않는다. 그리고 배고프고 지친 사람한테 막 협박하고 공격하고 겁주다가 조금 친절하게 대해주고 먹을 것이나 휴식시간을 주면 피해자는 가해자가 자신에게 은혜를 베풀었다고 생각한다. 이런 건 일종의 고문 기법이나 세뇌 기법인데, 아주 많은 사이비종교 단체들이 이런 기법을 체계적으로 사용하는 듯하다.

어떤 면에서는 내가 경험한 한국 사회와 비슷하다. 뭔지 모르지만 잠을 줄여가면서 엄청나게 열심히 살지 않으면, 시험을 잘 보고 내신을 잘 받고 수능을 잘 보고 좋은 대학에 들어가고 스펙을 쌓고 외국어 시험에 자격증에 인턴에 해외 연수를 하지 않으면, 죽도록 노력해서 정규직이 되지 않으면, '—하지 않으면' 뒤에 구체적인 설명조차 덧붙일 수 없는, 언제나 쫓기는 삶의 두려움. 폐지 줍는 노인을 돌보는 사회안전망이 없고 한번 비정규직은 평생 비정규직이니, 백세 시대에 나는 죽지도 않는 질긴 목숨을 저주하며 빈곤 속에 버려질 것이라는 공포. 그래서 나는 열심히 살기 위해서 잠을 못 자기도 하고 밥을 못 먹기도 하면서 내가 어느 방향으로 가고 있는지 잘 모르지만

하여간 정말 열심히 일하고 열심히 살았다. 그런데 알고 보니 내가 노력한다고 되는 게 아니었다. 나의 영생과 종말 이후 나의 내세를 결정하는 권력을 가진, '교주'든 교수든, 하여간 그런 사람들한테 잘 보여야 한다는 게 결정적이었다. 잘 보이는 것은 열심히 하는 것과 전혀 달랐다. 인간으로서의 존엄을 버리라는 얘기였다. 독립된 주체로서 나의 생각과 경험과 사상과 감정을 모두 밟아 꺾고 권력자의 생각과 경험과 사상과 감정에 무조건 동의하라는 뜻이었다.

싫다.

의미 없는 고통은 거부해야 한다. 힘들고 괴로운 일이 모두 다 가치 있는 일은 아니다. 충분히 잘 먹고 충분히 잘 쉬고 내 몸을 잘 돌보았을 때 합리적으로 생각하고 상황을 객관적으로 볼 수 있다. 그러면 괴로운 상황을 탈출할 길도 모색할 수 있을 것이다.

괴로운데 탈출할 길이 없는 상황에 놓인 사람들도 있다. 경과 효는 부모가 아주 부유하고 사회적 지위가 높아서 자식을 마음껏 죽도록 학대하는 환경에서 자라며 아무 데도 호소하지 못한다. 그러다 효는 결국 죽는다. 아동학대는 경제상황 때문이 아니라 아이를 돌봐야 하는 위치에 있는 어른(들)의 악의 때문에 일어나는 일이기 때문이다. 홍은 폭력 남편에게서 어린 자녀들을 보호하기 위해서 가정에서 탈출하여 거리를 떠돈다. 이런 일도 실제로 생각보다 많이 일어나는데 어린 자녀를 데리고 입소할 수 있는 피해자 시설은 아주 적다. 사실 상식적인 사회라면 이런 경우에 경찰이 와서 폭력 남편을 체포해 피해자와 분리하고, 아무 죄도 없는 홍과 자녀들은 자기 집에서 그냥 살던 대로 살 수 있었어야 했다.

탈출할 길이 있어야 한다. 삶의 선택지가 늘어나야 한다. 다른 선택지를 고를 수 있어야 하고, 그렇게 탈출해서 잘 살 수 있어야 한다. 이런 얘기들을 나는 성폭력 전문상담원 교육을 받으면서 좀 더 구체적으로 배웠다. 그래서 나는 계속 떠들고 글 쓰고 집회하고 행진하고 요구해야겠다고 결심했다. 나 자신의 현재와 미래를 위해서라도.

그렇게 해서 이 길고 혼란스러운 이야기가 성립하였다.

여기까지 읽어주신 독자님께 감사드린다. 수고해주신 다산북스 편집자님께도 감사의 마음을 전한다. 독자님도 편집자님도 모두 잠 잘 자고 식사 잘하고 안전하고 건강하게 지낼 수 있는 사회를 원한다. 사람이 신체를 가진 물리적인 존재인 한, 배고픔과 피로와 통증에서 완전히 자유로울 수는 없을 것이다. 그러므로 아픈 사람도 아프지 않은 사람도, 늙은 사람도 아직 늙지 않은 사람도, 장애가 있는 사람도 그렇지 않은 사람도, 모든 인간이 다양하게 잠 잘 자고 밥 잘 먹고 자신이 선택한 방식으로 존엄하게 살 수 있는 사회를 원한다. 원하므로 나는 계속 요구할 것이다.

23년 8월
정보라

고통에 관하여

초판 1쇄 발행 2023년 8월 31일
초판 4쇄 발행 2023년 10월 11일

지은이 정보라
펴낸이 김선식

경영총괄 김은영
콘텐츠사업2본부장 박현미
책임편집 한나래 디자인 정명희 책임마케터 문서희
콘텐츠사업6팀장 임경섭 콘텐츠사업6팀 한나래, 임고운, 정명희
편집관리팀 조세현, 백설희 저작권팀 한승빈, 이슬, 윤제희
마케팅본부장 권장규 마케팅4팀 박태준, 문서희
미디어홍보본부장 정명찬 영상디자인파트 송현석, 박장미, 김은지, 이소영
브랜드관리팀 안지혜, 오수미, 문윤정, 이예주
지식교양팀 이수인, 염아라, 김혜원, 석찬미, 백지은
크리에이티브팀 임유나, 박지수, 변승주, 김화정, 장세진
뉴미디어팀 김민정, 이지은, 홍수경, 서가을
재무관리팀 하미선, 윤이경, 김재경, 이보람, 박성완
인사총무팀 강미숙, 김혜진, 지석배, 박예찬, 황종원
제작관리팀 이소현, 최완규, 이지우, 김소영, 김진경, 양지환
물류관리팀 김형기, 김선진, 한유현, 전태환, 전태연, 양문현, 최창우
작가전속에이전시 그린북 에이전시

펴낸곳 다산북스 출판등록 2005년 12월 23일 제313-2005-00277호
주소 경기도 파주시 회동길 490
전화 02-704-1724 팩스 02-703-2219
이메일 dasanbooks@dasanbooks.com
홈페이지 www.dasan.group 블로그 blog.naver.com/dasan_books
용지 신승INC 인쇄 민언프린텍 제본 국일문화사 코팅 및 후가공 제이오엘앤피

ISBN 979-11-306-9820-5 (03810)